**ULRIKE BAROW**

# Baltrumer Wattenschmaus

**INSELMORDE** Tim Seebald, der Totengräber auf Baltrum staunt nicht schlecht, als er auf dem Friedhof Knochen ausgräbt. An sich gehören sie dahin, sollten jedoch in einem Sarg liegen. Schnell stellt sich heraus, dass es die Überreste einer jungen Frau sind, die vor einigen Jahren in Bremen verschwunden ist. Kommissar Herbert Pankok aus Bremen versucht, Licht in den Fall zu bringen. Gleichzeitig wird Elmar Diesterweg, der auf der Insel Kochseminare gibt, verdächtigt, im geschützten Nationalparkgelände Enten und Gänse für seinen Kochtopf zu fangen. Die öffentlichen Anschuldigungen nehmen kein Ende und bald eskaliert die Situation.

Inselpolizist Michael Röder und Anika Frederik, seine Kollegin aus Barsinghausen, die ihm für ein paar Wochen zur Seite steht, bekommen weitere Unterstützung vom Festland. Mit dabei ist auch Arndt Kleemann, Röders bester Freund, der nach einem Jahr Auszeit wieder als Ermittler tätig ist. Er kennt sich mit den Gegebenheiten auf der Insel gut aus. Allein, dass die Einsätze mangels Autos mit dem Fahrrad bewältigt werden müssen, ist für manchen Kollegen eher gewöhnungsbedürftig.

*Ulrike Barow wuchs in Gütersloh auf und machte eine Ausbildung zur Buchhändlerin. Danach zog es sie zum Lieblingsurlaubsort ihrer Kindheit, der kleinen Nordseeinsel Baltrum. Dort lernte sie ihren Mann kennen und arbeitete im Einzelhandel sowie im familieneigenen Vermietungsbetrieb. Nebenbei verfasste Ulrike Barow Artikel für die Lokalzeitung. Vor einigen Jahren griff sie die Idee auf, Baltrum-Krimis zu schreiben. Viele Kurzgeschichten sind seitdem ebenfalls entstanden. Inzwischen lebt sie mit ihrer Familie nicht nur auf der Insel, sondern auch in der schönen ostfriesischen Stadt Leer.*

Bisherige Veröffentlichungen im Gmeiner-Verlag:
Baltrumer Dünengrab

ULRIKE BAROW

# Baltrumer Wattenschmaus

*Kriminalroman*

GMEINER

Immer informiert

Spannung pur – mit unserem Newsletter informieren wir Sie regelmäßig über Wissenswertes aus unserer Bücherwelt.

Gefällt mir!

Facebook: @Gmeiner.Verlag
Instagram: @gmeinerverlag
Twitter: @GmeinerVerlag

MIX
Papier aus verantwortungsvollen Quellen
FSC® C083411
www.fsc.org

Besuchen Sie uns im Internet:
www.gmeiner-verlag.de


Im Ehnried 5, 88605 Meßkirch
Telefon 07575/2095-0
info@gmeiner-verlag.de

1. Auflage 2020

Lektorat: Claudia Senghaas, Kirchardt
Herstellung: Julia Franze
Umschlaggestaltung: U.O.R.G. Lutz Eberle, Stuttgart
unter Verwendung eines Fotos von: © Stephan Sühling / stock.adobe.com
Druck: CPI books GmbH, Leck
Printed in Germany
ISBN 978-3-8392-2562-2

Personen und Handlung sind frei erfunden.
Ähnlichkeiten mit lebenden oder toten Personen
sind rein zufällig und nicht beabsichtigt.

# 1

»Was ist mit dem Rosenstrauch? Willst du den mitnehmen?« Tim Seebald machte einen letzten Spatenstich und hielt gleich darauf die Pflanze hoch. Trockener Sand rieselte herab.

»Nee, lass man«, winkte Bernd Bohlen ab. »Ich würde gerne, aber bei uns in den Garten passt nichts mehr rein.«

Tim Seebald lachte. »Du hast auch schon genug von diesem heiligen Fleckchen Erde mitgehen lassen.«

»Immerhin helfe ich dir kostenlos«, protestierte Bohlen, »dafür darf ich wohl …«

»Klar. Wird sowieso bald ein Ende haben. Der Friedhof wird immer leerer. Die Gräber werden nach der Ablaufzeit aufgelöst – so wie das vom alten Volkers hier, und neue werden kaum noch angelegt.« Er zeigte auf die Stele, die im hinteren Teil des Friedhofes stand. »Was von den Menschen übrigbleibt, ist lediglich ein kleines Metallschild mit Namen derer, die auf See bestattet wurden. Mehr bleibt nicht.«

»Wem sagst du das?«, bestätigte Bohlen, »meine Schwester wollte auch unbedingt eine Seebestattung. Sie ist an Krebs gestorben. Mein Schwager hat ihren Wunsch erfüllt. Aber manchmal vermisst er doch einen Ort zum Trauern, hat er mir neulich erzählt.«

»Manche Orte – wie Harlesiel – haben einen Platz geschaffen, wo Hinterbliebene auf das Meer schauen und an ihre Liebsten denken können. Er heißt ›Brücke der Erinnerung‹ und ist genau auf das Beisetzungsgebiet zwischen Spiekeroog und Wangerooge ausgerichtet. Vielleicht wäre etwas Ähnliches auch für hier eine Idee«, überlegte Tim Seebald. »Aber nach Harlesiel kommt man schnell mal mit dem Auto, wenn man am Festland wohnt. Der Weg auf die Insel ist aufwendiger. Die Frage ist, wieviel Leute das in Anspruch nehmen würden.«

»Das weiß man nicht. Hat man heute überhaupt noch Zeit zum Trauern in dieser hektischen Welt?«, sinnierte Bernd.

»Vielfach sicher nicht. Und zum Pflegen der Gräber fehlt erst recht Lust oder Zeit.« Tim Seebald deutete auf ein Grab in der nächsten Reihe. »Die Seibolds wohnen auf der Insel. Trotzdem ist das Fleckchen Erde mit Muscheln belegt. Da muss man sich nicht mehr kümmern, meinen die Leute. Dabei sollte man nicht verkennen, dass auch dieser Belag hin und wieder Pflege erfordert. Aber darüber haben wir uns schon so oft unterhalten. Wir werden die Beerdigungsrituale nicht mehr zurückdrehen können.« Tim Seebald zuckte mit den Schultern. »Ich hätte es gerne, wie es früher war – mit bunten Blumen überall auf den Gräbern. Hier bei den Kramers sieht man zwar Grün, aber es ist einfach nicht gepflegt. Das Unkraut wuchert.« Er machte einen Schritt auf das Nachbargrab zu, bückte sich, hob etwas auf und zeigte es Bernd. »Das sieht fast aus wie ein Fingerknochen.«

Bernd Bohlen nahm das Teil, drehte es hin und wieder her, dann sagte er: »Quatsch. Das kann gar nicht sein. Die Toten liegen hier in Särgen. Wie soll denn ein Finger da …«

»Keine Ahnung. Wir sollten die Erdschicht entfernen und nachsehen, ob sich weitere Knochen dort befinden«, schlug Tim vor, doch Bernd schüttelte heftig den Kopf. »Auf keinen Fall. Das können andere machen.«

»Mensch, reg dich nicht auf.« Tim wischte sich den Schweiß von der Stirn und hinterließ ein paar dunkle Streifen. »Ich bin selbst nicht sicher, was es ist. Es war nur so ein erster Gedanke. Wahrscheinlich hat sich jemand einen

Scherz erlaubt und einen Hühnerknochen dort hingeworfen. Oder eine Möwe hat ihn fallengelassen.«

»Du hast recht. Wir können uns nicht um alles kümmern. Also lass uns hier weitermachen«, schlug Bernd vor.

»In Ordnung«, erwiderte Tim, »der alte Grabstein muss wie üblich hinter die Hecke. Die Firma aus Norden, die den abholt, wird nächste Woche hier sein.«

Die beiden wuchteten den schweren Stein auf die Schubkarre und fuhren den Inhalt auf das Gelände neben dem Friedhof. Dort lagen bereits zwei weitere Grabsteine und mehrere Einfassungssteine von aufgelösten Gräbern. Dann gingen sie zurück, warfen die ausgegrabenen Blumen bis auf den Rosenstock in die Karre und brachten alles zum Komposthaufen. Von dort nahmen sie Erde mit und schaufelten sie dorthin, wo sich das Grab vom alten Volkers befunden hatte.

»So, und nun den Rasensamen rein, gießen und fertig.« Tim sah Bernd nicken, hatte aber das Gefühl, dass der Mann, der ihm netterweise immer half, wenn es Schweres zu erledigen galt, nicht ganz bei der Sache war. Wieder und wieder schaute der Mann hinüber zu dem Familiengrab der Kramers. Wahrscheinlich hatte Bernd Angst, dass der Rest des Skeletts plötzlich und unerwartet auftauchte. Er musste grinsen. Das wäre echt ein Ding. So konnte man natürlich auch Beerdigungskosten sparen, dachte er. Aber zugleich war ihm klar, dass ein anonymes Verscharren auf dem Friedhof mit Sicherheit aufgefallen wäre. Abgesehen davon, dass er sich häufig hier aufhielt, um alles in Schuss zu halten, kamen auch immer wieder Besucher, um sich die Namen auf den Steinen anzusehen. Im hinteren Bereich lagen Gräber von Soldaten, die bei der Explosion ihres Minensuchbootes ums Leben gekommen waren. Das Schiff war kurz nach dem Krieg vor der Insel auf eine Mine gefahren. Gleich neben den Gräbern waren Steine als Erinnerung an alte Insulanerfamilien aufgestellt worden.

»Bernd, wo ist die Tüte?«

Bernd Bohlen zuckte zusammen und nahm den Rasensamen aus der Vorratskiste. »Ich, du, ich, ach was!«

»Was möchtest du mir damit sagen?« Tim ahnte schon, was Bernd wollte. Nämlich weg. Möglichst schnell weg. Er war erstaunt, wie nahe seinem Freund der Fund des Knochens ging.

»Moin. Na, fleißig?«

Tim drehte sich um. Er konnte ein Stöhnen kaum unterdrücken. Nicht Martha. Auch sie war häufig auf dem Friedhof anzutreffen. Fast noch häufiger als er. Sie war eine der wenigen Insulanerinnen, die sich intensiv um ein Grab kümmerten. Und immer wollte sie sich unterhalten, wenn sie auf dem Weg zum Grab ihres Mannes bei ihm vorbeikam.

»Natürlich, Martha.«

»Ihr löst Volkers Grab auf? Sind denn schon wieder 25 Jahre rum? Tied vergeiht, hätte mein Geerd jetzt gesagt. Is so. Dat sall woll ook nich mehr lang dauern, bis ik min Beenen unnert Gras liegen hebb. Und wer kümmert sick dann?«

Oh, Mann, das ewig gleiche Geleier. Neulich hatte er es gewagt, ihr vorzuschlagen, sie solle sich doch seebestatten lassen. Da war er allerdings auf Granit gestoßen.

»Dat meenst du nich in Ernst?«, hatte sie fassungslos gesagt. »Ik sall mien Geerd hier alleen liegenlaten? We hebben im Leben binanner gelegen und dat sall ok im Dod so sein.«

»Martha, ich kümmere mich!« Martha und ihr Mann Geerd hatten keine Kinder. Also hatte er der alten Frau mindestens schon zum zehnten Mal versprochen, die Pflege zu übernehmen. Warum auch nicht? Ob er es wirklich tat, konnte sie dann schließlich nicht mehr überprüfen.

Martha nickte nur und schlurfte langsam weiter.

»Martha, ich habe einen Rosenstock. Willst du ihn haben?«, rief er hinter ihr her.

»Nee, dat lot man. Geerd het immer seggt, wat we bruken, kopen wir uns.« Sie zeigte auf einen Korb mit bunten Blumen. »Heb ik bi Anke holt.«

Na, dann eben nicht. Wenn Geerd es so wollte. War ja nur ein Angebot.

»Was ist nun? Gibt es noch etwas, oder machen wir Schluss für heute?« Bernd schaute ihn bittend an.

»Nein. Gönnen wir den Toten die Grabesruhe. Ich muss nach Hause. Das Abendessen wartet«, beschloss Tim mit einem Blick auf die Uhr.

Sie verstauten die Spaten, die Harke und den Eimer im Gartenhaus, luden den Rosenstock auf die Wippe und verließen den Friedhof. Die schwere Pforte quietschte beim Öffnen.

»Am Öl kann's nicht liegen. Is' keins dran«, murmelte Bernd, als er sein Rad aus dem Ständer hob.

»Danke für's Helfen. Ich melde mich bei Bedarf wieder«, verabschiedete Tim ihn.

»Immer gerne«, erwiderte Bernd und bog links ab ins Ostdorf.

Tim fuhr am Hotel »Dünenschlösschen« und am Sportplatz vorbei und dann geradeaus. Zu Hause angekommen, wurde ihm wie fast jeden Abend schmerzlich bewusst, dass vielleicht ein Abendessen, jedoch keiner auf ihn wartete, mit dem er es zusammen genießen konnte. Wie gerne hätte er jetzt eine fröhliche Begrüßung vernommen, aber es blieb ruhig. Wie jeden Abend. Caroline war nicht mehr da. Seine Lebensgefährtin hatte ihn vor vier Monaten verlassen, seitdem war Stille eingekehrt. Er hatte bis heute keine Ahnung, warum Line – er hatte sie nie Caroline genannt – ein Leben auf dem Festland vorgezogen hatte. Natürlich hatte seine Freundin ihm zu erklären versucht, warum sie gehen würde, aber Tim hatte sich bis heute geweigert, es verstehen zu wollen. An diesem Abend hatte die Kälte des Januars in seinem

Haus Einzug gehalten und war, obwohl der Frühling viele warme Tage gebracht hatte, nicht wieder verschwunden.

Er koppelte die Wippe vom Fahrrad und stellte den Rosenstrauch in einen Eimer. Es war nicht das erste Mal, dass er Blumen mitgenommen hatte. Sie waren voller Leben, warum also sollte er sie wegwerfen? Da gab er sie lieber anderen Insulanern. Auch wenn der Aberglaube besagte, dass man vom Friedhof nichts mitnehmen dürfe, weil das Unglück bringe. Aber er war sich sicher, dass dieser Glaube nur ausgestreut worden war, damit die Räuber nicht mit Blumen, die sie unerlaubt von den Gräbern mitgehen ließen, ihr Wohnzimmer schmückten. Sein Basecap und die Arbeitshandschuhe warf er auf das Regal im Flur. Das ging jetzt, seitdem Line weg war. Sie hatte immer darauf bestanden, dass die Arbeitssachen in den Schuppen gehörten. Warum konnte es nicht noch immer so sein?

Tim warf sich in den Sessel. Der Appetit, den er auf dem Friedhof gespürt hatte, war ihm vergangen. Jedes verdammte Teil, der leere zweite Sessel, die grüne Kuscheldecke mit den Fransen, die sie ihm zum letzten Weihnachtsfest geschenkt hatte, alles, verdammt alles erinnerte ihn an die Frau, die er so liebte.

Er musste raus an die frische Luft, konnte nicht drinnen bleiben. Beinahe rannte er, zog die Tür hinter sich zu ohne abzuschließen und ging zurück dorthin, wo er sich zurzeit am wohlsten fühlte. Auf den Friedhof.

Ich glaube, ich bin verrückt, dachte er, als er die metallene Pforte öffnete, die auf der einen Seite ein Segelschiff und auf der anderen die Inschrift »Christ Kyrie, komm zu uns auf die See« trug. Was soll ich hier? Natürlich gibt es immer etwas zu tun, aber nicht um 19 Uhr. Da wollten selbst die Toten ihre Ruhe.

Langsam schlenderte er an den Gräbern vorbei. Um

einige kümmerte er sich, andere wurden von den Angehörigen gepflegt. Wie das von den Kramers. Er blieb stehen und musste beinahe lachen bei dem Gedanken an Bernds Gesicht nach dem Knochenfund.

Er bückte sich und schob vergilbte Narzissenblätter zur Seite. Auch Krokusse, die vor zwei Monaten den beginnenden Frühling begrüßt hatten, ließen nun schlaff die Köpfe hängen. Kramers hätten hier wirklich mal Ordnung reinbringen können, dachte er. Aber das mussten sie selbst wissen. Er war dafür nicht zuständig. Er wollte gerade weitergehen, da fiel ihm doch etwas auf. Ein toter Zweig einer kleinen Birke, der über das Grab hinausragte, störte seinen Ordnungssinn. Aber das Problem war keines. Er griff danach und riss ihn ab. Zumindest wollte er es, musste jedoch feststellen, dass er nicht nur den Zweig, sondern das ganze Bäumchen mit dem weißen Stamm in der Hand hielt. Sand flog hoch und landete auf seiner Jacke. Tim erschrak. Was hatte er da veranstaltet? Er legte den Baum neben das Grab und ließ sich auf die Knie fallen. Hoffentlich tauchten nicht gerade die Kramers auf, bevor er alles wieder hergerichtet hatte. Das würde ein schönes Geschrei geben.

Sicher war es am besten, die Birke wieder einzugraben. Und zwar sofort. Natürlich hatte er in dem kleinen grünen Gartenhäuschen eine Schaufel liegen, aber der Schlüssel lag neben seinem Basecap auf dem Regal. Also hieß es mit den Händen ein Loch zu graben, das groß genug war, die Wurzeln des kleinen Baumes aufzunehmen. Es ging erstaunlich leicht. Die Erde war nicht so fest, wie er befürchtet hatte. Plötzlich spürte er einen Stich an seinem linken Zeigefinger. Eine rostige Haarspange hatte den Schmerz verursacht. Er legte sie neben das Grab. Er würde sie später entsorgen.

Vorsichtig vergrößerte er das Loch und starrte auf das, was sich unter seinen Händen zeigte. Ein Knochen, dann ein zweiter schob sich ihm entgegen. Erst ein kleiner, dann einer, der aussah, wie eine Unterarmspeiche, dann ein dickerer mit einem Knubbel daran. Er schob wie unter Zwang weitere Erde vom Grab und hörte erst auf, als ihn eine Stimme in die Wirklichkeit zurückholte.

»Machst du eigentlich nie Feierabend? Dein Job ist es doch, Menschen zu vergraben, nicht auszubuddeln.« Bodo, sein Nachbar, stand vor ihm und schaute neugierig zu ihm herunter.

»Ruf Michael an«, krächzte Tim. »Hier stimmt was nicht.«

»Wieso? Das ist ein Friedhof. Da dürfen …«

»Ruf ihn an! Sofort!« Einen weiteren Satz würde er nicht herausbringen.

Bodo hatte offensichtlich verstanden. Er zog sein Handy aus der Tasche, wechselte ein paar Worte und steckte es wieder ein. »Er ist auf dem Weg. Wir sollen nichts weiter anfassen.«

»Darauf kann er sich verlassen«, stöhnte Tim und versuchte aufzustehen. Doch erst, als Bodo ihm unter die Arme griff, kehrte Kraft in seine Beine zurück.

»Nun sag mal, was ist passiert? Wieso wusstest du …?«

Tim winkte ab. »Warte, bis Michael da ist. Dann muss ich nicht alles zwei Mal erzählen.«

# 2

Röder zog seine leichte Dienstjacke an und holte sein Rad aus dem Gartenhäuschen. Der Maiabend zeigte sich recht kühl und der kräftige Westwind schob dunkle Wolken vor sich her. Er war gespannt, was ihn auf dem Friedhof erwartete. Bodo Kehler hatte sich bei seinem Anruf recht kurzgehalten.

Es waren nicht viele Menschen unterwegs, als er beim Hotel »Seehof« auf die D-Straße und gleich darauf am Hotel »Fresena« durch das Deichschart fuhr. Auch am Spielteich brauchte er nur ein, zwei Überholmanöver, dann stellte er sein Rad vor dem Friedhof ab. Hinten auf der Bank sah er Tim Seebald sitzen. Selbst aus der Ferne konnte man ihm ansehen, dass es ihm nicht gutging.

Bodo stand in der Mitte des Friedhofs an einem Grab und wedelte mit den Armen. »Die verdammten Möwen«, schrie er. »Dabei gibt es hier nichts zu holen.«

»Was habt ihr gefunden?«, rief er ihm zu.

»Ich nichts«, antwortete der stabile Mann mit der Halbglatze und deutete auf Tim Seebald. »Der da. Schau dir das an.«

Als Röder das Grab erreicht hatte, sah er Knochen. Und etwas, was wie die Reste einer Jacke aussah. Ihm war in diesem Moment nicht ganz klar, ob es ein ganz normaler Vorgang war, in einem Grab Knochen zu finden. Natürlich war er sich sicher, dass Tote in einem Sarg beerdigt wurden. Und das viel tiefer. Aber konnte es nicht durch Regen und andere Umstände passieren, dass Knochen zutage traten? Er schaute zu Tim, der sich immer noch nicht rührte. Dort saß der Fachmann. Und er war sich sicher, dass diese Situation nicht normal war, sonst hätte der Herr der Gräber anders reagiert.

»Wenn du bitte auf die Fundstelle aufpassen würdest? Ich muss mit Tim reden«, bat er Bodo.

Der nickte. »Was ist mit 'ner Folie oder so?«, brummelte er.

»Machen wir gleich.«

Er berührte Tim leicht an der Schulter, dann setzte er sich neben ihn. »Erklär mir, was los ist.«

»Ich war heute mit Bernd hier. Volkers' Grab auflösen. Da hat Bernd auf dem Nachbargrab einen Knochen gefunden. Wir haben unseren Spaß gehabt, weil wir dachten, eine Möwe hätte den verloren. Ist ja nicht aus der Welt geholt der Gedanke. Heute Abend bin ich noch mal auf den Friedhof …«

»Warum?«, unterbrach Röder ihn.

»Ist doch egal. War eben hier«, winkte Tim ab. »Ich habe einen abgestorbenen Ast an der kleinen Birke auf Kramers Grab bemerkt und wollte ihn abreißen. Leider kam der ganze Baum raus, und als ich ein Loch buddelte, um den Baum wieder einzupflanzen, sah ich das Elend.«

»Dass die Knochen hochkommen, ist nicht normal, oder?«, fragte Röder.

Tim Seebald hob den Kopf und schaute Röder ungläubig an. »Wie soll das denn passieren? Meinst du, der Sarg öffnet sich von allein? Nee, mein Guter. Da hat jemand eine weitere Leiche mit reingepackt.« Er schlug die Hände vor das Gesicht. »Welcher Idiot macht nur so etwas? Und wann? Das muss doch jemand gemerkt haben! Im Sommer spazieren hier auf der Hellerstraße immer Leute vorbei. Die müssen mitbekommen haben, wenn hier nachts gegraben wurde.«

»Bis jetzt wissen wir nicht, wann was genau passiert ist. Ich werde erst einmal veranlassen, dass die Überreste aufs Festland zur Untersuchung geschafft werden, und mit Kramers Kontakt aufnehmen.«

»Das dürfte auch besser sein. Vielleicht könntest du mein Zutun beim Finden der Leiche verschweigen.«

Röder schaute ihn überrascht an. »Wie soll ich das verstehen?«

»Na ja, ich kann mit denen nicht so gut. Und wenn die hören, dass ich an der Birke herumgezupft habe, sind die bestimmt sauer. Geht mich auch eigentlich nichts an, was die mit ihrem Grab machen.«

»Mal schauen, was ich tun kann«, sagte Röder, »aber zunächst muss ich die Kollegen vom Festland benachrichtigen.«

»Kann ich nach Hause gehen?«, fragte Tim.

»Wenn es dir nichts ausmacht, bleibe einen Moment. Falls Fragen sind. Immerhin kennst du dich hier am besten aus.« Röder schaute in den Himmel. Die Wolken waren bedrohlich näher gekommen. Es würde nicht mehr lange dauern, bis die ersten Tropfen fielen. Das konnte er jetzt am wenigsten gebrauchen. Er rief Axel Meinders, den Gemeindebrandmeister, an, und der versprach, mit ein paar Mann, einer großen Plane und einem Zelt anzurücken.

Mit seinem Chef Müller in Aurich verabredete er, dass die Spurensicherung am nächsten Morgen auf die Insel kommen und die Reste des oder der Toten zur genauen Untersuchung mitnehmen würde. Zur Vorsicht würde er auch die Pastorin anrufen. Er vermutete, dass auch sie keine Erklärung für den Leichnam in Kramers Grab hatte, aber sicher war sicher.

»Und du hast wirklich keine Idee? Weißt du denn, wann der letzte Tote hier begraben wurde?«, fragte Röder.

Tim Seebald zeigte auf den Grabstein. »Da steht es. Es ist ein Familiengrab. Der Vater von Klaus Kramer ist über 90 geworden und im Februar vor zwei Jahren beerdigt worden. Seitdem haben sich die Kramers aber kaum um ihr Grab gekümmert. Sieht ziemlich verkommen aus. Zur Pflege haben die keine Lust. Zumindest habe ich die auf dem Friedhof nur ganz selten gesehen. Selbst das Belegen mit Muscheln ist bei

Kramers noch nicht angekommen. Aber was sage ich immer: Die Dinger gehören an den Strand.«

»Der Lauf der Zeit«, bestätigte Röder. »Und wenn man bedenkt, dass es nicht einmal Baltrumer Muscheln sein dürfen …«

»Genau«, schaltete sich Bodo ein, »ich habe vielleicht einen auf den Sack bekommen, als ich am Strand Muscheln gesammelt habe und mir zufällig einer vom NLWKN in die Quere gekommen ist. Ich Blödmann habe auch noch frank und frei erzählt, dass die Muscheln für das Grab meiner Großmutter seien. Da durfte ich die Wippe sofort wieder ausleeren und den Inhalt zu dem Riesenhaufen von einer Million anderer Muscheln zurück in den Sand kippen. Ich habe dann Muscheln aus Holland bestellt. Tja, das ist deutsche Gesetzgebung. Völlig verrückt!«

Röder wusste, dass es verboten war, Muscheln vom Strand mitzunehmen, aber auch er fand diese Regelung ziemlich absurd. Strandschutz war wichtig. Klar. Aber so viele konnte man gar nicht entnehmen, dass der Strand einer Gefährdung ausgesetzt war. Zumindest den Insulanern sollte es erlaubt sein, die Gräber oder auch den Vorgarten zu schmücken. Wobei er allerdings auch wieder an Sandras Argumentation denken musste. Sie hatte, seit sie auf dem Hof seines Freundes Arndt Kleemann gewesen war, ihre Liebe zu den Bienen entdeckt und wünschte sich nichts mehr, als dass jedes Grab und jeder Vorgarten wieder bepflanzt würden.

Motorengeräusch holte ihn aus seinen Gedanken. Alex und seine Leute rückten an. Er verabschiedete Bodo und Tim fürs Erste, nicht ohne die Bitte an den Totengräber, sich am nächsten Morgen auf dem Friedhof einzufinden. Seine Hilfe konnte beim Abtransport der sterblichen Überreste nötig sein. Dann half er den Feuerwehrleuten, den Schutz aufzubauen. Zusätzlich sicherten sie die Fundstelle mit Flatterband.

Röder war sich zwar nicht ganz sicher, ob das Band eine Hilfe war, oder in dem einen oder anderen erst recht den Wunsch weckte, einmal in das Zelt hineinzuschauen. Er hatte jedoch keine Lust, die Nacht auf dem Friedhof zu verbringen, und sein neuer Hilfssheriff, der ihm in den Sommermonaten zur Seite stand, würde erst in zwei Tagen seinen Dienst antreten.

Er schaute auf die Uhr. War es schon zu spät, um bei Kramers an die Tür zu klopfen? 21 Uhr. Ging noch. Er verließ den Friedhof und fuhr los. Weit kam er jedoch nicht, da setzte prasselnd der Regen ein. Bevor er das Deichschart bei der »Teestube« erreicht hatte, war er völlig durchnässt. Wie gut, dass ich meine Regenjacke zu Hause am Garderobenhaken gelassen habe, dachte er. So wird sie wenigstens nicht nass! Nein, er konnte Kramers nicht zumuten, dass er so bei ihnen auftauchte. Er würde erst nach Hause fahren, sich um- und diesmal wetterfest anziehen.

Jetzt nichts wie rein. Beinahe warf er sein Rad an den Zaun und öffnete fast gleichzeitig die Tür zur Dienstwohnung.

»Zieh die Klamotten im Bad aus!«, hörte er Sandra aus dem Wohnzimmer.

Er zog das kleine Stück Reißverschluss wieder zu. Sie sollte ihren Willen haben. War auch besser so. Der Regen hatte ihn bis auf die Haut durchnässt, so klebte selbst das Unterhemd an seinem Rücken.

»Willst du einen Tee zum Aufwärmen?« Sandra stand in der Tür und schaute ihn mitleidig an, als er mühsam seine Füße von den Socken befreite.

»Nein. Nur etwas zum Anziehen. Ich muss wieder los.« Während er sich trockenrubbelte, erzählte er ihr, was der Grund für seine Aktivitäten war. »Ich bin echt gespannt darauf, was sich aus dem Leichenfund ergibt.«

»Ich auch. Das muss ja gruselig ausgesehen haben.«

»War nicht so schlimm. Es waren nur Knochen übrig. Es

war kein Fleisch mehr dran und auch keine Haut. Außerdem sah man die Reste eines dunklen Stoffs.«

»Warten wir also auf die Ergebnisse der Rechtsmedizin. Ist denn hier mal jemand vermisst worden? Ich kann mich nicht erinnern«, sagte Sandra.

»Ich habe auch nichts auf dem Plan. Wenn es sich um einen Inselbewohner handeln würde, wäre mir der Vorgang sicher bekannt.« Er wischte sich ein letztes Mal mit dem Handtuch über den Bauch.

»Es schüttet doch ganz schön«, gab Sandra zu bedenken. »Würde es nicht reichen, wenn du Kramers anrufst?«

Er schüttelte den Kopf. »Nein. Ich möchte die Reaktion sehen. Wir kennen wie gesagt keine Zusammenhänge. Es nützt nichts. Ich muss los.«

Röder hatte das Gefühl, dass selbst Amir, ihrer beider Heidewachtel, ihn bedauernd anschaute, als er die Haustür hinter sich schloss. Es regnete immer noch und der Wind hatte zugenommen. Von dem lauen Maiabend, der Sandra und ihn gestern zu einem späten Strandspaziergang eingeladen hatte, war nichts mehr zu spüren. Er sah kaum einen Menschen auf der Straße.

Er fuhr die Düne hoch zu Kramers Haus und klingelte. Nichts rührte sich. Er versuchte es ein zweites Mal. Dann öffnete sich die Tür.

»Wer will da was von uns zu später Stunde?«, brummte Klaus Kramer mit tiefer, vom regelmäßigen Alkoholkonsum verdunkelter Stimme.

»Ich bin es. Michael. Darf ich reinkommen?«

Wortlos machte ihm Klaus Kramer Platz. Im Wohnzimmer sah Röder Elli sitzen. Sie drückte den Ton des Fernsehers weg. »Was führt dich zu uns?«

Ein zweites Mal erzählte er an diesem Abend von dem Fund und sah, wie die beiden ihn immer ungläubiger anschauten.

»Unser Grab?«, fragte Elli fassungslos. »Im Grab von unseren Eltern?«

»Von meinen Eltern«, warf Klaus ein.

»Ja, ist gut«, wischte Ella seine Worte genervt weg. »Ich will sie dir nicht nehmen.«

»Die letzte Beerdigung hat vor zwei Jahren stattgefunden, richtig?«, fragte der Inselpolizist.

»Ja, da ist sein Vater gestorben.« Ella zeigte mit dem ausgestreckten Finger auf ihren Mann, der seinen breiten Körper im Sessel versenkte. »Seitdem haben wir uns allerdings nie mehr so richtig um das Grab gekümmert. Mal eine Blume drauf gepflanzt, wenn wir im Garten was übrighatten, das war es auch schon.«

Er stand auf. »Die Leiche wird morgen früh abgeholt. Ich bitte darum, dort keine Spuren zu zerstören.«

»Wenn du damit sagen willst, dass du denkst, dass wir die Knochen heute Nacht bereits aus dem Grab entfernen, hast du dich getäuscht. Außerdem, wer bezahlt uns eigentlich das Wiederherrichten des Familiengrabes?« Klaus Kramer schaute den Polizisten vorwurfsvoll an.

»Klaus. Halt die Klappe!« Energisch schob Ella sich aus dem Sessel und beugte sich drohend über ihren Mann. »Als ob Michael nichts Wichtigeres zu tun hätte!«

Tatsächlich. Hatte er. Und wenn es nicht der Fall gewesen wäre, hätte er in diesem Moment wichtige Aufgaben erfunden. Er wollte nichts wie raus, sich zu Sandra ins Wohnzimmer setzen und ein Glas Rotwein genießen.

»Ich gehe dann mal«, sagte er knapp und verließ das Haus, ohne eine Antwort abzuwarten.

# 3

Aus dem einen Glas Rotwein waren drei geworden. Das merkte Röder am nächsten Morgen, als in aller Frühe sein Telefon klingelte.

»Paul Abarth hier«, meldete sich der Leiter der kleinen Baltrumer Inselschule. »Hätten Sie Zeit für mich? Wir wollten über die Fahrradkontrolle sprechen.«

»Natürlich. Wann? In einer halben Stunde?«, antwortete Röder.

»Nein. Vielleicht heute Mittag. Ich rufe nur jetzt schon an, weil gleich der Unterricht beginnt. Wie wäre es um zwei bei mir im Büro?«

»Dann um zwei bei Ihnen.« Es passte auch Röder ganz gut in den Kram. Er würde sich in Kürze mit seinen Kollegen vom Festland erst einmal um das Grab kümmern müssen.

Ein Blick aus dem Fenster sagte ihm, dass er an diesem Morgen seine Regenklamotten getrost zu Hause lassen konnte. Im Osten der Insel stand die Sonne bereits am Himmel. In einer halben Stunde würde der Hubschrauber mit den Leuten vom Kriminaldauerdienst landen.

Er räumte die Reste des Frühstücks weg und setzte sich in sein Dienstzimmer. Die Büroarbeit hörte nicht auf. Er sortierte ein paar Unterlagen, schaute nach, ob wichtige E-Mails angekommen waren, und machte sich auf den Weg zum Flugplatz. Gerade landete eine Maschine. Der Pilot stieg aus und packte ein paar Pakete neben die Landebahn. Aha, der Zeitungsflieger, überlegte Röder. Der kam in der Saison jeden Morgen um 8.30 Uhr. Die Mitarbeiter der entsprechenden Geschäfte warteten bereits. Zügig beluden sie ihre Wippen und verließen den Platz. Röder stellte sein Rad ab und klopfte an die Tür des Towers.

»Komm rein«, hörte er Melanies Stimme. »Habe dich schon gesehen.«

»Ich wollte nur sagen, dass gleich ein Hubschrauber landet«, teilte er der Frau mit, die an diesem Morgen Dienst in dem kleinen Tower tat.

»Die Besatzung hat sich bei mir angemeldet«, erklärte sie. »Ist etwas passiert?«

Röder überlegte. Sollte er …? Warum nicht? Kramers, Tim Seebald und auch die Feuerwehrleute wussten von den Knochen. Also wussten es bereits Dreiviertel der Insulaner. Da war er sich ziemlich sicher.

»Nichts Spektakuläres«, winkte er ab, »nur ein seltsamer Knochenfund, der untersucht werden muss. Daher kommen die Kollegen vom Festland, nehmen den Fundort unter die Lupe und alles Relevante mit.«

In der Ferne hörte er bereits das dumpfe Schlagen der Rotoren. Er schloss die Tür, kurz darauf landete der Hubschrauber.

Martin Brinkmann und ein weiterer Mann kamen ihm lächelnd entgegen.

»Darf ich vorstellen: Lars Haltegrund. Er wollte unbedingt mal auf einer Insel Spuren sichern«, erklärte Brinkmann. »Ist es mal wieder soweit?«

»So sieht es aus«, erwiderte Röder. »Laden wir eure Sachen ein und gehen zum Friedhof. Auf dem Weg dorthin berichte ich, was euch erwartet.«

Brinkmann nahm einige Kisten aus dem Hubschrauber und lud sie in die Polizeiwippe. »Hat es hier gestern auch so sehr geregnet?«

»Ziemlich.« Röder erzählte von seiner durchnässten Kleidung. »Aber die Fundstelle ist abgesichert.«

Als sie den Friedhof erreicht hatten, sah Röder einige Menschen, die um das abgesperrte Areal standen.

»Was ist mit Kramers Grab?«, rief ihm eine der Frauen zu.

»Eine Ermittlung steht an«, gab er knapp Antwort. »Bitte verlassen Sie das Gelände.«

Nur langsam löste sich die interessierte Gruppe auf. Nur Tim Seebald blieb abwartend neben dem Zelt stehen.

»Gut, dass du da bist«, begrüßte der Inselpolizist den Totengräber.

»Braucht ihr einen Sarg und die Totenkutsche?«, fragte Tim.

»Warte ab. Ich denke nicht. Meine Kollegen werden die Grabstätte zunächst in Augenschein nehmen.«

Die Männer schoben das Zelt zur Seite und entfernten die Folie.

»Wo sind denn die Knochen?«, wunderte sich Brinkmann.

»Da. Im Grab.« Röder deutete auf das Viereck.

Haltegrund machte Fotos, während Brinkmann eine kleine Schaufel aus einer Metallkiste nahm. »Und wie tief?«, fragte er, als er Schicht für Schicht der trockenen Erde beiseiteschob.

Tatsächlich, je tiefer sie gruben, desto mehr Knochen holten sie aus der Erde. Sogar den Schädel fanden sie. »Das ist bestens«, sagte Brinkmann und hielt ihn hoch. »Wir haben, sehr gut erhalten, das Gebiss. Wenn die Person offiziell als vermisst gemeldet wurde, können wir mit ein bisschen Glück sehr schnell herausfinden, um wen es sich handelt. Die Knochen sind meines Erachtens ausgewachsen.«

Röders Telefon meldete sich. Hoffentlich eine gute Nachricht, dachte er und wurde belohnt. Es war sein Hilfssheriff. Genau genommen diesmal eine Kollegin, die ihn in den nächsten Wochen unterstützen und bereits am späten Nachmittag auf die Insel kommen würde. Er fragte sich kurz, ob es eine weibliche Form von Sheriff gäbe, aber es wollte ihm nichts einfallen. Anika Frederik. Interessanter Name. Er war gespannt auf die Kollegin.

»Also, wie geht es weiter?«

Martin Brinkmann deutete auf eine Metallkiste. »Hier hinein legen wir die Knochen und nehmen sie mit zur weiteren Untersuchung. Du bekommst so bald wie möglich Bescheid, wenn wir Neues haben. Wie es mit den Ermittlungen weitergeht, solltest du mit Müller besprechen.«

Lars Haltegrund hatte den Deckel der Kiste geöffnet. Sie war mit dickem Vlies ausgelegt. Dorthin platzierte er vorsichtig Knochen für Knochen. Dann zeigte er auf ein Stück Stoff. »Das befand sich auch im Grab. Wir nehmen es mit zur Untersuchung. Ach ja, es könnte sein, dass du die Besitzer des Grabes zur DNA-Probe bitten musst. Nur, damit wir sichergehen können, dass es sich nicht um jemanden aus der Familie handelt. Aber das kannst du mit Müller besprechen. Bei dem werden alle Informationen auf dem Schreibtisch zusammenlaufen.«

»Darf ich fragen, was hier vor sich geht?« Röder drehte sich um und sah die Pastorin, Nadja Recknagel, hinter sich auftauchen. Er hatte ganz vergessen, sie von dem Vorfall zu unterrichten. Das holte er nun nach. »Es ist sicher, dass hier nicht noch ein Familienmitglied beerdigt wurde?«, fragte er zum Schluss.

Tim Seebald lachte auf. »Michael, wenn es so wäre, hätte ich dir davon berichtet. Schließlich bin ich der Totengräber. Mir entgeht nichts.«

»Aha, wenn das so ist, dann kennst du die Umstände, wie und warum die Knochen hier lagen.«

»Ach, ich meine doch die offiziellen, also die richtigen …«, stotterte Tim, »ach was, du weißt schon, die Beerdigungen mit Pastorin und so.«

»Nun lassen Sie den armen Mann in Ruhe«, mischte sich

Nadja Recknagel ein. »Er hat keine Ahnung und ich auch nicht. Auch wenn ich zugebe, dass ich schon gern wüsste, wer hier die Totenruhe gestört hat.«

»Ich hoffe, die Experten am Festland finden es heraus.« Röder deutete auf die beiden Männer, die Kisten und Taschen auf der Wippe verstauten. Zuletzt nahmen sie mit Tims Hilfe die längliche Metallkiste mit den Knochen darin und trugen sie zu den anderen Sachen. »Die Knochen gehen nach Oldenburg zur Untersuchung.«

»Dann braucht ihr die Totenkutsche also nicht?«, fragte Tim.

Röder überlegte, dann meinte er: »Ich denke nicht. Es ist meines Erachtens nicht respektlos, wenn wir die Überreste zügig und ohne großes Aufsehen zum Flugplatz bringen. Oder was denken Sie, Frau Recknagel?«

»Gehen Sie. Das ist schon in Ordnung«, erwiderte die Pastorin knapp. »Die schnelle Aufklärung der Sache ist viel wichtiger, um dem oder der Toten Gerechtigkeit widerfahren zu lassen.«

»Der Hubschrauber ist unterwegs. Kommst du mit, Michael?«, fragte Brinkmann.

»Natürlich. Bin gleich soweit.« Er klärte mit Axel Meinders ab, dass die Feuerwehr das Zelt abholen sollte, aber das Grab weiterhin mit der Folie abgedeckt und gesichert bleiben möge, und bat Tim, auf das Eintreffen der Feuerwehr zu warten. Dann rief er bei Kramers an und unterrichtete sie davon, dass das Grab vorerst nicht wieder herzurichten sei, da die Polizei gegebenenfalls noch einmal den Zugriff brauchte. Dass er wegen der Probe bei ihnen vorbeikommen würde, verschwieg er. Klaus Kramer schien ihm an diesem Morgen bereits nicht mehr ganz nüchtern zu sein. Er wollte keinen sinnlosen Streit riskieren. Er schaute auf die Uhr. Gleich zwölf. Da hatte er genug Zeit bis zu seinem Treffen mit dem Schulleiter.

»Ich bin in Kürze wieder vor Ort«, rief er der Pastorin und dem Totengräber zu, die in ein Gespräch vertieft waren, dann verließen die Ermittler den Friedhof.

»Liebe Güte, was für ein Krach«, bemerkte Lars Haltegrund, als sie auf die Straße zum Flugplatz abbogen.

»Ringelgänse, Möwen, Austernfischer – alle reagieren ungehalten, wenn sich ein Fluggerät nähert«, erklärte Röder. »Aber wir befinden uns im Nationalpark. Da läuft nichts mit Abschießen. Auch wenn die Menge der Flattertiere ständig zunimmt.« Er zeigte auf die Hellerfläche, auf der sich die Vogelschwärme wie eine weiße oder graue Decke über das Grün gelegt hatten.

»Das sollte den Gästen, deren Schlafzimmer zum Heller hinzeigen, besser vor der Anreise klargemacht werden. Ich könnte bei der Lautstärke kein Auge zutun«, überlegte Haltegrund.

»Ginge mir ähnlich«, bestätigte Martin Brinkmann. »Und soweit ich weiß, geht das Geschnatter auf dem Heller den ganzen Sommer über, oder?«

»Die Vögel kommen im Frühjahr und fliegen ab Mitte Juli weiter. Einige Arten bleiben sogar inzwischen. Schaut mal«, Röder zeigte auf einen weißen Vogel mit einem löffelartigen Schnabel, »ein Löffler. Gibt es nicht sehr häufig und noch gar nicht lange hier.«

»Scheint mir aber recht zutraulich zu sein«, wunderte sich Brinkmann.

Und tatsächlich: Der große Vogel erhob sich erst in die Luft, als sich der Hubschrauber mit lautem Getöse näherte.

Sie luden alles ein und die Männer verabschiedeten sich. Röder fuhr zurück zum Friedhof und sah, dass die Feuerwehr das Zelt abgebaut hatte. Somit war alles geregelt. Die Pastorin war bereits gegangen, auch Tim und der Inselpolizist verließen den Friedhof.

Er fuhr zurück in die Wache und räumte ein paar Papiere auf dem Schreibtisch zusammen. Die neue Kollegin sollte nicht gleich den Schreck ihres Lebens bekommen, wenn sie ihre Arbeitsstätte für die nächsten Wochen sah.

Dann ging er in die Küche der Dienstwohnung und machte sich einen schnellen Kaffee. Es war ruhig in der Wohnung. Weder Sandra noch Amir waren da. Hatte sie etwas gesagt, wohin sie …? Ach ja. Er musste sich erst an den Gedanken gewöhnen, dass seine Frau tagsüber oft nicht da war. Sie hatte zusammen mit ihrer Freundin einen Bioladen auf der Insel aufgemacht. Gemüse und Obst bekamen sie vom Hof seines Freundes Arndt Kleemann und seiner Frau Wiebke. Seit zwei Monaten war der Laden geöffnet, und die beiden Frauen hatten gleich gut zu tun gehabt. Er setzte sich ins Wohnzimmer, genoss die Stille und dachte über den Fund auf dem Friedhof nach. Er war gespannt, ob sich herausstellen würde, wer der oder die Tote war und welche Ermittlungsarbeit auf der Insel es nach sich ziehen würde. Aber zunächst musste er sich anhören, was der Schulleiter zu sagen hatte.

Er stand auf, spülte seine Tasse aus und fuhr los. Es war immer noch trocken, auch wenn sich gegen Westen ein paar dunkle Wolken sammelten.

Er fuhr an der Volksbank vorbei und bog am Hotel »Seehof« links ab. Gleich darauf stellte er sein Rad in den Ständer an der Schule. Hoffentlich nimmt es keiner mit, dachte er. Ohne Rad war er aufgeschmissen. Er erinnerte sich an einen Sommer vor ein paar Jahren. Da waren einige Fahrräder der Kinder während des Unterrichts plötzlich verschwunden. Später stellte sich heraus, dass Gäste die Räder mitgenommen hatten, weil sie glaubten, dort sei ein kostenloser Fahrradverleih. Netterweise wurden die Räder zurückgegeben.

Paul Abarth stand in der Tür und begrüßte ihn freundlich. »Kommen Sie rein.«

Er folgte dem Schulleiter ins Büro. »Also, wie sind die Pläne?«

»Setzen Sie sich.« Abarth deutete auf einen Bürostuhl, der vor dem Schreibtisch stand. »Wir sprachen ja schon einmal über die Fahrradkontrolle. Wir haben uns nun gedacht, dass wir den erhobenen Zeigefinger weglassen und stattdessen eine fröhliche Schulparty veranstalten, bei der alle mitmachen. Sie kommen und kontrollieren die Räder. Wir haben schon jemanden, der bei Bedarf kleine Reparaturen ausführen kann. Dazu machen wir ein tolles Programm und wollen vorbeifahrende Insulaner anhalten und sie fragen, ob wir deren Räder auf Sicherheit kontrollieren dürfen. Die Kinder helfen Ihnen und können so ihr neuerworbenes Wissen anwenden.«

Röder musste lachen. »Da bin ich aber gespannt, welcher Einwohner auf die Bremse tritt. Aber gut, ich bin gerne dabei. Wie wäre es in 14 Tagen? So können Sie in Ruhe mit Ihren Schutzbefohlenen alles vorbereiten, und meine Kollegin und ich stoßen dann zu Ihnen.«

»Wunderbar.« Abarth zögerte. »Wo Sie gerade Schutzbefohlene sagen. Ich muss etwas loswerden. Ist wahrscheinlich völlig unwichtig, aber dann können Sie mal hören, womit wir uns auseinandersetzen müssen. Wilko, der Junge von Antje und Hans Jessen, sagte neulich: ›Wer leben will, muss töten!‹ Der Knabe ist erst elf und dann solche Sprüche!«

»Haben Sie nachgefragt, was er damit meinte?«

»Natürlich. Aber er hat nur den Kopf geschüttelt und geschwiegen. Er und seine Schwester Meta, sie ist acht, sind eigentlich sehr fröhliche, aufgeschlossene Kinder. Doch seit einiger Zeit werden sie immer stiller und beteiligen sich kaum am Unterricht. Das berichten alle Lehrer. So etwas passiert immer mal wieder. Hat mit der Entwicklung zu tun und gibt sich meistens. Aber bei Wilko fällt mir neuerdings auf, dass er ab und zu seltsame Sprüche loslässt. Zum Beispiel diesen hier: ›Ich kann nicht. Ich hab's ihm versprochen. Ich muss zu ihm.‹ Das war, als ich ihn darauf hinwies, dass wir nachmittags gegen eine Mannschaft vom Turnerbund auf dem Schulsportplatz Fußball spielen wollten. Dann drehte er sich um und war verschwunden.«

»Wissen Sie, wer ›ihm‹ ist?«

»Keine Ahnung.«

»Sie werden ihn im Auge behalten«, bat Röder den Schulleiter. »Reden Sie mit den Eltern. Sollte sich Neues ergeben – Sie wissen, wie Sie mich erreichen.«

Paul Abarth nickte. »Ich rufe gleich bei den Jessens an und bitte um ein Gespräch. Ich unterrichte Sie, wie sich das Ganze entwickelt.«

Michael Röder stand auf. »Gut. So verbleiben wir.«

»Danke.«

Der Inselpolizist verließ die Schule mit dem Gedanken, froh zu sein, dass es diesmal eine Kollegin war, die zu seiner Unterstützung auf die Insel kam. Sollte ein Kontakt zu den Kindern oder den Eltern nötig sein, würde sie bestimmt die passenden Worte finden. Zumindest hoffte er es. Noch kannte er sie nicht.

# 4

Anika Frederik spielte gedankenverloren mit dem Bändchen ihres Notizbuches. Gleich war die halbe Stunde Überfahrt, die sie vom Festland trennte, vorbei und sie würde ins Inselleben eintauchen. Sie hatte sich die Stelle nicht ausgesucht, sondern ihr Chef hatte ihr dringend dazu geraten. »Sie bleiben in Ihrem Job, aber es ist ein völlig anderes Arbeitsgebiet. Ruhig und beschaulich. Trunkenheit am Zügel – das war's.«

Sie hatte lachen müssen. Dabei war es gar nicht der Job gewesen, der sie belastet hatte. Zum zehnten Mal auf dieser Schifffahrt zog sie ihre Geldbörse mit dem Bild aus der Tasche und steckte sie wieder ein. Am Ostende von Norderney gewahrte sie jede Menge Seehunde, die sich in ihrer Ruhephase nicht einmal von dem vorbeifahrenden Schiff stören ließen. Auch ein kleines Motorboot, das mit aufheulendem Motor an der Sandbank vorbeirauschte, schreckte die Tiere nicht auf.

Die »Baltrum I« querte die Wichter Ee, das Fahrwasser zwischen den Inseln, und bog in den Baltrumer Hafen ein. Es dauerte nicht lange, da verband der heruntergelassene Landgang das Schiff mit der Pier. Sie warf den leeren Kaffeebecher in den Mülleimer und verließ das Schiff. Auf zu neuen Ufern. Im wahrsten Sinne des Wortes. Ihr Kollege wartete schon. Er sah nett aus. Schlank, Ende 40. So schätzte sie ihn zumindest ein. Er begrüßte sie mit einem freundlichen Lächeln. Sie holten ihr Gepäck aus dem Container und luden es auf den Fahrradanhänger.

»Ich habe dir ein Rad mitgebracht. So geht es zügiger«, sagte der Mann, der sich als Michael Röder vorgestellt hatte.

Das war gut. So mussten sie sich wenigstens nicht endlos

unterhalten. Sie wollte erst einmal ankommen. Alles Weitere würde sich morgen bei Dienstantritt ergeben.

Als sie an der Dienstwohnung ankamen, nahm sie sogleich ihren Koffer und folgte dem Inselpolizisten.

»Soll ich dir alles zeigen?«, fragte er. »Die Wache ist gleich hier unten.«

»Geht das bitte auch morgen? Von mir aus ganz früh. Ich möchte erst einmal den Koffer auspacken und einen Spaziergang machen. Damit ich weiß, wo ich mich befinde«, bat sie. »Hast du einen Ortsplan?«

»Liegt auf dem Tisch. Aber eigentlich reicht es zu wissen, dass du dich hier im Westdorf befindest und, wenn du immer geradeaus gehst, irgendwann im Ostdorf landest«, erklärte Röder. »Verlaufen passiert nicht. Zumindest nicht für jemanden aus unserer Zunft. Morgen besorge ich dir einen Prospekt. Dann hast du mehr Informationen. Ansonsten – wenn du weitere Fragen hast, Sandra, meine Frau, und ich wohnen gleich links auf der anderen Seite. Falls dich Hunger überfällt – es gibt jede Menge Lokalitäten hier. Das Fahrrad kannst du bei Nichtgebrauch ins Gartenhäuschen stellen. Auch links.«

»Danke. Wann beginnt der Dienst morgen?«

»Sei um acht Uhr da. Ich habe einiges zu erzählen.« Damit war der Mann sehr zu ihrer Beruhigung verschwunden.

Sie legte ihre Sachen in den schmalen Schrank im Schlafzimmer, wusch sich das Gesicht, zog Zivilklamotten an, steckte Geld und Inselplan in die Jackentasche und startete ihren Erkundungsgang. Auf der Strandmauer angekommen, setzte sie sich auf einen der Steine, die einladend herausschauten und ließ den Blick über das Wasser gleiten. Kleine Wellen rollten an die Buhnen, und Urlauber waren damit beschäftigt, sich immer wieder zu bücken und etwas in Taschen oder Tüten zu stecken. Ihr Blick ging nach rechts über den breiten Strand. An den Randdünen luden einige Strandkörbe zum

Verweilen ein. Allerdings schien es ihr nicht warm genug, um im Bikini dort zu sitzen. Das Thermometer zeigte bestimmt nicht mehr als 15 Grad an, und die Sonne versteckte sich immer wieder hinter dunklen Wolken.

»Nein, meine!«

»Nein, meine!«

»Die Muschel gehört mir!« Eine Kindergruppe, gefolgt von ein paar Erwachsenen, schlenderte vorbei. Wobei die Erwachsenen eher schlenderten, die Kinder aber fröhlich hin und her hüpften. Ein kleines Mädchen hielt die Hände auf dem Rücken fest verschlungen, während die anderen versuchten, ihm den Schatz zu entreißen. »Sucht euch selbst welche. Da liegen doch genug!«, rief das Mädchen, und so schnell, wie sie gekommen waren, verschwanden sie auch wieder hinter dem Deichschart. Den Eltern war wohl nicht mehr nach Muschelsuche am Strand gewesen.

Was für ein unschlagbar geruhsames Leben, dachte Anika. Natürlich – die Feriengäste hatten nur eine begrenzte Zeit hier. Aber die Insulaner, besonders deren Kinder, konnten es gar nicht besser haben. Sie wuchsen quasi auf einem Freiluftspielplatz auf. Hier konnte nichts passieren. Kein Auto konnte … Nein. Sie stand auf und lief weiter über den Höhenweg. Rechts sah sie ein großes Gebäude. Das musste das Schwimmbad sein. Eine weiße Brücke tauchte vor ihr auf, die zu dem Gebäude führte. Sie ging weiter und bog rechts ab. War hier bereits das Ostdorf? Sie schaute auf den Plan und stellte fest, dass sie sich genau in der Mitte zwischen Ostdorf und Westdorf befand. Bei den Schaukästen blieb sie stehen. Sie war überrascht über die vielen Veranstaltungen und Angebote auf dieser kleinen Insel. Dabei war nicht einmal Hauptsaison. Ein Hinweisschild zeigte nach links. »Rosengarten« stand darauf. Den würde sie sich ansehen und dann versuchen, ihren Magen zu beruhigen, der nach Essbarem verlangte.

Sie öffnete die schwere Pforte, fühlte die Muscheln, die den Rundweg des kleinen, gepflegten Gartens bedeckten, unter ihren Sneakers und setzte sich auf eine der hölzernen Bänke. Sie schloss die Augen und ließ das Erlebte Revue passieren. Manchmal hatte ihr Chef in Barsinghausen sogar gute Ideen. Und der Vorschlag, sie für vier Wochen auf die Insel zu schicken, war mit Sicherheit der beste von allen gewesen. Natürlich – passieren konnte immer etwas. Aber sie war weg von zu Hause, weg aus der Stadt. Sie öffnete ihr Notizbuch und schrieb *Rosengartentor – warum so massiv?*, dann klappte sie es zu und steckte es ein. Das war die erste von sicher vielen Fragen, auf die sie eine Antwort brauchte. Ihr Kollege würde ihr da bestimmt weiterhelfen.

Eine ganze Weile blieb sie sitzen, hörte den Vögeln zu und beobachtete eine Maus, die unbeeindruckt von ein paar Gästen, die die ersten Rosenblüten bewunderten, vor ihrem Loch hin und her lief und die spitze Nase in den Wind reckte.

Wie spät war es eigentlich? 21 Uhr. Es war immer noch hell. Kein Wunder zu dieser Jahreszeit. Aber ob es auf dieser Insel jetzt etwas zu essen gab, war fraglich. Für alle Fälle hatte sie zwei belegte Brötchen und ein paar Kekse mitgebracht. Sie hatte keine Lust aufzustehen, merkte jedoch, wie der Wind ihr unter die Jacke zog und sie zum Frösteln brachte. Also sollte sie besser gehen. Nicht, dass sie ihren ersten Arbeitstag mit Erkältung im Bett verbringen musste.

Auf ihrem Rückweg kam sie an zwei Hotels vorbei. Den Blick auf die Speisekarten verkniff sie sich. Nein, sie würde schnurstracks zurück in ihre Dienstwohnung gehen, eine gemütliche Hose anziehen und sich mit den Brötchen in den Sessel kuscheln. Sie wunderte sich, dass ihr trotz der späten Stunde Eltern mit Kinderwagen begegneten. Aber im Urlaub war eben alles anders. Daran musste sie sich gewöhnen, genau wie an viele andere Dinge. Da war sie sich sicher.

Sie lenkte ihr Fahrrad um die Ecke und öffnete gerade die Tür des Gartenhauses, als Michael Röder mit einem Hund auftauchte.

»Hallo, Frau Kollegin«, begrüßte er sie freundlich. »Wie wäre es mit einem Abendschluck?«

Ihr drehte sich fast der Magen um. Wenn sie jetzt, mit leerem Bauch, auch nur ein Glas Bier trinken würde – sie mochte nicht daran denken, wie schlecht es ihr erginge. Außerdem würde sie mit dem Mann in den nächsten Wochen sicher genug zusammen hocken.

»Nein, danke. Morgen vielleicht. Ich bin müde.« Damit schob sie das Rad ins Gartenhaus, und Röder verschwand mit einem kurzen Abschiedsgruß in seiner Wohnung.

In der Wohnung angekommen, biss sie hungrig in ihr Brötchen und merkte sofort, wie sich ihre Laune besserte. Nachdem sie auch das zweite Brötchen nahezu verschlungen hatte, legte sie sich aufs Bett und schlief ein, ohne sich vorher ihren Schlafanzug anzuziehen.

Plötzlich schreckte sie hoch. Das durchdringende Horn eines Krankenwagens holte sie aus dem Schlaf. Wo bin ich hier, dachte sie verwirrt und horchte. Es war nichts als Stille um sie herum. Eine Stille, die sie als beängstigender empfand, als wenn tatsächlich der Alarm von draußen zu hören gewesen wäre. Eine Stille, die so laut war, dass sie sich die Bettdecke über den Kopf zog und ihre Fäuste auf die Ohren presste. »Warum hört es nicht auf? Warum nicht?«, wimmerte sie.

# 5

Zwei Tage waren vergangen, seit Anika zu seiner Unterstützung eingetroffen war. Zwei Tage, in denen nichts passiert war, was seine Aufmerksamkeit erfordert hätte. Weder hatten die Kollegen aus Oldenburg Näheres zu dem oder der Toten sagen können, noch hatte sich Paul Abarth gemeldet. So hatte er genügend Zeit, seiner Kollegin die Insel zu zeigen. Immer hatte sie ihr Notizbuch dabei und konnte schon so manche Frage daraus streichen. Auch die nach dem Rosengartentor hatte er mit Hinweis auf die unendlich vielen Kaninchen und die hungrigen Rehe beantwortet.

Zu Anfang hatte er sie nicht richtig einschätzen können. Sie war ein ruhiger, beinahe zurückhaltender Typ, der alles, was er sagte, interessiert aufnahm. Doch manchmal durchbrach sie ihre Zurückhaltung, lachte fröhlich und kommentierte seine Ausführungen unbeschwert und lebhaft. Nur von ihrer Zeit in Barsinghausen schien sie ungern zu erzählen. Er hatte ein, zwei Mal versucht, etwas aus ihr herauszulocken, doch vergebens. Dann hatte er es aufgegeben. Es musste auch nicht sein. Hauptsache, sie kamen in ihrer Zeit auf der Insel miteinander klar.

»Worüber denkst du nach?«

Röder zuckte zusammen und hätte sich beinahe mit dem Brötchenmesser in den Finger geschnitten, als Sandra ihn aus seinen Gedanken holte.

»Ach, ich habe überlegt, was ich Anika noch nicht gezeigt habe. Gestern waren wir auf dem Friedhof und haben uns Kramers Grab angesehen.«

»Gibt es da schon Neuigkeiten?«, fragte Sandra und

schenkte sich einen Kaffee ein. »Ich habe übrigens deine Kollegin gefragt, ob sie bei uns mit frühstücken wollte. Sie hat abgelehnt. Freundlich, aber bestimmt. Ich habe ihr dann nur erzählt, wo sie unseren Laden findet. Falls sie an Biolebensmitteln interessiert ist.«

»Ich denke, sie braucht ganz viel Ruhe«, erwiderte Röder. »Irgendwas ist mit ihr. Keine Ahnung, was es sein könnte.«

»Na gut. Ich muss gleich in den Laden, Eva ablösen. Die hat heute schon früh angefangen.«

»Und es macht dir immer noch Spaß?«, fragte Röder, obwohl ihm die Antwort durchaus bekannt war.

»Natürlich. Ich habe übrigens eine Bitte. Könntest du heute Nachmittag mal im Laden vorbeischauen? Wir wollen einen Kühlschrank anschließen, und zu diesem Zweck muss ein ziemlich schwerer Schrank umgesetzt werden.«

»Kein Problem, mache ich gerne.«

»Übrigens kommt übermorgen Wiebke. Wir wollen die weiteren Liefermodalitäten für das Gemüse besprechen.«

»Wird mein Freund Arndt auch dabei sein?«

Sandra schaute ihren Mann etwas verunsichert an und meinte: »Ich denke, der hat anderweitig zu tun.«

Das war schade. Er hätte ihn gerne wiedergesehen. Aber seit Arndt seinen Dienst als Hauptkommissar bei der Auricher Kripo aufgegeben und sich mit seiner Frau Wiebke einen Bauernhof in der Krummhörn zugelegt hatte, sahen sie sich nicht mehr so häufig. Röders schlechtes Gewissen machte sich bemerkbar. Auch er hätte die beiden auf dem Festland öfter besuchen können. Schließlich fuhren täglich Fähren ans Festland! Sandra hatte es getan, und so war die Zusammenarbeit mit »Kleemanns Hof« und die Idee eines Bioladens auf der Insel entstanden.

Sein Telefon machte sich bemerkbar.

Es war Paul Abarth, der ihn aus der Frühstücksbeschaulichkeit holte. »Wilko ist heute unentschuldigt nicht zum Unterricht erschienen.«

Röder schaute auf seine Uhr. »Der Unterricht hat doch gerade erst angefangen.«

»Richtig. Aber ich habe mit dem Vater telefoniert. Der Junge ist nicht mehr zu Hause.«

»Und was sagt die Schwester?«

»Die liegt laut Auskunft des Vaters mit Erkältung im Bett und weiß nichts.«

Röder bemerkte große Unruhe in der Stimme des Schulleiters. »Gut. Ich komme mit meiner Kollegin in Kürze bei Ihnen vorbei. Dann sehen wir weiter.«

Er beendete das Gespräch und unterrichtete Anika. Es dauerte keine fünf Minuten, da stand sie in der Küche vor Sandra und Michael. »Können wir los?«

Röder stand auf. »Momentchen. Darf ich mir vorher eine Jacke überziehen?«

»Natürlich, aber wir sollten so schnell wie möglich …«

»Ich beeile mich.« Er schnappte seine Regenjacke, winkte Sandra zu und folgte seiner Kollegin zum Gartenhäuschen. Er stellte fest, dass sein Vorderreifen ziemlich platt war. Normalerweise überließ er den wechselnden Hilfssheriffs die Fahrzeugpflege, weil er dazu einfach kein Talent – so redete er es sich zumindest ein – und auch keine Lust hatte.

»Brauchst du eine Luftpumpe?« Anika blickte mit Zweifel in den Augen auf sein Vorderrad. »Aber beeil' dich.«

Er stöhnte leicht. Er sah ein, dass er, ohne sein Techniktalent zu zeigen, aus der Nummer nicht wieder rauskam, also pumpte er. Es ging leichter als gedacht. Gleich darauf fuhren sie über den Roten Platz.

»Gut, dass Sie da sind«, begrüßte Paul Abarth die beiden. Röder konnte ihm ansehen, dass er sich große Sorgen machte.

»Bitte berichten Sie uns, was genau das Gespräch mit den Eltern gebracht hat.«

»Setzen Sie sich erst einmal«, erwiderte Abarth, als sie in seinem Büro angekommen waren. »Also ich war da, fand jedoch nur die Mutter vor. Sie hatte keine Ahnung, wovon ich sprach, und beteuerte, dass alles in Ordnung sei. Sie habe nie bemerkt, dass ihr Sohn sich verändert hätte.«

»Waren die Kinder bei dem Gespräch anwesend?«, fragte Anika.

»Nein, nicht direkt. Die Tochter war im Kinderzimmer. Der Sohn angeblich bei Nachbarn.«

»Bei wem genau?«, fragte Anika.

»Keine Ahnung. In dem Haus sind zwei weitere Eigentumswohnungen. In der einen wohnt Elmar Diesterweg. Der hat sich wohl, wie Frau Jessen berichtete, seinen Lebenstraum mit dieser Wohnung erfüllt. In der anderen lebt Ilona Klinker und manchmal auch ihr Mann.«

Röder kannte die beiden. Sie hatten viele Jahre eine Pension betrieben, bevor sie sie ihrem Sohn überschrieben hatten. Franz Klinker war seitdem meistens unterwegs, um die Welt zu erkunden. Andere Stimmen sagten allerdings, dass er sich von seiner Frau getrennt habe und deswegen am Festland sei.

»Aber Nachbarn ist ein weiter Begriff. Wo Wilko zu dem Zeitpunkt genau war, weiß ich nicht.« Paul Abarth fuhr sich durch seine wuscheligen Haare, dann schüttelte er bedauernd den Kopf. »Was halten Sie von der Sache?«

Röder stand auf. »Wir werden der Sache nachgehen. Mal schauen, ob was dran ist. Und Sie möchte ich bitten, mal ganz vorsichtig die Mitschüler aus Wilkos Klasse zu befragen. Es könnte sein, dass er seinen Altersgenossen gegenüber aufgeschlossener war.«

»Das mache ich gerne. Und – danke.« Auch Anika Frederik und der Schulleiter erhoben sich. »Ich möchte selbst gerne wissen, warum mich die Sache so verfolgt«, sagte er. »Es ist eigentlich nichts passiert. Dumme Sprüche und Fehlstunden hat es bei Schülern gegeben, seitdem Schulen existieren. Natürlich gibt es hier ebenfalls einen bunten Querschnitt von Charakteren. Aber wir leben im Grunde genommen in einer heilen Welt, verglichen mit mancher Großstadtschule. Da fällt es eben mehr auf, wenn ein Kind sich verändert.«

»Wir melden uns.« Anika und Röder verließen das Schulgebäude genau in dem Moment, als die Glocke klingelte. Röder fühlte sich angenehm in seine Kindheit versetzt. Zumindest an die Grundschule hatte er positive Erinnerungen. Wie hatte die Klassenlehrerin mit dem Dutt geheißen? Fräulein Lebesam. Genau. Alle Kinder hatten versucht, das Beste aus sich rauszuholen, um Fräulein Lebesam zu gefallen. Und sie hatte alles getan, um den Kindern mit großer Zuneigung möglichst viel beizubringen.

Im Ostdorf angekommen, wollte Röder gerade den Klingelknopf drücken, als sich die Tür von innen öffnete und Ilona Klinker vor ihnen stand. »Super, dass Sie da sind. Sonst hätte ich bei Ihnen angerufen.«

»Wieso?«, fragte Röder einigermaßen verwirrt.

»Na, riechen Sie das nicht? Kommen Sie rein, Sie beide! Hier stinkt es mal wieder zum Gotterbarmen. Ich habe allmählich die Schnauze voll!«, schrie sie. »Jeremy hat schon Asthma deswegen.« Sie zeigte auf einen braunen Dackel, der sich mühsam die Treppe hinunterbewegte.

»Aber was sollen wir …?«

»Sie sollen es ihm verbieten. Jeden, jeden, jeden Tag stinkt es.«

Röder schnüffelte, auch Anika hielt ihre Nase in die Luft. Gut, man konnte riechen, dass gekocht wurde. Aber es war nicht unangenehm.

»Ich habe in unserer Pension jeden Tag am Herd stehen müssen. Immer war ich vom Essensdunst umgeben. Das will ich nicht mehr. Dann kann ich mich auch gleich wieder bei meinem Sohn in die Küche begeben!«

»Wer ist denn derjenige, der in diesem Haus kocht?«, fragte Anika.

Ilona Klinker zeigte nach oben. »Der da. Der Diesterweg im ersten Stock. Ich wohne genau darüber. Im zweiten!«

»Haben Sie es schon mal mit Lüften versucht?«, fragte die Polizistin.

Röder ahnte, dass das genau die falsche Frage war. Er sollte Recht behalten.

»Glauben Sie, ich bin blöd? Was meinen Sie, wie es stinken würde, wenn das Flurfenster nicht Tag und Nacht offen wäre!«, schrie Ilona Klinker erneut.

Jetzt wurde auch Röder böse. »Schreien Sie uns nicht an. Sie entschuldigen uns. Wir haben zu tun.« Er schob sich an der aufgebrachten Frau vorbei und klingelte an Jessens Tür.

»Die kann ich auch nicht ab mit ihrer ständigen Streiterei«, schickte Klinker ihnen hinterher, als Hans Jessen sie hereinließ.

»Wir kommen wegen Ihres Sohnes«, erklärte Röder, nachdem er Hans Jessen seiner Kollegin vorgestellt hatte.

»Ja, und?« Hans Jessen ließ sich auf das Sofa fallen, das fast den ganzen Raum beanspruchte. Abgesehen von dem Fernseher, der die halbe gegenüberliegende Wand einnahm. »Ist er nicht in der Schule?«

»Nein. Deswegen sind wir hier. Haben Sie eine Ahnung, wo er sein könnte?«

Jessen schüttelte den Kopf. »Nein.«

»Und machen Sie sich Sorgen deswegen?«, fragte Anika.

Wieder schüttelte der Mann den Kopf. Diesmal kräftiger. »Warum sollte ich? Er ist ein Freigeist, wie meine Frau immer behauptet. Also was soll ich mir Gedanken machen?«

»Weil Sie ein eigenständig denkender Mensch sind?«, fragte Anika.

Jessen lachte auf. »Das sollten Sie mal meine Frau hören lassen. Die würde das glatt abstreiten.«

»Wo ist Ihre Frau jetzt?«

»Am Festland. Sie sucht Sponsoren.« Jessen deutete auf den Fernseher. »Sie dreht Filme und nennt das dann Kunst. Und weil das manchmal etwas kostet und ich nur das Gehalt eines Bürotigers in der Reederei mit nach Hause bringe, sucht sie fremdes Kapital. Zum Beispiel für dieses Riesengerät zum Abspielen der Kunstwerke. Würde gerne wissen, wie sie das immer wieder schafft. Aber vielleicht möchte ich es doch nicht wissen.«

»Dann haben Sie sich heute freigenommen?«

»Ja. Weil Meta krank ist. Ich konnte sie nicht allein lassen.«

In diesem Moment hörte Röder ein schwaches »Papa« aus dem Nebenzimmer. Anika sprang auf. »Ihre Tochter ruft. Darf ich zu ihr?«

Jessen nickte. »Gleich die erste Tür rechts. Aber erschrecken Sie sie nicht.«

»Keine Sorge.« Schon war Anika verschwunden.

»Sie haben wirklich keine Ahnung, wo Ihr Sohn ist, Herr Jessen? Bevor ich die ganz große Suche lostrete, möchte ich alle Infos haben«, mahnte Röder eindringlich.

»Nein, ich weiß es nicht. Bin aber guter Hoffnung, dass er kommt. Ich mache mir keine Sorgen. Allerdings wundere ich mich, dass die Polizei Zeit für eine solche Lappalie hat. Sie kreuzen hier gleich zu zweit auf – Donnerwetter!«

Röder konnte es kaum fassen. Er würde vermutlich nicht so entspannt auf dem Sofa sitzen, wenn sein Kind verschwunden wäre. Auf der anderen Seite – es war erst eine kurze Zeit, die der Junge weg war. »Hat er Hobbys, die ihm zurzeit wichtig sind? Angeln oder eine andere Beschäftigung, die er draußen ausführt?«

»Nein. Manchmal ist er mit seinen Kumpels unterwegs, aber das ist doch normal«, bemerkte Jessen.

Klar, die Zeit draußen zu verbringen, war normal, dachte Röder. Es war nur die Frage, womit er die Zeit im Freien ausfüllte. »Ich hörte, Ihre Frau und Sie streiten sich öfter? Könnte sein Verschwinden damit zu tun haben?«

»Ach, hat die alte Klatschtante von oben ihr Maul aufgerissen?« Jessens Augen blitzten wütend. »Die soll sich mal an ihre eigene Nase fassen. Der ist der Mann schon vor Jahren abgehauen. Der darf nur wiederkommen, wenn in der Wohnung etwas repariert werden muss und kein Handwerker zu kriegen ist.«

»Apropos Wohnung – wohnen Sie zur Miete oder gehört Ihnen die Wohnung?«

»Ich weiß nicht, was Sie das angeht, aber uns gehört die Wohnung. Obwohl ich mir oft genug wünsche, dass ich einfach den Vertrag kündigen und wegziehen könnte«, gab Jessen zu.

Röder wunderte sich. Woher hatten die Jessens das Geld für eine Wohnung? Aber die Frage danach verkniff er sich. Tatsächlich ging es ihn auch wirklich nichts an.

»Eine letzte Frage: Sagt Ihnen der Spruch: ›Wer leben will, muss töten‹ etwas?«

»Nein. Wieso?«

»Das war ein Satz, den Ihr Sohn in der Schule losgelassen hat«, erklärte Röder.

»Den hat er bestimmt bei einem Kumpel aufgeschnappt«, winkte Jessen ab.

»Bist du durch?« Anika war zurück.

Röder hatte das Gefühl, dass sie etwas mit ihm zu besprechen hatte, das nicht unbedingt für Hans Jessens Ohren gedacht war.

»Ich denke ja. Oder haben Sie mir noch etwas mitzuteilen?«, wandte er sich erneut an Jessen.

»Nein. Habe ich nicht«, kam es aufgebracht zurück.

»Teilen Sie uns sofort mit, wenn Ihr Junge wieder auftaucht. Sollte er bis zwei Uhr nicht zu Hause sein, werden wir eine Suche einleiten.« Sie verabschiedeten sich.

Im Treppenhaus roch es immer noch nach Essen. Sie klingelten bei Elmar Diesterweg, doch niemand öffnete.

»Wir gehen vor die Tür«, schlug Anika vor.

»Also, was hast du erfahren?« Röder konnte seine Neugier kaum bändigen.

»Ehrlich gesagt, nichts. Das Mädel war wirklich krank. Auf meine Frage, ob sie wüsste, wo ihr Bruder sein könnte, schüttelte sie nur den Kopf. Ich hatte allerdings stark das Gefühl, dass sie mir etwas verschwieg«, gab Anika Auskunft. »Soll ich sie mir noch einmal vornehmen? Sie begreift sicher gar nicht, wie wichtig ihre Hilfe sein könnte.«

»Lass es erst einmal gut sein. Wir warten ab und fragen später nach.«

»Du meinst nicht, dass wir handeln sollten? Wir können doch die Insulaner zusammentrommeln. Die Feuerwehr. Die Lehrer. Wir könnten alle Nachbarn befragen, ob die etwas mitbekommen haben.«

»Nein. Wir warten bis zum Unterrichtsende am frühen Nachmittag. Vielleicht taucht er bis dahin in der Schule auf.«

»Wie du meinst.« Sie schnappte sich ihr Rad und fuhr so schnell los, dass er kaum folgen konnte. Man gut, dass er ihr nicht von seinem Auftrag im Bioladen erzählt hatte. Dafür hätte sie bestimmt kein Verständnis gezeigt. Apropos Bioladen – er würde jetzt dorthin fahren. Dann konnte er sich nachmittags um die wichtigen Dinge des Lebens kümmern.

# 6

»Es ist ganz sicher, dass dein Unterricht heute ausgefallen ist?« Elmar Diesterweg konnte es nicht so ganz glauben.

»Doch. Sonst wäre ich nicht hier, oder?«, antwortete Wilko bestimmt.

Er hatte den Jungen im Flur getroffen, gerade, als er das Haus verlassen wollte. Wilko hatte sich ihm angeschlossen, als er ihm erzählt hatte, dass er Queller pflücken wollte. Der Meeresspargel, wie er auch genannt wurde, schmeckte vorzüglich zu Lachs oder Lammbraten. Am Nachmittag erwartete er drei Damen, die sich zu einem Kochkurs in seiner Küche angemeldet hatten.

Sie überquerten den Weg, der am alten Ostdorf vorbei zum Heim des Niedersächsischen Turnerbundes führte, und erreichten bald den Heller, auf dem Tausende von Vögeln brüteten. Diesterweg hoffte, dass er einige der jungen Pflänzchen fand, die nicht vom Gänsekot verdreckt waren.

»Kann ich später mit dir das Essen zubereiten?«, fragte Wilko.

»Heute nicht. Da bekomme ich Besuch. Aber übermorgen kannst du gerne zu mir kommen«, erwiderte Diesterweg und legte seinen Arm um Wilkos Schultern, als er dessen enttäuschtes Gesicht sah. »So, gleich haben wir die Verlandungszone erreicht. Das ist der Ort, wo wir die Pflanze finden sollten.«

Die Vegetation wurde allerdings eher weniger als mehr in diesem schmalen Streifen zwischen Hellerwiesen und Wattenmeer. Hier konnten es tatsächlich nur Pflanzen aushalten, die kein Problem damit hatten, regelmäßig vom Salzwasser überspült zu werden. Und zu diesen Pflanzen gehörte der Queller. Und genau das gab ihm diese wunderbar salzige und leicht pfefferige Note. »Da schau mal. Da ist er.« Er bückte sich und kniff die grüne Spitze der Pflanze ab. »Salicornia europaea. Davon gibt es zehn bis 30 Arten. Sie sind fast nicht auseinanderzuhalten. Aber das macht nichts. Sie schmecken alle. Aber wenn du sie pflückst, mach es bitte so wie ich. Nicht die ganze Pflanze, sondern nur den oberen Teil. Der ist frisch und angenehm im Geschmack. Die Pflanze ist um diese Jahreszeit noch sehr klein, aber wenn sie älter wird, ist der Rest manchmal holzig und zu salzig.«

»Ich achte drauf.« Jetzt lächelte der Junge wieder und brachte ihm nach kurzer Zeit eine ganze Handvoll der frischgrünen Spitzen.

Er legte sie in den Korb aus Stroh und freute sich bereits auf die Zubereitung. Der Queller war nicht die einzige Pflanze, die nutzbar war. Vor zwei Wochen hatte er Wegerich gepflückt und die Blätter zu einem leckeren Salat verarbeitet. Ab Juli würde er den Samen dieser Pflanze sammeln und Speiseöl daraus bereiten.

»Machst du den Queller als Salat oder Gemüse? Du musst mir unbedingt zeigen, wie das geht. Für Mama, weißt du?«, bat Wilko.

»Meinst du nicht, dass sie das auch ohne meine Hilfe kann? Sonst darf sie sich auch gerne an meinem Kochkurs beteiligen. Ich werde sie mal fragen«, überlegte Diesterweg laut.

»Nein. Besser nicht«, wehrte Wilko unwillig ab.

Was war das? Hatte er etwas verkehrt gemacht? Der Junge hatte es wohl nicht so ganz leicht mit seinen Eltern. Er kannte das. Auch er hatte eine Kindheit hinter sich, an die er sich nur ungern erinnerte. Am schlimmsten war der Hunger gewesen. Es war nicht so, dass seine Eltern kein Geld gehabt hätten, nein, es hatte beiden nur die Lust auf regelmäßige Mahlzeiten gefehlt. Nur bei seiner Oma war der kleine Elmar immer gut versorgt worden. Sie ließ ihn, auch, als er ganz jung war, schon in die Töpfe schauen. Er konnte bis heute schwören, dass er allein aus diesem Grund Koch geworden war. Wahrscheinlich war die Erinnerung an seine Oma auch der Antrieb, warum er sich dieses Jungen angenommen hatte. »Komm mal her«, rief er zu ihm herüber. »Schau mal, was hier liegt.« Eine Nonnengans mit einem beinahe gänzlich abgerissenen Kopf lag zwischen den spärlichen Gräsern.

Wilko rupfte einen weiteren Stiel ab, kam langsam zu ihm und beugte sich über das tote Tier. »Mann, die hat es aber erwischt. Wie ist das passiert?«

Diesterweg zuckte mit den Schultern. »Keine Ahnung, ob Mensch oder Tier der Verursacher war. Wir nehmen sie mit und entsorgen sie.« Er war sich allerdings im gleichen Moment nicht mehr so ganz sicher, ob das eine gute Idee war. Zu präsent war ihm die Situation vor einigen Wochen in den Dünen. Bei einem Spaziergang hatte er im Gebüsch ein großes Netz entdeckt. Darin hatten sich zwei Stockenten verfangen und waren gestorben. Sie konnten nicht lange tot gewesen sein, sie sahen recht frisch aus. Er hatte die Netzfalle abgebaut, damit sich nicht weitere Tiere dort verfingen. Netz und Enten hatte er mitgenommen. Er konnte nicht einsehen, warum er die Vögel nicht in die Bratröhre stecken sollte. Auf dem Rückweg in den Dünen kam ihm dummerweise ein Insulaner entgegen und fragte mit viel Zynismus: »Na, besorgst du dir deine Essenszutaten schon in den Dünen? Wir kaufen alles in den hiesigen Märkten. Dafür sind sie da!« Er, Diesterweg, hatte zunächst keine Antwort gehabt, so überrascht war er gewesen, doch dann hatte er versucht, dem Mann klarzumachen, dass er alles so vorgefunden hatte. Doch der Mann hatte nur abgewinkt. »Stockenten, auch Wildenten genannt, sollen sehr lecker sein. Lass sie dir schmecken. Aber lass dich nicht erwischen. Die Jagdzeit für die Tiere ist vorbei.«

Ein paar Tage später fiel in einem Gespräch auf der Straße das Wort Stockente, als er vorbeikam. Er hatte keine Ahnung, ob es ihn betraf. Wollte auch nicht nachfragen.

Wilko griff in die Federn des Tieres und breitete die Flügel auseinander. »Die sieht echt cool aus. Schau mal, die gestreiften Flügel.«

»Weißt du denn, warum dieses Tier Nonnengans heißt?«

»Nee.«

»Wenn der Kopf noch dran wäre, könntest du es sehen. Sie hat ein weißes Gesicht und einen schwarzen Scheitel. Nacken und Hals sind auch schwarz, daher erinnert die Färbung an die frühe Tracht katholischer Nonnen.«

Der Junge schaute Diesterweg verschmitzt an. »Du kennst dich echt gut aus. Aber weißt du auch, wie sie gebraten aussieht?«

»Stand noch nicht auf meinem Speiseplan.« Diesterweg lachte.

»Darf ich mitessen?«

Elmar Diesterweg schaute überrascht hoch und erkannte Ole Zander, den Wattführer, der in der gleichen Straße wohnte.

»Klar. Kein Problem!« Diesterweg lächelte. »Willst du gleich einen Kurs belegen? Wir können natürlich auch eine Gemeinschaftsaktion überlegen. Du gehst mit den Leuten ins Watt, dann pflücken wir alle zusammen den Queller, und ich frage in einer der Hotelküchen nach, ob wir die nutzen können. Wäre nicht das erste Mal. Eine ähnliche Sache mache ich demnächst mit dem Nationalparkhaus. Wir werden im Watt Tische und Stühle aufbauen und dort essen. ›Wattenschmaus‹ haben Enna Klar und ich die Veranstaltung genannt. Ich überlege gerade, was wir servieren. Es sollte auf jeden Fall etwas mit der Umgebung, also dem Wattenmeer, zu tun haben. Wenn du dabei sein möchtest, musst du dich bei ihr anmelden.«

»Kann ich drüber nachdenken. Aber jetzt lern erst mal den Nachwuchs an. Macht Wilko gerade ein Praktikum bei dir?«, fragte Ole.

»So könnte man es vielleicht nennen.«

»Bis dann.« Ole Zander zeigte auf die weite Schlickfläche zwischen Insel und Festland, auf der kaum Wasser zu sehen war. »Ich muss ins Watt. Die Leute warten schon am ›Verhungernix‹ auf mich.«

Elmar Diesterweg sah hinter dem Mann her, der mit seinem schweren Rucksack und der Grabeforke in der Hand durch den Schlick Richtung Hafen stapfte.

»Brauchst du noch mehr? Wieviel soll ich pflücken?«, fragte Wilko.

»Ich denke, es reicht beinahe. Schau. Da vorne steht ein Büschel, davon nehmen wir etwas mit, dann ist es gut.«

»Aber …«

»Nein. Wir pflücken nur so viel, wie wir brauchen. Das habe ich dir schon oft gesagt, oder?« Elmar Diesterweg hatte plötzlich keine Lust mehr. Er wollte so schnell wie möglich nach Hause. Hoffentlich hatte der Wattführer nicht gedacht, er habe die Gans höchstpersönlich zu Verzehrzwecken getötet. Er hätte besser darauf hinweisen sollen, dass er lediglich den Queller als Nahrung nutzen wollte.

»Ja, ja, ich habe verstanden«, nörgelte Wilko. »Die Großen bestimmen und die Kleinen müssen folgen. Wie bei meinen Eltern.«

Es tat Diesterweg weh, was der Junge sagte. Er hatte sich so um ihn bemüht. Hatte zugehört, wenn Wilko mal wieder mit verheultem Gesicht vor seiner Tür gestanden hatte. Hatte versucht, ihm das Gefühl zu geben, dass er ihn trotz der jungen Jahre respektierte und ihn ernst nahm. Er war kurz davor, ihm eine ziemlich abweisende Antwort zu geben, aber er riss sich zusammen und sagte nur: »Du kannst mir zu Hause helfen, den Queller zu waschen und vorzubereiten. Übermorgen gehen wir wieder zusammen raus und sammeln und kochen danach das perfekte Menü. Was hältst du davon?«

Wilko schaute ihn von der Seite an. Der Trotz war einem strahlenden Lächeln gewichen. »Okay, Boss. So wird es gemacht. Heute kochst du mit deinen Frauen und übermorgen sind wir dran.«

»Vielleicht finden wir auch Löffelkraut. Davon ein paar der scharfen Blätter in den Salat, das ist auch sehr lecker. Löffelkraut ist übrigens so reichhaltig an Vitamin C, dass es früher auf Segelschiffen gegen Skorbut eingesetzt wurde.«

Wilko schaute ihn fragend an. »Skorbut?«

»Das ist eine Vitaminmangelkrankheit. Da fielen den Seeleuten die Zähne aus.«

»Aha«, überlegte Wilko. »Daher hat man das Labskaus erfunden. Das kann man schließlich auch ohne Zähne schlucken.« Er kicherte.

Auch Diesterweg lachte. »Da magst du recht haben.« Gemeinsam gingen sie zurück über den Heller nach Hause.

»Wie war das noch?«, fragte Wilko. »Ist das eigentlich Nationalparkgelände? Dürfen wir hier laufen? Wir haben das nämlich gerade in der Schule. Ruhezone I, Ruhezone II und so.«

»Ach«, erwiderte Diesterweg versonnen. »Wo kein Kläger ist, ist auch kein Richter.«

»Was heißt das?«

»Das heißt, wenn keiner mitbekommt, wenn jemand etwas Verbotenes getan hat, kann die Person auch nicht verurteilt werden, verstehst du?«

»Oder jemand kriegt es mit, aber sagt nichts.«

Elmar Diesterweg schwieg einen Moment, dann meinte er: »Die Möglichkeit besteht natürlich auch.«

Als sie die Haustür öffneten, stand Hans Jessen vor ihnen und starrte sie wutentbrannt an. »Ach, so war das mit: Man muss töten, um zu leben.«

»Was meinen Sie?«, fragte Diesterweg verblüfft.

»Was ich damit meine?« Hans Jessen lachte kreischend auf und deutete auf das kopflose Tier, das Diesterweg im Gras neben dem Fahrradständer abgelegt hatte. »Als ob Sie das nicht wüssten! Schlagen im Beisein meines Sohnes Gänsen den Kopf ab, nur damit Sie was für den Kochtopf haben!«

Waren jetzt alle verrückt geworden? Es musste doch klar sein, dass man erstens Nonnengänse nicht mal eben so einfangen und dass man zweitens Nonnengänse gar nicht verwerten konnte. Sie schmeckten einfach nicht.

»Es ist doch gut, wenn man aufmerksame Nachbarn hat. Die Szene kam Ole seltsam vor. Da hat er mich gleich angerufen. Auch weil er sich wunderte, dass Wilko nicht in der Schule war.«

Du liebe Güte, dachte Diesterweg. Das ist das zweite Mal, dass jemand etwas in den falschen Hals bekommt. Er mochte nicht darüber nachdenken, wie schnell sich auch diese Geschichte auf der Insel herumsprechen würde.

»Aber der Junge hatte frei. Der Unterricht war ausgefallen«, stotterte Diesterweg. Er merkte, wie Wilko neben ihm unkontrolliert zu zittern anfing. Jessen machte einen Schritt auf seinen Sohn zu, griff in sein T-Shirt. »Du gehst jetzt rein. Mit dir rede ich später.«

Der Junge rührte sich nicht.

»Los. Rein mit dir!«, schrie Jessen sein Kind an.

Was soll ich machen, überlegte Diesterweg. Würde der Mann Wilko schlagen? Dann musste er eingreifen. Oder würde das die Lage für das Kind verschlimmern? Er wollte um nichts in der Welt den Vater weiter aufregen. »Herr Jessen, die Gans haben wir tot auf dem Heller gefunden. Wir waren unterwegs und haben Queller für ein Gericht gesammelt, das ich heute Nachmittag kochen will. Wilko interessiert sich so sehr für das Kochen.«

Wilko schaute ihn angsterfüllt an. Hatte er etwas Verkehrtes gesagt?

»Dann war mein Sohn schon öfter bei Ihnen in der Wohnung? Mal sehen, was die Polizei dazu sagt!«

»Aber was hat die damit zu tun?«, fragte Diesterweg verdattert. Allmählich wurde die Lage für ihn unübersichtlich.

»Das können Sie sich immer noch nicht denken? Der Junge geht nicht zur Schule, nur damit er mit Ihnen kochen kann? Dahinter steckt mehr als nur Queller zu sammeln. Man muss töten, um zu leben – irre!«

»Nein. Wenn ich es Ihnen doch sage!«, versuchte Diesterweg Jessen zu überzeugen.

Jetzt liefen Wilko die Tränen über das Gesicht.

»Papa, was ist das für ein Krach?« Elmar Diesterweg sah Meta, blass und mit verwuschelten Haaren, im Nachthemd in der offenen Wohnungstür stehen. Gleichzeitig kam Ilona Klinker die Treppe hinunter. Ihr Dackel folgte ihr, ungelenk wie immer, seinen übergewichtigen Bauch von Stufe zu Stufe schiebend.

Klaus Jessen wandte sich um. »Nichts, mein Kind, gar nichts. Geh wieder ins Bett. Wilko und ich kommen auch gleich. Und Sie, Frau Klinker, geht es gar nichts an, was hier passiert. Aber wenn Sie es genau wissen wollen, schütze ich gerade meine Kinder vor einem per-…«

»Nein!«, schrie Diesterweg. »Nicht vor den Kindern.« Dann fügte er leise hinzu: »Wir können uns gerne unterhalten, wenn wir allein sind. Aber wir sollten jetzt wirklich …«

Hans Jessen hörte nicht mehr zu. Er schob Wilko grob den Flur entlang, verschwand mit ihm und Meta in der Wohnung und knallte die Tür zu.

Elmar Diesterweg hätte sich nicht gewundert, wenn die Klinker einen gehässigen Kommentar losgelassen hätte. Doch die Frau drehte sich wortlos um und ging die Treppe hoch. Der Hund folgte ihr mit durchdringendem Jaulen.

Er nahm sein Körbchen mit dem Queller. Die Lust am Kochen war ihm vergangen. Zumindest für heute. Aber es nützte nichts. Die Damen vom Kochclub würden darauf keine Rücksicht nehmen.

# 7

Röder hatte im Bioladen gerade die letzte Schraube in die Wand gedreht, als Hans Jessen ihm mitteilte, dass Wilko zu Hause sei.

»Und – wo hat er gesteckt?«, fragte Röder.

»Mit dem Diesterweg aus unserem Haus war er zum Queller pflücken. Wilko hat mir bestätigt, dass er dem Mann vorgeschwindelt hat, die Schule sei ausgefallen. Da hat ihn Diesterweg ohne Nachfrage einfach mitgenommen.«

»Na, dann haben sich unsere Sorgen um den Jungen ja in Luft aufgelöst«, war Röder erfreut.

»Wie man es nimmt. Ole Zander hat gesehen, wie Wilko und der Diesterweg eine tote Gans mit aus dem Watt genommen haben. Ist doch nicht normal, oder? Ich meine, der muss das Tier nicht in Wilkos Beisein töten. Wilko ist erst elf.«

»Wenn es Sie beruhigt, werde ich meine Kollegin vorbeischicken. Die kann mit Ihrem Sohn und Herrn Diesterweg reden. Ich denke, sie hat ein sehr gutes Gespür dafür, ob mit dieser Sache etwas nicht stimmt«, schlug Röder vor.

»Gute Idee. Machen Sie einen Termin mit unserem Chefkoch, dann melden Sie sich bei uns. Wir sind den ganzen Nachmittag da«, erwiderte Jessen.

Als der Mann das Gespräch beendet hatte, überlegte Röder, was er Anika mit auf den Weg geben konnte. Die Stimme des Mannes hatte weder wütend noch ängstlich geklungen, aber auch nicht gefestigt. Mehr so, als ob er mit der Angelegenheit ziemlich überfordert war. Er hoffte, dass Anika den richtigen Ton anschlagen würde. Er hielt sie für eine recht kompetente Kollegin, doch wenn es sich um Kinder in Notsituationen handelte, schien sie ein wenig zu überreagieren. Vielleicht täuschte er sich auch, und es war nur normal, dass Frauen entsprechende Gefahrenlagen anders beurteilten. Schließlich war es bisher nicht sehr häufig vorgekommen, dass ihm eine weibliche Hilfe zugeteilt worden war. Bis auf Marlene. Aber das war ein anderer Fall.

»Hilfst du uns, die Kisten hereinzutragen?« Sandra rüttelte leicht an der Leiter.

Er erschrak und wäre beinahe runtergefallen, wenn seine Frau ihn nicht gehalten hätte. »Ist doch gut, wenn eine schützende Hand über einem wacht«, lächelte sie.

»Stimmt. Besonders, wenn die Hand vorher dafür verantwortlich war, dass die Leiter überhaupt erst wackelte«, erwiderte er. Draußen war der Pferdewagen vorgefahren. Der Kutscher schlug die Seitenklappe nach unten und schob einige Kisten an den Rand der Ladefläche.

»Dann wollen wir mal.« Eine Kiste nach der anderen trug Röder in den Laden. »Muss die Kühlkette nicht eingehalten werden?«, versuchte er, sein neu erworbenes Fachwissen anzuwenden. Sandra hatte ihn, während sie mit ihrer Freundin Eva den Bioladen eingerichtet hatte, ausführlich daran teilhaben lassen.

»Ach«, beruhigte Sandra ihn. »In den Kisten und Kartons sind Nudeln, Reis und Dosensuppen. Da muss das mit der Kühlkette nicht sein«, fügte sie leicht ironisch hinzu. »Wenn morgen die Bestellung von Milch, Butter, Joghurt und so weiter angeliefert wird, dann kommt das in blauen Kühlbehältern.«

Richtig. Die standen auch immer beim »Frischemarkt« und beim »Inselmarkt« herum. Sie stapelten die Waren in einer Ecke des Ladens, dann rief er Anika an. Sie versprach, umgehend bei Jessens vorbeizuschauen und sich ein Bild zu machen.

Kaum hatte er sein Handy in der Hosentasche verstaut, meldete es sich erneut. Sein Chef aus Aurich war dran. Röder hörte interessiert zu, was Müller ihm zu sagen hatte.

»Mit der Abendfähre kommen zwei Kollegen rüber. Die wollen ein paar Sachen näher recherchieren bezüglich der Knochenfunde. Es wäre nett, wenn du zwei Zimmer besorgen könntest. Sie wollen mindestens für eine Übernachtung bleiben.«

»Das dürfte in dieser Jahreszeit kein Problem sein«, war Röder überzeugt. »Im Hotel ›Sonnenstrand‹ ist immer etwas für uns frei, wenn wir nett darum bitten.« Seit vielen Jahren waren Henning und Birgit Ahlers, die Besitzer des Hotels, kompetente Ansprechpartner, die nicht nur Zimmer, sondern regelmäßig auch ihren Clubraum für die Polizeiarbeit zur Verfügung stellten. Die Baltrumer Wache war für mehr als zwei Personen nicht ausgelegt. »Wer kommt denn?«

»Herbert Pankok aus Bremen. Da gibt es nämlich eine vielversprechende Spur. Aus unserem Kommissariat wird auch einer mit anreisen. Das wird sich gleich entscheiden. Nur, dass du Bescheid weißt. Wäre schön, wenn du die Kollegen vom Schiff abholst und einweist.« Damit war das Gespräch beendet.

Röder wunderte sich. Sonst hatte sein Chef durchaus mehr Zeit, wenn sie Telefonkontakt hatten. Aber vielleicht hatte gerade jemand sein Büro betreten und er musste sich anderen Aufgaben zuwenden. Wieder steckte er das Telefon ein. Er war gespannt, wer an Pankoks Seite auftauchen würde. Vielleicht Marvin Lingenberg, der bereits einige Male auf der Insel bei Mordfällen ermittelt hatte und sich inzwischen recht gut auskannte.

»Soll ich mit auspacken helfen?«, fragte er in der Hoffnung, dass der Kelch an ihm vorüberging. Er hatte Glück. Sandra zog es vor, die Ware Stück für Stück nach eingehender Begutachtung selbst in die Regale zu stellen.

»Gut. Ich bin auf der Wache, falls du mich brauchst. Später fahre ich zum Schiff.«

»Drehst du mit Amir eine Runde?«, fragte sie.

»Mache ich. Ich will sowieso mal eben zum Wasser gucken.« Er verabschiedete sich und fuhr nach Hause, wo sein Heidewachtel bereits wartete. Zumindest erweckte es den Anschein, so, wie der Hund ihn sehnsüchtig anschaute, als Röder die Küche betrat.

Der Hund sprang sofort auf, als Röder die Leine vom Haken nahm. »Also, los geht's.« Er schaute in den Dienstraum, aber Anika war nicht da. Wahrscheinlich war sie bereits auf dem Weg zu Jessens.

Auf der Strandmauer waren einige Spaziergänger unterwegs. Die meisten Tagesgäste, die morgens mit dem Schiff gekommen waren, hatten ihre Strandmuscheln aufgebaut und sich im Sand ein gemütliches Nest geschaffen, das sie noch nicht bereit waren aufzugeben. Sie würden später mit der »Baltrum III« zurück ans Festland fahren. Die große

Fähre war bereits unterwegs nach Neßmersiel. So regte sich buntes Treiben, obwohl es erst Mitte Mai und Vorsaison war. Auch die Strandkörbe, die die Mitarbeiter des Bauhofes aus dem Winterschlaf geholt hatten, waren gut belegt. Röder wandte sich nach links und ging an den Buhnen vorbei bis zur Kuckucksdüne. Er wunderte sich immer wieder, wie hartnäckig die Natur ihren Platz eroberte. Die Strandmauer, ein Gebilde aus beinahe nichts als Beton und Steinen, wies über die ganze Länge ganz schmale Einbuchtungen auf, in die sich Sand gesetzt hatte. Darin trotzten Löwenzahn, Gänseblümchen, Disteln und viele andere Arten ungeschützt Sturm, Regen und Salzwassergischt.

Das Wasser lief bereits wieder auf. Er schaute auf die Uhr. Noch eine Stunde, dann würde die »Baltrum I« in Neßmersiel die Motoren anschmeißen.

Er ließ die Strandmauer hinter sich und ging zurück ins Dorf. In Höhe des Nationalparkhauses sah er Ole Zander auf dem Fahrrad vom Hafen kommen.

»Na, Wattwanderung beendet?«, rief er ihm zu.

»Ja, schon eine ganze Weile. Habe mich mit Gästen unterhalten, die seit 30 Jahren auf die Insel kommen und alles kennen. Besser als die Einheimischen«, lachte er.

»Das kenne ich«, bestätigte Röder. Dann fragte er den Wattführer, was genau er beobachtet hatte, als er Elmar Diesterweg und den Jungen gesehen hatte.

»Genau das, was ich Hans bereits gesagt habe. Der Diesterweg und Wilko bückten sich öfter, als ob sie etwas suchten oder pflückten. Dann, kurze Zeit später, war ich bei ihnen und sah, dass eine Nonnengans tot im Gras lag. Wilko schlug vor, sie zu braten.«

»Das hast du seinem Vater erzählt?«

»Ja. Denn es ist verboten, Nonnengänse zu töten. Sie stehen unter strengstem Schutz. Es war so schräg irgendwie.

Diesterweg hat mich sogar zum Essen eingeladen. So dachte ich, Hans sollte wissen, was ich beobachtet habe«, erklärte Ole Zander.

»Danke für deine Offenheit«, sagte Röder. »Falls dir was einfällt oder wenn du etwas hörst, was zur Aufhellung dient, melde dich bitte bei uns.«

»Geht in Ordnung.« Der Wattführer stieg auf sein Rad, winkte kurz und fuhr weiter.

Der Inselpolizist machte einen großen Bogen, ging am Hotel »Fresena« links ab durch das Deichschart und an der evangelischen Kirche vorbei. Er wollte wissen, ob die Turmfalken im Kirchturm ihr Nest gebaut hatten. Tatsächlich, da saßen die beiden Elterntiere in der Nische. Zu Hause angekommen, verbannte er Amir in sein Körbchen in die Küche, dann fuhr er los zum Hotel »Sonnenstrand«.

Henning Ahlers stand auf der Terrasse und wischte die Stühle ab. »Da haben sich doch wieder die Möwen verewigt«, begrüßte er den Polizisten.

»Tja«, lachte Röder, »immer Ärger mit der Natur. Schrecklich.«

»Was führt dich zu mir? Doch nicht etwa die gefundenen Knochen?«

»Doch. Es kommen gleich zwei Kommissare, und wir brauchen zwei Zimmer. Die Dienstwohnung ist belegt. Da wohnt Anika Frederik, meine Kollegin«, erklärte Röder.

»Dann komm mal mit rein. Ich wollte sowieso mit Birgit ein Tässchen Tee trinken. Wenn du also möchtest …«

»Gerne.« Röder würde nur im Notfall einen Nachmittagstee bei Familie Ahlers ausschlagen.

In der kleinen Küche war es gemütlich wie immer. Birgit stellte die Tassen auf den Tisch, dazu Kluntjes und Sahne, ganz so, wie der Ostfriese seinen Tee liebte. Auch ein paar Butterkekse fehlten nicht. Röder hatte das Gefühl, als ob die

Außenwelt keinerlei Zutritt hatte. Es war einfach nur gemütlich auf dem alten Ostfriesensofa. Aus der großen Hotelküche kam hin und wieder das Scheppern von Töpfen, aber selbst das störte nicht.

»So, sag schon! Warum bekommst du Verstärkung?«, fragte Henning gespannt. »Du weißt doch, als Mitglied der Feuerwehr bin ich zum Stillschweigen verpflichtet.«

»Und ich als seine Ehefrau natürlich auch«, fügte Birgit lachend hinzu.

»Ganz ehrlich – ich habe keine Ahnung. Die haben wohl etwas herausgefunden, aber was genau, das wollen die beiden Kollegen mir nach ihrer Ankunft mitteilen. Es kommt ein Kommissar aus Bremen, Herbert Pankok, und jemand aus Aurich, der sich hier wohl auskennt. Leider hatte mein Chef nicht genügend Zeit, mir zu sagen, wer der Glückliche ist.«

»Na gut, dann warten wir mal ab. Die Zimmer sind bereit, und wenn ihr den Clubraum braucht – nur zu. Erst in der nächsten Woche kommt der Doppelkopfclub. Bis dahin solltet ihr mit euren Ermittlungen durch sein«, sagte der Hotelchef.

»Du hast zurzeit weibliche Hilfe? Wenn ja, wo steckt sie denn?«, fragte Birgit.

»Im Ostdorf. Ein Junge war nicht in der Schule erschienen, da gibt es wohl einige Probleme«, gab Röder Auskunft. Mehr würde er nicht sagen. Das mussten die beiden nicht wissen.

»Ach, es geht um Wilko? Der wohnt mit seiner Familie doch in dem Haus mit den drei Eigentumswohnungen hinterm Deich, nicht wahr? Da, wo auch der schwule Koch wohnt«, sagte Henning.

Birgit schaute ihren Mann wütend an. »Es ist doch völlig egal, was für eine sexuelle Präferenz jemand hat.« Sie wandte sich an Röder. »Neulich wollte der Redakteur einer Tageszeitung von uns wissen, ob wir in einer Anzeige auf der Suche nach einem Hausmeister m, w, und auch d setzen wollten.

Ich wusste überhaupt nicht, was der meinte, und habe ihn gefragt, ob damit *deutsch* gemeint sei. Nein, *divers*, hat der geantwortet. Ich war verblüfft, das kannst du dir denken. Mir ist es wichtig, dass die Person ihre Aufgaben vernünftig erfüllt, nicht, mit wem sie ins Bett steigt!«

»Beruhige dich, mir geht es genauso. Es ist mir nur rausgerutscht, weil der vor einigen Jahren mal in einigen Häusern Kochkurse angeboten hat. Unser Koch hat ebenfalls teilgenommen. Quasi zur Weiterbildung, aber der Diesterweg hat ihn wohl nach dem vierten Bier ein wenig angebaggert«, erzählte Henning.

»Kann ich deinen Koch mal sprechen?«, fragte Röder.

»Leider hat er letzten Herbst aufgehört. Seine Frau mochte hier nicht sein. Die sind zum Festland zurück«, erklärte Birgit.

»Aber seine Telefonnummer hast du bei Bedarf?«

Henning nickte.

»Aber woher wusstest du von Wilko?« Diese Frage interessierte den Inselpolizisten brennend.

»Weil heute die fünfte Klasse der Feuerwehr einen Besuch abgestattet hat. Ich habe die Kinder herumgeführt. Zu Beginn habe ich das gefragt, was der Kasper auch immer fragt, nämlich: Seid ihr alle da? Und eines der Kinder sagte: ›Alle bis auf Wilko.‹ Das ist die Auflösung des Rätsels.«

»Also, wenn ihr eh schon alles wisst – ja, der Junge war mit Diesterweg in der Verlandungszone, Queller pflücken. Und der Vater, Hans Jessen, war darüber stinkesauer, weil Diesterweg angeblich eine Nonnengans zum eigenen Verzehr getötet hat. Anika ist hin, um die Wogen zu glätten.«

»Ich glaube, in diesem Haus ist sowieso kein gutes Klima«, ergänzte Birgit. »Ilona Klinker hat dort auch eine Wohnung, und die Frau kann ganz schön rabiat werden, wenn etwas gegen ihre Mütze läuft. Die hatten im Februar Eigentümerversammlung bei uns im Clubraum. Da ging echt die Post ab.«

»Hast du gehört, worum es da ging?«

»Nicht wirklich«, meinte Henning. »Nur einmal, als ich frische Getränke brachte, schlug die Klinker mit der Faust auf den Tisch und rief: ›Ich will den Rest auch kaufen, damit endlich Ruhe ist in diesem Haus.‹«

Röder stand auf. »Danke für den Tee und die Neuigkeit. Ich muss los.«

»Bis später. Wir sind gespannt, wen du uns mitbringst«, sagte Birgit zum Abschied.

»Ich auch«, erwiderte Röder. Wobei es eigentlich egal war, ob Gero oder Marvin dabei sein würde. Er kam mit beiden gut aus.

Als er den Hafen erreichte, legte das Schiff gerade an. Der Landgang wurde ausgefahren, und die ersten Gäste kamen von Bord. Und mitten zwischen den vielen Gesichtern sah er eines, was ihm nur zu bekannt vorkam. Das gab es nicht. Das konnte nicht sein. »Was machst du denn hier?«

Arndt Kleemann lachte ihn übermütig an. »Darf ich mich vorstellen: Ich bin neuerdings ermittelnder Beamter der Polizeiinspektion Aurich/Wittmund.«

Röder wollte antworten, doch die Stimme versagte. Stattdessen nahm er seinen Freund in den Arm, bis er merkte, wie jemand an seiner Dienstjacke zupfte.

»Mein Name ist Herbert Pankok. Und wer hat mich lieb?«

# 8

»Na, haben Sie sich den Mann schon vorgenommen?« Hans Jessen stand am offenen Fenster und schaute Anika zu, wie sie verzweifelt versuchte, ihr Fahrrad abzuschließen. »Das müssen Sie nicht. Hier wird kein Rad geklaut. Schon gar kein Polizeidienstrad.«

Dienstrad? Sie blickte auf das Gestänge, doch nirgendwo konnte sie einen Hinweis darauf entdecken, dass man es als polizeieigen hätte erkennen können. Und wenn, würde es einen eifrigen Dieb auch nicht von seiner Tat abhalten. »Haben Sie Zeit?«

»Ich habe. Allerdings ist alles gesagt, oder?«

Anika Frederik antwortete nicht, sondern ging ins Haus und fragte sich, ob der Mann tatsächlich die Wohnungstür öffnete.

Doch er erwartete sie bereits im Flur. »Wollen Sie reinkommen?«

»Sind Ihre Kinder da?«, fragte sie.

»Ja, Meta liegt im Bett und Wilko sitzt an seinen Hausaufgaben. Ich habe sie mir telefonisch geben lassen. Wäre ja noch schöner, wenn er ohne sie durchkommen würde, wenn er schon nicht am Unterricht teilnimmt.«

»Darf ich mit ihm reden?«

Jessen zögerte. »Ich habe bereits alles versucht, ihn zum Reden zu bringen, aber er schweigt.«

»Alles?«, erwiderte Anika scharf.

»Ich habe keine Gewalt angewendet. Ist nicht mein Stil. Zumindest nicht bei Kindern. Kann ich ruhig sagen. Meine Akte kennen Sie sicher.«

Nein, die kannte Anika nicht. Röder hatte sie bisher nicht erwähnt.

»Also, was ist nun? Wenn wir Licht in die Angelegenheit bekommen wollen, ist es wichtig, dass …«

»Wilko. Die Frau von der Polizei will mit dir reden«, rief Jessen und riss eine Tür auf. Gleich darauf stand der Junge zitternd vor ihr.

»Wir gehen ins Wohnzimmer«, forderte Jessen die Polizistin auf, doch Anika winkte ab. »Ich würde gerne mit Wilko allein sprechen, wenn Sie mir die Erlaubnis geben. Wir könnten das in seinem Zimmer erledigen.«

»Wenn Sie meinen, dass es hilft – bitteschön.« Jessen trat einen Schritt zurück und zeigte auf die offene Kinderzimmertür.

Wilko setzte sich auf sein Bett, und die Polizistin quetschte sich auf den schmalen Kinderstuhl vor Wilkos Schreibtisch. »Möchtest du mir erzählen, wie du Herrn Diesterweg kennengelernt hast und was euch verbindet?«

Wilko nickte, dann begann er flüsternd. »Das war, als meine Eltern rumgeschrien haben, weil Mama immer weg ist wegen ihrer Arbeit. Und wenn sie zu Hause ist, soll sie kochen, hat Papa gesagt. Aber er sagt auch, dass sie nicht gut ist, und wenn sie das nicht bald lernt, haut er ab.«

»Und – kocht deine Mama denn so schlecht? Schmeckt es euch Kindern auch nicht?«, hakte Anika ein.

Jetzt stahl sich ein kleines Lächeln über das Gesicht des Jungen. »Wenn meine Mutter mal kochen muss, dann schlage ich immer vor, dass ich Pizza kaufen gehe. Das klappt fast immer. Sie kann einfach nicht kochen. Daher macht das der Papa. Das schmeckt irgendwie normal. Ich habe immer gedacht, das Essen muss so – langweilig schmecken. Aber seitdem ich mit Elmar koche, weiß ich, wie es auch anders geht. Soll ich Ihnen mal sagen, was wir schon gekocht haben? Labskaus.

Das war superklasse. Und nicht etwa mit Corned Beef. Elmar hat gesagt, das nehmen nur die, die keine Lust haben, richtig zu kochen. Nein, wir haben gepökeltes Rind- und Schweinefleisch zerkleinert. Und Matjes und Gurken auch. Dazu haben wir einen Salat aus Brennnessel, Feldsalat und Löwenzahnblättern gemacht. Ganz frisch. Und die Soße dazu – total lecker.«

Anika wusste, dass es besser wäre, den Jungen nicht zu unterbrechen, dennoch winkte sie ab. »Habt ihr außer Kochen sonst Dinge miteinander gemacht?«

Wilko zögerte. »Ja, aber das war nicht schön.«

»Was war es?«, fragte Anika gespannt.

»Nichts. Eigentlich war es nichts«, erwiderte Wilko traurig.

»Bitte, Wilko.« Anika hoffte so sehr, dass der Junge sich öffnete. Dann hatten sie endlich etwas Verwertbares in der Hand.

»Na gut. Wir haben zum Beispiel ›Mensch ärgere Dich nicht‹ gespielt und Elmar hat jedes verdammte Mal gewonnen!« Wilko war aufgesprungen. »Es ist nur ein Spiel und man gewinnt mit Glück. Aber die verdammten Würfel wollten nie so wie ich!«

Anika konnte sich ein Lachen kaum verkneifen. Wenn das wirklich alles war …

»Also wolltest du …«

»Ja, ich wollte kochen lernen und das Mama beibringen. Im Treppenhaus roch es immer so lecker, und ich habe Mama gefragt, ob sie nicht mal bei Elmar was lernen kann, aber sie hat nur gelacht. Darum musste ich das machen! Damit ich ihr das beibringen kann und Papa nicht mehr meckert. Und wenn ich die doofe Schule aushabe, werde ich Koch!«

»Das ist eine gute Idee«, freute sich Anika. »Gibt es noch etwas, was du an Herrn Diesterweg magst?«

»Ja. Wenn ich traurig bin, und ich meine nicht traurig, wie nach dem ›Mensch ärgere Dich nicht‹ Spiel, sondern richtig traurig, dann setzen wir uns zusammen auf das Sofa und er erzählt mir Geschichten aus der Zeit, wo er in Amerika gewohnt hat und so. Das ist schön.«

»Setzt sich dein Papa denn nicht mal mit dir gemütlich auf das Sofa?«

Wilko schüttelte traurig den Kopf. »Papa nie. Der meckert immer nur. Manchmal nimmt er Meta in den Arm, weil die noch kleiner ist. Sagt er. Und Mama merkt einfach nicht, wenn es mir nicht gut geht. Außerdem hat die nie Zeit.«

»Dann sage mir, was es mit diesem ominösen Satz auf sich hat. Wer leben will, muss töten, oder so ähnlich.«

Wilko schaute sie ernsthaft an. »Das ist nun mal so. Wenn wir ein Schnitzel essen, muss vorher das Schwein getötet werden. Das weiß doch jeder.«

»Hat Herr Diesterweg schon einmal in deinem Beisein Tiere getötet?«

Wilko schwieg, dann schüttelte er kaum wahrnehmbar den Kopf. »Nein«, hörte Anika ganz leise.

Anika stand auf. »Danke für deine Offenheit. Darf ich das deinem Vater erzählen?«

»Nein, besser nicht. Aber eigentlich ist es auch egal. Der lässt mich sowieso nicht mehr zu ihm, so sauer wie der ist.« Wilko nahm sein Kopfkissen, knuddelte es zusammen und warf es auf den Boden. »Aber dann gehe ich heimlich. Papa merkt doch sowieso nicht, wenn ich weg bin. Und Mama erst recht nicht.«

Anika konnte das traurige Gesicht des Jungen kaum ertragen. »Bitte, Wilko. Lass ein wenig Ruhe einkehren. Vielleicht besinnen sich deine Eltern und alles wird besser.«

»Wenn Sie meinen!« Es klang nicht sehr viel Zuversicht in Wilkos Stimme. Aber dann fügte er an: »Ich denke darüber nach. Danke fürs Zuhören.«

Anika stand auf. »Okay. Ich schaue mal. Tschüss, Wilko.«

Auf dem Flur stand Wilkos Vater und schaute sie auffordernd an. Sie wusste, was er hören wollte, doch sie fragte nur: »Wollen Sie etwas unternehmen?«

Hans Jessen schüttelte den Kopf. »Bringt doch nichts. Wegen einer toten Gans in der Verlandungszone wird kein Verfahren eröffnet, nicht wahr?«

Sie verließ die Wohnung, ohne sich zu verabschieden. Wilko und auch seine Schwester taten ihr unendlich leid. Nur weil die Erwachsenen Stress hatten, mussten die Kinder es ausbaden. Aber sie wusste, es ging noch schlimmer. Es gab Kinder, die konnten nichts mehr ausbaden, weil sie nicht mehr lebten.

Sie ging die Treppe hoch zur nächsten Tür und klingelte. Es dauerte nur einen kurzen Moment, dann stand Elmar Diesterweg, angetan mit einer bunten Schürze, vor ihr und lachte sie an. Das Lachen erstarb jedoch sofort, als er erkannte, wen er vor sich hatte. »Entschuldigung, ich dachte, es wären die drei Damen vom Kochclub«, Er zog nervös an der Schleife, die die Schürze auf seinem Rücken zusammenhielt. »Heute Abend geht es um die Zubereitung von frischen Smoothies und Cocktails.«

»Ich habe ein paar Fragen«, erklärte Anika. »Aber wenn es jetzt nicht passt …«

»Nein, nein, kommen Sie herein.« Er warf die Schürze auf ein kleines Schränkchen im Flur. »Ich würde Sie gerne ins Wohnzimmer bitten, aber eigentlich müsste ich in die Küche. Ich bereite einiges vor. Die Damen müssten … Darf ich meine Schürze …«

»Herr Diesterweg, nun mal ganz ruhig. Wir gehen in die Küche, Sie arbeiten und ich schaue Ihnen zu. Dabei beantworten Sie mir die eine oder andere Frage. Wäre das in Ordnung?«, schlug Anika vor.

Diesterweg nickte und führte sie in einen modernen Raum, der von einer großen Kochinsel und darüber von einer ebenso gewaltigen Abluft dominiert wurde. »Hier ist mein Arbeitsplatz.« Er zeigte stolz in die Runde.

»Ich bin beeindruckt«, gab Anika zu, konnte sich jedoch eine Frage nicht verkneifen. »Warum riecht es denn im Treppenhaus immer so nach Essen, wenn Sie hier das Beste vom Besten installiert haben?«

»Tja. Die Antwort ist: Kommen Sie mal her!« Er zeigte auf ein Rohr, das durch die Wand nach draußen führte. »Hier ist meine Abluft. Alles, was da rausdünstet, kommt genau in der Ecke neben dem Flurfenster an. Und jedes Mal, wenn die Klinker das Fenster aufreißt, wird es nur schlimmer im Treppenhaus. Es hat übrigens eine Weile gedauert, bis ich das System begriffen hatte.«

Anika schaute den Mann verwundert an. »Aber warum das alles? Das hätten Sie längst ändern können!«

Diesterweg lächelte. »Lassen Sie einem Mann sein Geheimnis. Außerdem finde ich gar nicht, dass es im Treppenhaus stinkt. Ich finde den Geruch sehr angenehm. Wäre doch auch ziemlich niederschmetternd für meine Kochkünste, wenn ich anders denken würde. Aber wahrscheinlich wollten Sie mir ganz andere Fragen stellen, oder?«

»In der Tat. Was war heute auf dem Heller los?«

Elmar Diesterweg nahm ein paar Möhren und schrubbte sie unter dem laufenden Wasserhahn sauber. Dann zeigte er der Polizistin eine Schüssel, in der grüne, gummiartige Stücke lagen. »Da. Queller. Den habe ich mit Wilko gesammelt. Sicher hätte ich nachhaken müssen, ob die Schule wirklich ausfällt, aber er hat es mir glaubhaft versichert.«

»Haben Sie die Gans getötet?«

»Nein. Ich habe auch nicht den geringsten Schimmer, warum sich die Polizei dafür interessiert.«

»Nonnengänse stehen unter strengstem Schutz.«

»Ich weiß. Ich habe keine Ahnung, warum sie kopflos

dort herumlag. Ich glaube, Sie gehen besser«, sagte der Mann und begann nun eine Zwiebel in rasender Geschwindigkeit in kleine Stücke zu zerteilen. Plötzlich schrie er auf. Anika sah Blut aus seinem Zeigefinger laufen. »Das haben Sie jetzt davon«, schrie er weiter. »Verdammt, ich muss gleich dieses Essen zubereiten.«

»Kann ich Ihnen ein Pflaster holen?«, fragte Anika, als sie sah, dass das Bluten nicht aufhörte.

»In der Schublade.«

Anika schob die Lade auf und fischte ein Pflaster heraus. Sie hoffte, dass es die richtige Größe hatte, zog das Papier ab und verarztete Diesterwegs Finger.

»So, bevor die drei Damen kommen, sage ich Ihnen etwas und dann gehen Sie: Ich mag Wilko sehr und freue mich, dass er sich so für das Kochen interessiert. Genau, wie ich mich auf die Gäste freue, denen ich mein Wissen weitergeben kann.«

»Wie auch immer – ich kann Ihnen nur raten, den Kontakt zu dem Jungen zu beenden. Seine Eltern sind dagegen. Zumindest, bis sich die Sachlage geklärt hat«, forderte sie den Mann eindringlich auf.

»Das Leben ist kurz, man muss das Beste draus machen.« Sehr zu Anikas Erstaunen lächelte Diesterweg sie freundlich an.

Sie hatte nicht die geringste Ahnung, was er damit sagen wollte, hatte jedoch das Gefühl, dass er ihr den tieferen Sinn hinter seinen Worten nicht erklären würde.

Diesterweg hatte die Küchentür geöffnet und zeigte in den Flur. »Sie finden allein raus? Ich habe zu tun.« Er nahm ein Messer aus der Schublade. »Ich muss Kräuter aus dem Garten holen. Für die Smoothies.«

Was sollte sie machen? Einfach gehen? Es gab keinen Grund für weitere Befragungen. Im Hausflur nahm sie ihr Notizbuch heraus. Sie würde mit Röder die Sache besprechen. Ebenso würde sie nach Jessens Akte fragen. Auch dazu machte sie eine kurze Notiz, steckte das Büchlein wieder ein und verließ das Haus. Ein Zusammentreffen mit der Mieterin von oben brauchte sie nicht mehr.

Was sie jedoch dringend brauchte, war Nahrung. In welcher Form auch immer. Ihr wurde klar, dass sie seit dem Frühstück nichts mehr gegessen hatte und nichts Greifbares in der Dienstwohnung finden würde. Sie hatte schlichtweg vergessen einzukaufen. Kochen war sowieso nicht unbedingt ihre Leidenschaft. Wie der Diesterweg sich ständig damit beschäftigen konnte, war ihr schleierhaft. Essen diente dazu, den Körper auf Trab zu halten und nicht, stundenlang in einem Restaurant auf ein Häppchen nach dem nächsten zu warten und zum Schluss halbhungrig 200 Euro auf den Tisch zu blättern. So war es ihrer Freundin passiert. Die schwärmte heute noch davon.

Vielleicht sollte sie auch mal bei Diesterweg in die Lehre gehen, um ihren kulinarischen Horizont zu erweitern. Aber erstens war der Verdacht der illegalen Tiertötung nicht vom Tisch und zweitens hatte sie keine Ahnung, ob Diesterweg wirklich so gut in seinem Fach war. Stattdessen holte sie sich im »Inselmarkt« eine Reispfanne. Das musste für den Abend reichen.

Doch als ihr Telefon klingelte, ahnte sie, dass ihre Reispfanne warten musste. Sie sollte recht behalten.

# 9

»Henning, darf ich vorstellen, mein neuer Kollege, Arndt Kleemann!«

Henning Ahlers lachte aus voller Seele. »Arndt, schön, dass du da bist. Nach deinem Anruf gestern konnte ich es kaum glauben, dass du wirklich hier auf der Insel als Ermittler erscheinst. Aber da bist du!«

Röder schaute den Chef des Hotels verblüfft an. Was sollte das heißen: nach deinem Anruf? Dann hatte Henning genau gewusst, wer da auftauchen würde? Und – seine Gedanken holten aus – natürlich auch Müller, ihrer beider Chef. Kein Wunder, dass der am Telefon so kurz angebunden gewesen war. Hätte er doch sonst bestimmt verraten, wer auf die Insel kommen würde. »Ein Komplott. Ein riesengroßes Komplott.« Das war das Einzige, was der Inselpolizist herausbrachte.

»Aber die Überraschung ist gelungen, oder?«, wollte Arndt wissen. »Dann hat deine Frau dir nichts gesagt?«

Röder schüttelte den Kopf. Die steckte da also ebenfalls mit drin! Er erinnerte sich daran, als er fragte, ob nicht nur Wiebke Kleemann, sondern auch Arndt kommen würde. Sie hatte damals so zögerlich geantwortet. Es war nur eine Momentaufnahme gewesen. Er hatte sich nichts dabei gedacht. Aber jetzt war ihm klar, warum sie so reagiert hatte.

»So. Du beruhigst dich erst einmal und wir bringen unsere Taschen auf die Zimmer. Dann treffen wir uns im Clubraum.« Arndt Kleemann und Herbert Pankok, der die ganze Situation mit freundlichem Lächeln begleitet hatte, folgten Henning.

Der Clubraum. Natürlich. Röder öffnete die Tür und konnte kaum glauben, dass er sich im gleichen Raum wie in den Jahren zuvor befand. Vorne standen zwar die gleichen Tische und Stühle, aber im hinteren Bereich strahlten bunte Cocktailsessel wie aus den 60er-Jahren Gemütlichkeit aus, und in der Ecke sah er sogar einen Nierentisch. Ganz am Ende des Raumes erinnerte eine alte Musikbox an seine Jugendzeiten. Darüber nahm ein großes Schwarz-Weiß-Bild die halbe Wand ein, das Elvis Presley zeigte, wie er 1958 in Bremerhaven von Bord der »USS General Randall« stieg, um in Deutschland seinen Dienst in der Armee anzutreten. Er ließ sich in einen der Sessel fallen.

Es dauerte nur kurze Zeit, dann setzte sich Anika zu ihm. »Das nenne ich Dienstraum. Echt beeindruckend. Aber kommen wir zu den wichtigen Dingen des Tages. Was gibt's Neues?«

»Wir warten auf die beiden Kollegen. Dann können wir alles zusammen aufarbeiten«, schlug Röder vor.

»Kennst du die beiden?«

»Ja und nein. Herbert Pankok aus Bremen ist mir neu. Arndt Kleemann ist mein bester Freund, der es jedoch nicht für nötig gehalten hat, mir zu sagen, dass er nach einer Pause, die er als Biobauer in der Krummhörn verbracht hat, wieder in den Beruf eingestiegen ist. Alle haben es gewusst. Alle!« Röder merkte, wie sein Herz gegen die Rippen schlug. »Mein Chef. Meine Frau. Sogar Henning Ahlers!«

»Mensch, beruhig dich. Das haben die doch nicht böse gemeint. Dein Freund hat sicher eine Erklärung dafür!«, meinte Anika bestimmt.

»So ist es. Dürfen wir reinkommen?« Arndt Kleemann sah seinen Freund entschuldigend an. »Das hat sich alles so schnell entwickelt. Ich war hin- und hergerissen zwischen der Arbeit auf dem Hof und dem Gedanken an das, mit dem ich vorher mein Geld verdient habe.«

»Setzt euch erst einmal hin. Dann ist es gemütlicher«, forderte Röder seine drei Kollegen auf.

Anika und die beiden Männer folgten Röders Bitte.

»Jetzt erzähl weiter, damit ich den Anschluss an das Wissen der anderen bekomme«, bat Röder.

»Also, es war so«, begann Arndt, »ich war glücklich und zufrieden auf unserem Hof. Konnte endlich zur Ruhe kommen, aber dann wurde es mir zu ruhig. Es war bei mir nicht die Lebenserfüllung. Im Gegensatz zu Wiebke, die geht richtig auf in ihrer neuen Arbeit. Eines Tages – ich hatte etwas in Aurich zu erledigen – bin ich zu Müller und habe angefragt, ob eine Stelle für mich frei wäre. Der hat mich ganz erstaunt angesehen und gesagt: ›Wie konntest du das ahnen? Klaus Kockwitz hat uns verlassen, du kannst gleich hierbleiben. Das ging mir dann aber zu schnell. Schließlich musste ich erst einmal Wiebke von meinen Plänen unterrichten. Ich bin also nach Hause. Wiebke fütterte gerade die Hühner, sah mich und sagte: ›Wie gut, dass Pedro gern hier auf dem Hof bleiben möchte. So passt doch alles.‹ Ihr könnt euch vorstellen, wie verblüfft ich war. Später, als wir zusammensaßen und alles besprochen haben, meinte sie, sie habe nur in mein Gesicht gesehen und gewusst, was los war.«

»Tja«, unterbrach Anika ihn, »Frauen haben eben eine gute Nase für Veränderungen.«

»Das ist wohl wahr«, fuhr Arndt fort. »Ein paar Tage und schlaflose Nächte später habe ich zugesagt. Wiebke habe ich versprochen, die Sache langsam angehen zu lassen und achtsam zu sein.«

»Was in deinem neuen, alten Beruf schwierig werden könnte«, überlegte Röder. Schließlich kannte er seinen Freund seit vielen Jahren.

»Richtig. Aber jetzt weiß ich, wo ich hinkann, wenn mir wieder alles zu viel wird.«

»Und was ist? Kaum bist du wieder dabei, stehst du hier auf der Matte«, grinste Röder. Er hatte seinem Freund schon fast verziehen.

»Da komme ich ins Spiel«, meldete sich Herbert Pankok zum ersten Mal in die Runde. »Ich habe um Hilfe gebeten, und der Auricher Polizeichef fand, dass es eine gute Möglichkeit für Arndt sei, den richtigen Einstieg zu finden. Zumal er sich auf Baltrum sehr gut auskennt.« Er nahm eine Mappe und öffnete sie. »Es geht um die Person, deren Überreste auf dem Friedhof gefunden wurden. Sie heißt Leevke Meinders, wird seit gut fünf Jahren von ihren Großeltern vermisst und kommt aus Bremen.«

»Woher habt ihr so schnell die Gewissheit?«, fragte Röder.

»Gebissabgleich. Das Ergebnis der DNA-Untersuchung wird erst in einer Woche vorliegen, aber wir sind auf Grund der vorhandenen Daten sicher, dass es sich um die junge Frau handelt. Sie war 18, als sie verschwand. Die Eltern sind ein Jahr vor ihrem Verschwinden bei einem Autounfall ums Leben gekommen, seitdem kümmerten sich die Großeltern um sie.«

»Zwei Fragen – erstens: Was passierte am Tag, als sie verschwand? Zweitens: Wer will was trinken?« Anika stand auf. »Wie wäre es mit vier alkoholfreien Bieren?«

Die drei Männer nickten.

»Wartet, bis ich zurück bin.«

Die Männer schwiegen. Pankok blätterte in seinen Unterlagen, während Arndt versuchte, Blickkontakt mit Röder aufzunehmen. Alle drei atmeten auf, als die Tür klappte und Anika zurückkam. »Die Getränke werden gleich gebracht.« Sie ließ sich in den Sessel fallen. »Nun zu Frage eins.«

»Leevke Meinders hatte Krach mit ihrer Oma, weil die wollte, dass sie nachts nicht später als 23 Uhr zu Hause sein sollte«, begann Pankok erneut. »Immerhin stand sie kurz vor dem Abitur. Leevke sah das wohl nicht ein. ›Bei Mama hätte ich länger gedurft. Ich bin seit einer Woche 18 und damit volljährig. Ich entscheide allein, wann ich mich wo aufhalte.‹, waren ihre letzten Sätze laut Aussage ihrer Oma. Dann hat das Mädchen eine Tasche gepackt und gesagt, dass es nun zu einer Freundin ziehen würde. Erst einmal für eine Nacht und wenn deren Eltern es erlaubten, für immer. Allerdings ist sie da nie angekommen.«

»Und wie stellt sich die Verbindung nach Baltrum dar?«, fragte Röder.

»Leevke ist mit ihren Eltern oft hier gewesen. Möglich ist, dass sie sich an die schöne Zeit erinnert hat und einfach hergefahren ist. Da bleibt natürlich die Frage offen: Wo hat sie gewohnt? Wie lange war sie hier? Und letztendlich: Wer hat sie getötet?«

»Und das ist es, was wir rausfinden wollen«, sagte Arndt. »Am einfachsten wäre es natürlich, wenn sie sich ordnungsgemäß zur Kurtaxe angemeldet hätte. Aber davon ist sicher nicht auszugehen. Dann wüssten wir zumindest schon einmal, wo sie untergekommen ist und wer sie vielleicht gesehen hat.«

»Zu welcher Jahreszeit ist sie verschwunden?«, fragte Röder.

»Im März. Also eigentlich keine Jahreszeit für einen Strandbesuch«, antwortete Arndt.

»Gibt es ein Foto, das wir aushängen können?«, schlug Anika vor. »Könnte doch sein, dass sich jemand erinnert. Zumal um diese Jahreszeit bestimmt nicht allzu viele fremde Gesichter auf der Insel waren.«

Wieder griff Pankok in seine Akte. »Gute Idee. Haben wir. Michael, darf ich dich bitten, das umzusetzen? Du weißt am besten, wo wir die Bilder aufhängen können.«

»Kein Thema«, sagte Röder. »Da gehe ich morgen gleich ran.« Er würde Kopien machen und im Rathaus, in den Geschäften und Schaukästen aushängen. Mit ein bisschen Glück gab es schon bald einen Hinweis.

»Vier Bier!« Henning Ahlers stand mit einem Tablett vor ihnen.

Röder hatte gar nicht registriert, dass der Wirt hereingekommen war. »Eigentlich müssten wir hier im Rockabilly Club ja Cocktails trinken. Und Anika im Petticoat rumlaufen«, witzelte er.

Anika lachte. »Das Ding würde aber nur ganz schlecht unter die Uniform passen. Und wenn du Cocktails willst – die gibt es heute Abend bei Diesterweg.«

»Na gut. Dann nehmen wir eben Bier und keinen Petticoat«, lachte auch Arndt. »Aber wenn unser Fall zu einem guten Ende kommt, dann wird hier gefeiert.«

»Das könnt ihr haben«, sagte Henning. »Birgit und ich haben sowieso eine Menge mit diesem Raum vor. Eine Anmeldung zu einer 50er-Jahre-Party haben wir bereits. Da kommt ein Club aus dem Emsland. Am liebsten hätten die auch noch ihre Oldtimer mitgebracht. Wohl alles alte Amiautos. Den Zahn musste ich ihnen leider ziehen. Aber nun lasst euch nicht länger bei eurem Gedankenaustausch stören.«

Der Hotelchef wollte gerade gehen, da hatte Röder eine Idee. »Henning, warte mal.« Er zeigte ihm das Foto der jungen Frau. »Sie war vor etwa fünf Jahren auf der Insel. Kennst du sie zufällig?«

Henning Ahlers schaute sich das Bild in Ruhe an, dann schüttelte er den Kopf. »Nein. Ich erinnere mich nicht. Soll ich Birgit fragen?«

»Gerne.« Röder gab ihm das Bild. »Bitte bald zurück.«

»Bis gleich.« Henning verschwand, und die drei gönnten sich einen guten Schluck, bevor sie sich weiter in den Fall vertieften.

»Wie sollen wir sonst weiter vorgehen?«, fragte Pankok in die Runde.

»Unterhaltet euch mal mit Kramers. Auf deren Familiengrab wurde die Tote gefunden. Vielleicht gibt es da eine Verbindung«, schlug Röder vor.

»Machen wir gleich morgen früh«, erwiderte der Bremer Kommissar. »Und was liegt bei euch an?«

»Ich habe mich um einen nicht ganz greifbaren Fall gekümmert«, berichtete Anika und auch, was sie am Nachmittag erlebt hatte. »Das war es eigentlich. Aber es ist gut möglich, dass wir nicht das letzte Mal dort gewesen sind, so aufgeladen, wie die Stimmung in dem Haus ist. Ich hoffe nur, dass die sich nicht an die Köppe kriegen«, meinte sie zum Abschluss und stand auf. »Ich weiß nicht, was ihr vorhabt, aber ich muss jetzt dringend etwas essen. Zu Hause wartet eine Reispfanne auf mich. Wäre das in Ordnung? Ich habe seit heute Morgen nichts mehr so richtig zwischen die Rippen bekommen.«

Die drei Männer nickten, während Röder sagte: »Wir warten auch nur eben auf Henning und das Bild, dann wird Feierabend geblasen. Geh ruhig. Wir sehen uns morgen zeitig auf der Wache.« Allerdings war er sich sehr sicher, dass der Abend noch lange nicht zu Ende war. Das Wiedersehen mit Arndt musste gefeiert werden. Wo und wie auch immer.

## 10

Eigentlich war es viel zu schade, den Abend in der Dienstwohnung zu verbringen. Die Sonne brauchte eine gute Stunde, bis sie im Westen der Insel im Meer versinken würde, und der Wind war kaum zu spüren. Das Einzige, was sie nach

Hause trieb, war der Hunger. Sie beschloss, beides miteinander zu kombinieren. Ein leckeres Essen auf einer Terrasse wäre perfekt. Sie wusste auch schon wo. Im Ostdorf hatte sie ein nettes kleines Restaurant gesehen. Von dort hatte man freien Blick auf den Heller.

Sie hatte Glück. Ein Tisch war frei. Die Speisekarte verriet ihr, dass sie genau den richtigen Ort gewählt hatte.

»Was kann ich für Sie tun?« Der Ober – unschwer zu erkennen an seiner schwarzen Hose und dem weißen Oberhemd – lächelte sie freundlich an.

Sie schaute hoch und verriet, dass sie sich für den Flammkuchen entschieden hatte.

»Wunderbar. Kommt sofort! Darf es auch etwas zu trinken sein?«, fragte er.

Am liebsten hätte sie einen Rotwein bestellt, doch sie trug Dienstkleidung. Hätte sie sich man nur vorher umgezogen. Egal. »Ein stilles Wasser, bitte. Gekühlt.«

»Gerne.«

Es dauerte nur einen kurzen Moment, dann brachte ein anderer Mann das Wasser. »Lassen Sie es sich schmecken. Ich hoffe, Sie sind nicht dienstlich hier«, sagte er freundlich. »Holger Balke. Mir gehört der Laden.«

Anika lächelte. »Keine Sorge. Ich habe Hunger. Das ist alles.«

»Na prima. Dann will ich mich um Ihren Flammkuchen kümmern. Bis dann.«

Sie ließ den Tag an sich vorüberziehen. Ganz so friedlich, wie sie sich das Inselleben vorgestellt hatte, war es doch nicht. Eine Leiche war gefunden worden. Auch wenn es sich nicht um einen aktuellen Fall handelte, musste ermittelt werden. Dazu kam, dass nicht klar war, was an der Sache mit Wilko und dem Diesterweg dran war. Das reichte für den ersten Tag. Sie lehnte sich zurück und schloss für einen Moment die Augen. Beinahe wäre sie eingeschlafen, hätte sie nicht der Ober in die Wirklichkeit zurückgeholt.

»Ihr Flammkuchen, bitte!«

Der Duft, der dem großen runden Teller entströmte, ließ sie sicher sein, dass es außer Gesetzlosigkeiten verdammt viel Gutes auf der Welt gab. Sie probierte und wusste, dass sie genau an der richtigen Stelle saß. Umgeben vom immer leiser werdenden Rufen der Möwen und Gänse ließ sie sich Stück für Stück auf der Zunge zergehen. Viel zu schnell hatte sie das Teigstück aufgegessen.

Sollte sie noch etwas …? Nein. Bezahlen und dann ist Feierabend, rief sie sich zur Ordnung. Morgen ist bestimmt wieder ein arbeitsreicher Tag.

Drinnen hinter der Theke sah sie Balke. »Ich möchte bezahlen.«

»Das macht 18 Euro«, sagte der Wirt. »Ich hoffe, es hat geschmeckt. Ist ja nicht immer leicht, einen Dienst als Polizist zu verrichten. Sind Sie schon lange hier?«

»Gestern angekommen«, erwiderte sie und legte das Geld auf die Theke.

»Und – viel zu tun? Gibt's was Aktuelles?«

Anika schüttelte den Kopf. »Alles im grünen Bereich.«

»Wie gut für Sie und für die Insel«, lächelte Holger Balke. »Hoffen wir mal, dass es so bleibt.«

Das war auch ihr größter Wunsch, wusste jedoch, dass das Leben meist nicht auf die Wünsche der Menschen Rücksicht nahm. »Der Flammkuchen war übrigens sehr lecker«, sagte sie. Dessen zumindest war sie sich ganz sicher. »Bis zum nächsten Mal.«

»Ganz bestimmt?«, rief Balke hinter ihr her, als sie das Restaurant gerade verlassen wollte.

»Ganz bestimmt.«

Was für ein netter Typ, dachte sie, als sie auf ihrem Rad

in den Sonnenuntergang fuhr. Sympathisch und ausgesprochen gut aussehend. Er trug keinen Ehering, das war ihr sofort aufgefallen, aber das musste natürlich nichts heißen.

In der Dienstwohnung angekommen, zog sie ihre Lieblingsschlabberhose und ein Kapuzenshirt an und lümmelte sich aufs Sofa. Auf Fernsehen hatte sie keine Lust. Stattdessen griff sie nach einem Gedichtband, den sie aus Braunschweig mitgebracht hatte. Sie hatte gelernt, dass sie mit dem Lesen der Verse am besten die Dämonen der Nacht in Schach halten konnte. Doch heute wollte ihr die Konzentration auf die Zeilen nicht gelingen. Ständig tauchte das Gesicht von Holger Balke vor ihr auf. Immerhin, eine sehr angenehme Alternative zu den anderen Gedanken, die sie verfolgten.

# 11

Arndt Kleemann schob langsam, ganz langsam die Bettdecke zur Seite und öffnete vorsichtig erst das linke, dann das rechte Auge. Der Blick auf den Wecker beruhigte ihn. Sein Kollege brauchte nicht auf ihn zu warten. Kurz verspürte er den Wunsch, nach dem Aufstehen direkt aufs Feld zu gehen und der Natur beim Wachsen zuzusehen. Aber der Tag hatte anderes mit ihm vor, und genau das hatte er so gewollt. Er stand auf, duschte, zog sich an und ging hinunter in den Frühstücksraum. Er war gut besucht, obwohl die Saison gar nicht richtig angefangen hatte.

Es dauerte nicht lange, da war auch Herbert Pankok bei ihm. »So, erst mal richtig zulangen. Grundlagen schaffen.« Er drehte sich um und marschierte zum Büfett. Arndt folgte ihm und sah, wie der Mann erst einen, dann noch einen Teller vollpackte. Wollte der das wirklich alles essen? Er konnte es kaum glauben. Aber Pankok brachte die Teller zum Tisch, kam zurück und nahm drei Brötchen aus dem Korb. »So. Jetzt eine Kanne Kaffee, dann kann es losgehen«, sagte er bestimmt.

Arndt nahm sich etwas vom Schinken, ein Ei und zwei Scheiben Käse zu seinem Brötchen. Mit Freude sah er einen kleinen Aufsteller. »Alles Bio« stand darauf. Seitdem er mit seiner Frau den Hof übernommen hatte, hatte sich seine Einstellung zu den Dingen, mit denen er täglich seinen Körper versorgte und was er dadurch der Umwelt antat, grundlegend geändert. Er wusste nun, wieviel Arbeit darin steckte, gutes Essen auf den Tisch zu bringen. Und er merkte, wie wohl er sich bei dem Gedanken fühlte, eins mit der Natur zu sein.

»Na, womit fangen wir heute an?« Pankok schob sich eine aufgerollte Scheibe Salami in den Mund.

»Ich denke, wir fahren zunächst zu Kramers, um die Zeiten zu verifizieren. Einen DNA-Abgleich brauchen wir wohl nicht mehr«, stellte Arndt fest.

»Aber es könnte sein, dass das Mädchen doch etwas mit den Kramers zu tun hat«, wandte Herbert ein. »Vielleicht ist das der Grund, dass sie ausgerechnet dort begraben wurde.«

»Du meinst, weil sie vielleicht entfernt mit Kramers verwandt war, haben sie Leevke im Familiengrab beerdigt? So dumm werden die bestimmt nicht gewesen sein«, war sich Arndt sicher.

»Wer weiß. Wir dürfen nichts ausschließen.«

Nach einer guten halben Stunde hatte es auch Herbert

geschafft und schob die letzten Krümel auf dem Teller zusammen.

»Hat es geschmeckt?« Birgit Ahlers war mit einer neuen Aufschnittplatte hereingekommen.

Hoffentlich fängt mein Kollege nicht ein weiteres Mal an, dachte Arndt.

»Wunderbar«, lobte Herbert und wischte sich den Mund ab. »Ich glaube, ich mache nur noch Außendienst. Immer dann, wenn das Frühstück so gut ist wie bei Ihnen. Ich freue mich schon auf morgen.«

»Na, dann könnt ihr ja loslegen.« Birgit nahm die leere Platte und war gleich darauf verschwunden.

»Wo sie recht hat, hat sie recht. Haben wir Räder hier?«

»Nein. Die sind im Gartenhäuschen bei der Wache«, erklärte Arndt. »Also sehen wir uns in zehn Minuten unten vor der Hoteltür.«

»Du siehst nicht gut aus«, musste Arndt feststellen, als er Michael vor der Wache stehen sah.

»Das täuscht«, erwiderte Röder nur und versuchte ein Lächeln. »Wollt ihr zu Kramers?«

»Ja. Wir nehmen zwei Räder mit. Ist das okay?«

»Ich denke mal. Der letzte Hilfssheriff hat die Dinger auf Hochglanz gebracht. Müsste also alles funktionieren. Oder wollt ihr die Pedelecs?«

»Nein. Auf keinen Fall.« Arndt Kleemann erinnerte sich an seinen Sturz vor ein paar Jahren. Das musste er nicht wieder haben. Auf regennassen Klinkersteinen konnten die Räder lebensgefährlich sein. »Du denkst an das Verteilen der Bilder?«

»Bin schon fast unterwegs«, rief Röder hinter ihnen her.

»Ein echt schönes Fleckchen Erde«, war Pankok begeistert, als sie am Cobigolfplatz vorbeifuhren. »Hier könnte ich vielleicht sogar einige Urlaubstage verbringen. Meine Zeit ist aber schon verplant.«

»Ja, wenn man nicht gerade einen Todesfall aufklären muss, ist es sehr nett hier. Meine Frau und ich haben den Ort schon seit Langem zum Abschalten entdeckt.«

Elli und Klaus Kramer standen vor dem Haus, als hätten sie bereits auf die Ermittler gewartet. »Kommen Sie herein«, sagten sie, nachdem Kleemann und Pankok sich vorgestellt hatten.

»Was möchten Sie wissen?«, fragte Klaus Kramer, nachdem er die Männer ins Wohnzimmer gebeten hatte.

»Wir möchten gerne wissen, wie lange Sie das Familiengrab bereits besitzen und wann die letzte Beerdigung stattgefunden hat.«

»Das Grab ist seit Jahrzehnten in unserer Familie. Schon mein Urgroßvater liegt dort begraben. Wir haben es nach Ablauf immer wieder neu gekauft. Die letzte Beerdigung war vor zwei Jahren«, erklärte Elli Kramer.

»Wie läuft das ab?«, fragte Pankok.

Elli Kramer schaute ihn fragend an. »Was meinen Sie? Die Beerdigung?«

»Nein, ich meine, ja, auch – erzählen Sie einfach.«

Noch immer etwas ratlos begann Elli Kramer. »Also erst ist die Trauerfeier in der Kirche. Dann wird der Sarg in die Totenkutsche geschoben und alle Gottesdienstbesucher folgen der Kutsche zum Friedhof. Der Sarg wird mit ein paar warmen Worten in die Erde gelassen. Wenn alle den Friedhof verlassen haben, wird das Loch von Tim Seebald und Helfern wie Bernd Bohlen zugeschüttet. Dann legen sie die Kränze drauf, und das Ganze bleibt dann liegen, bis sich alles gesetzt hat. Nach ein paar Wochen wird die Grabstelle richtig hergerichtet.«

»Haben Sie das selbst gemacht?«, fragte Pankok.

»Nein, natürlich nicht. Normalerweise macht das Tim Seebald, unser Totengräber. Oder jemand von der Gärtnerei. Oder Bernd Bohlen.«

»Und Ihnen ist nie aufgefallen, dass mit dem Grab etwas nicht in Ordnung ist?«, fragte Pankok.

»Nein. Wir sind nicht so die Friedhofsgänger. Es ist zwar nicht weit bis dahin, aber irgendwie geht es uns ab. Wir denken einfach nicht dran«, erklärte Elli Kramer.

Der Kommissar nahm ein Bild aus der Tasche. »Kennen Sie diese Frau?«

»Oh, Gott, ist sie das?«, fragte Elli Kramer und schlug sich die Hand vor den Mund. »So jung!«

»Kennen Sie sie?«, hakte Pankok nach.

Klaus Kramer überlegte, dann schüttelte er den Kopf. »Nein. Habe ich noch nie gesehen. Seit wann wird sie denn vermisst?«

»Seit fünf Jahren«, erwiderte Pankok.

»Aber dann kann sie gar nicht in unserem Grab gelegen haben. Es ist doch erst zwei Jahre her …«, rief Elli Kramer.

»Darüber hätte ich gerne mehr von Ihnen erfahren«, sagte Pankok.

Jetzt schüttelten beide Kramers fast gleichzeitig sehr energisch den Kopf. »Nein. Glauben Sie denn, wir hätten die Frau umgebracht?«

»Wissen Sie – für mich ist zunächst jeder, der auch nur entfernt eine Verbindung zu einem Opfer hat, verdächtig«, erklärte Pankok. »Und je nachdem, wie er oder sie sich äußert, sich benimmt, wird er oder sie in den engeren Kreis der möglichen Täter einbezogen oder nicht. Dazu kommt natürlich die Suche nach beweissicheren Spuren. Sie sehen also – viel Arbeit. Aber das ist unser Job.«

»Danke.« Arndt Kleemann hatte genug. Musste der Mann sich derart aufplustern? Sie hatten keine brutale Gaunergang vor sich, sondern zwei Leute, die relativ verwirrt auf dem Sofa saßen. Er glaubte nicht, dass Kramers etwas mit dem Tod des Mädchens zu tun hatten. »Bitte melden Sie sich bei uns oder Michael Röder auf der Wache, falls Ihnen etwas einfällt.«

Pankok schaute ihn überrascht an. Er hatte wohl damit gerechnet, die beiden weiter zu befragen, aber Arndt reichte es. »Kommst du?«

Ohne auf seinen Kollegen zu warten, verließ er das Haus.

Herbert Pankok folgte ihm. »Sag mal, was war das denn jetzt?«, fragte er, als sie ihre Räder bestiegen.

»Wir reden mit Bohlen. Mal sehen, ob der uns weiterhelfen kann«, sagte Arndt entschlossen.

Doch an Bohlens Tür mussten sie unverrichteter Dinge umkehren. Er war nicht zu Hause.

»Lass uns zum Friedhof fahren«, schlug Arndt vor. »Dann können wir uns das Grab ansehen und finden dort vielleicht Bohlen.«

Sie hatten Glück. Der Mann, der sich gerade auf einen Spaten stützte, stellte sich als Bernd Bohlen heraus. Hinten bei den Soldatengräbern schnitt Tim Seebald eine Hecke. Arndt kannte den Mann von früheren Einsätzen. Er ging zu ihm und begrüßte ihn freundlich. »Das war wohl ein Schreck, als du die Knochen entdeckt hast.«

»Hallo, Arndt. Natürlich. Als ich das Bäumchen aus dem Grab nahm und mir die Knochen entgegenkamen, das war echt grauselig. Am Nachmittag, als Bernd und ich den ersten Knochen entdeckten, ging es ja. Wir haben es für einen Kaninchenknochen oder etwas Ähnliches gehalten und ihm keine Bedeutung beigemessen. Allerdings, wenn ich es recht überlege …«, Tim lachte, »der Bernd hat auch da schon einen echten Schweißausbruch gehabt und auf meinen Vorschlag, etwas weiter zu buddeln, sehr abwehrend reagiert. Das sollten man andere machen, hat er gerufen. Damit wollte der nichts zu tun haben.«

»Na ja, und weitergebuddelt hast du dann abends«, ergänzte Arndt.

»Ja, es war eine Mischung aus Versehen und Neugier, wie ich zugebe. Ich hätte mir allerdings ein anderes Ergebnis gewünscht. Wisst ihr, wer die oder der Tote ist?«

»Ja. Eine Leevke Meinders aus Bremen. Sie war 18, als sie vor fünf Jahren verschwand. Der Tod kann durchaus später erfolgt sein.«

»Der Name sagt mir nichts. Habt ihr ein Bild?«

Der Kommissar zeigte ihm das Foto. Tim Seebald schaute genau hin, dann schüttelte er den Kopf. »Nie gesehen. Ich hoffe, jemand anders kann sich erinnern, dass sie hier war.«

»Das Foto hängt bereits flächendeckend aus. Danke erst einmal. Ich gehe rüber zu den beiden. Mal schauen, ob es dort etwas Neues gibt.«

»Viel Erfolg.« Tim Seebald wandte sich wieder der Hecke hinter den Gräbern zu.

Arndt Kleemann sah Bernd Bohlen wild gestikulieren. Hatte sein Kollege erneut nicht den richtigen Ton gefunden oder war Bohlen so leicht erregbar?

»Ich habe damit nichts zu tun!«, hörte er Bohlen schon aus der Entfernung. »Meinen Sie, dass ich den Leichnam nicht gleich richtig vergraben hätte, wenn ich den hätte verschwinden lassen wollen? Übrigens bin ich nicht nur an Kramers Grab beteiligt. Hier – schauen Sie sich um! Ich habe Tim bei einer Menge Arbeiten geholfen, und um einige kümmere ich mich auch allein. Soll ich Ihnen die Namen aufschreiben? Dann können Sie gleich anfangen zu graben!«

»Herr Bohlen, bitte beruhigen Sie sich!« Arndt Kleemann wusste, dass er an dieser Stelle eigentlich darauf hinweisen musste, dass sie alle Spuren zu verfolgen hatten, er verspürte jedoch keine Lust darauf. Stattdessen fragte er: »Es ist richtig, dass Sie dieses Grab nach der Beerdigung von dem alten Kramer wiederhergerichtet haben?«

Bernd Bohlen stöhnte. »Ja! Ja! Noch mal ja. Nein, mir ist nichts aufgefallen. Auch später nicht. Aber wer immer dafür verantwortlich ist – es muss ein ganz schön schwieriges Unterfangen gewesen sein. Selbst bei Nacht.«

»Wieso kommen Sie darauf, dass es nachts geschehen ist?«, fragte Pankok.

»Wann denn sonst?« Bohlen schaute den Kommissar verblüfft an. »Meinen Sie nicht, dass es aufgefallen wäre, wenn tagsüber dort jemand mit einer Leiche rumgelaufen wäre?«

Bohlen hatte recht. Eine selten dämliche Frage. Allerdings konnte das Ganze auch völlig anders abgelaufen sein.

»Sie sagen immer ›er‹. Könnte es auch eine Frau gewesen sein?«

Langsam verstand Arndt seinen Kollegen nicht mehr. Wie sollte eine Frau das gewichtsmäßig schaffen?

»Wenn sie den Leichnam in Einzelteilen ins Grab gebracht hätte, dann bestimmt.« Bernd Bohlen schüttelte den Kopf und schmiss den Spaten auf den Boden. »Ich geh dann mal.«

Ehe die Kommissare noch etwas sagen konnten, war er verschwunden.

»Den habt ihr aber ganz schön erschreckt.« Tim Seebald kam auf die Kommissare zu. »Gibt's noch Fragen?«

»Im Moment nicht«, antwortete Kleemann, bevor sein Kollege wieder mit Worten zuschlagen konnte. »Lass uns zur Wache fahren. Vielleicht hat der Aushang schon etwas gebracht.«

# 12

Elmar Diesterweg schnupperte am Olivenöl, doch selbst dieser wunderbare Geruch des Öls, das gestern aus Italien eingetroffen war, konnte seine Stimmung nicht heben. Seine Lebensbilanz erschien ihm mehr als mittelmäßig zurzeit. Seine Wohnung, ja, das war ein Glücksfall gewesen damals. Doch die Mitbewohner des Hauses gingen ihm zunehmend auf die Nerven. Erst heute Morgen hatte ihn Ilona Klinker kaum eines Blickes gewürdigt, als er sie im Fahrradkeller getroffen hatte, bis sie auf einmal spitz »Heute riecht es gar nicht im Treppenhaus. Ist der Ofen kaputt?« gezischt hatte. Er hatte keine Antwort darauf gegeben, nur den Keller verlassen. Fast war er dabei über Jeremy gestolpert, der beinahe bewegungslos auf der vorletzten Stufe gelegen und träge nach seinem Fuß geschnappt hatte. Er hatte kurz darüber nachgedacht, erneut eine Diskussion zu beginnen, war dann aber wortlos über den dicken ekeligen Dackel hinweggestiegen.

Von Jessens hatte er noch keinen gesehen, wusste aber genau, dass er auch von denen kein freundliches Wort zu erwarten hatte. Aber am Schlimmsten war, dass er keine Ahnung hatte, was zu tun war, wenn Wilko wieder vor seiner Tür stand. Sollte er ihn trotz des energischen Verbots der Eltern und der Polizistin hereinlassen? Wenn er es nicht täte, verweigerte er dem Kind einen wichtigen Ruheort. Täte er es, weil er den Jungen nun mal gerne mochte und Wilko auch ihn, dessen war er sich sicher, konnte das sehr unangenehme Folgen für beide haben. Was also sollte er machen? Er musste raus, sich den Wind um die Nase wehen lassen, damit er einen vernünftigen Gedanken fassen konnte. Aber zunächst putzte er seine Küche. Die Party am gestrigen Abend hatte ihre Spuren hinterlassen. Normalerweise räumte er sofort auf. Aber nach den Smoothies aus den frischen Gartenkräutern hatten sie Cocktails gemixt. Immer wieder neue Ideen kamen auf den Tisch, und es endete mit einem soliden Besäufnis. Es hatte ihm gutgetan. Mit jedem Schluck der alkoholischen Köstlichkeiten war die Erinnerung an das unangenehme Erlebnis auf dem Heller in weite Ferne gerückt. Nach dem fünften Cocktail verschwand sie völlig. Er hatte kaum mitbekommen, wann seine Gäste aufgebrochen waren, und es hätte ihn nicht gewundert, wenn er einen der Gäste morgens tiefschlafend im Wohnzimmer gefunden hätte. Er wunderte sich, dass der Alkohol recht wenig Spuren unter seiner Schädeldecke hinterlassen hatte. Aber etwas frische Luft schadete trotzdem nicht.

Er nahm seine Jacke von der Garderobe, zog sie über, steckte den Schlüssel und eine Tüte ein und ging los. Wieder zog es ihn auf die Hellerwiesen und die Verlandungszone. Hier war er allein und würde Queller sammeln. Das Gericht, das er am Tag zuvor mit den Damen gekocht hatte, war bestens angekommen. Obwohl er sich zu Anfang kaum auf die Kocherei hatte konzentrieren können. Der Besuch der Polizistin hatte ihn ziemlich mitgenommen.

Noch immer war die Fläche von Tausenden Vögeln besucht. Erst ab Mitte des Sommers würde Ruhe einkehren. Er ging so langsam wie möglich, um die Tiere nicht unnötig aufzuscheuchen. In der Ferne, Richtung Festland, sah er einige Menschengruppen durchs Watt wandern. Er wunderte sich. Die Jahreszeit war eigentlich noch zu früh. Erst im Sommer würde richtig was los sein, wenn das Wasser den Wattboden freigab. Aber es konnte ein Firmenausflug sein. Er hatte gelesen, dass manche Firmen so etwas anboten, um die Gemeinschaft innerhalb der Belegschaft zu stärken. Das Problem hatte er nicht mehr. Ganz zu Anfang seiner Laufbahn hatte er in diversen Küchen mit den verschiedensten Kollegen zusammenarbeiten müssen. Es hatte ihm nie behagt, darum war er sehr glücklich gewesen, als er sich einen Namen gemacht und auf Seminare hatte spezialisieren können. Auch da war er auf Menschen getroffen, aber er hatte die Richtung bestimmt, die sie zu gehen hatten. Er liebte seine Freiheit und wünschte sich nichts mehr, als dass alle ihn in Ruhe sein Leben leben ließen. Er mischte sich schließlich auch nicht in das anderer ein. Er klärte Fronten, wenn nötig, und das war's.

Diesterweg bückte sich, pflückte die Spitzen einiger Quellerpflanzen und steckte sie in die Tüte. Was für ein wunderbares Gewächs, dachte er. Man hatte mal versucht, sie im Labor zu züchten, war jedoch kläglich gescheitert. Nur hier in der Verlandungszone konnte sie gedeihen. Im Herbst veränderte sie ihre Farbe. Aus grün wurde rot. Dann hatte sie so viel Salz aus dem Wasser aufgenommen, das sie regelmäßig überspülte, dass sie abstarben.

Bald war die Tüte voll. Sollte er wieder nach Hause? Unschlüssig stapfte er über die Hellerwiesen. Er hatte keine Lust, würde aber erst den Inhalt der Tüte in die Küche legen, dann konnte er immer noch überlegen, was er tun sollte. Oder sollte er …? Ja, ein kurzer Besuch des Nationalparkhauses wäre gut. Er empfand es als großes Glück, auf einer Insel zu wohnen, eng umfangen von der Natur. Er liebte die Vögel auf dem Heller, den Anblick eines Seehundes am Strand und selbst die Kaninchen in den Dünen. Da war es klar, dass er zum Nationalparkhaus eine ganz besondere Beziehung hatte. Alle paar Tage schaute er, wie sich das Leben in den Aquarien entwickelte, und freute sich immer, wenn er möglichst viele Besucher in den Ausstellungsräumen antraf.

Doch als er diesmal das Haus betrat, schlug ihm eine laute Diskussion entgegen.

»Die verdammten Vögel nehmen immer mehr Raum ein«, hörte er eine ihm wohlbekannte Stimme. Julian Flegel. Natürlich.

»Es ist nun einmal Nationalparkgelände«, antwortete Enna Klar, die Leiterin des Nationalparkhauses.

»Aber die Menschen haben doch auch ein Recht, hier zu leben und zu arbeiten!«, schimpfte der Mann. »Und wenn wir hier auf der Insel keine Elektrokarren haben wollen, brauchen wir Platz für die Kutschpferde. Irgendwie müssen die Waren schließlich transportiert werden.«

»Natürlich«, sagte Enna Klar nur.

Wahrscheinlich hatte sie die Diskussion schon zu oft geführt. Außerdem war ihr sicher bekannt, dass Flegel es mit Arbeiten gar nicht so sehr hatte. Er und seine Frau betrieben eine Frühstückspension, wobei die meiste Arbeit an seiner Frau hängen blieb. Dabei hätte der Mann alle Möglichkeiten, auf der Insel eine Beschäftigung zu bekommen. Die Hotels suchten hochnötig Mitarbeiter. Elmar Diesterweg kannte den Mann, weil dieser vor Jahren einmal an einem Kochseminar teilgenommen hatte. Schon damals war er ihm unangenehm aufgefallen. Kochen ja, hinterher wieder aufräumen, das war für den Typ mit der dicken Plauze nicht drin gewesen. Der hatte sich sofort, nachdem alles aufgegessen war, klammheimlich verdrückt. Und auf das Geld hatte Diesterweg noch Wochen warten müssen. Erst als er Frau Flegel auf der Straße getroffen und sie um Begleichung gebeten hatte, war der Betrag auf sein Konto eingegangen.

Natürlich, kein Mensch musste arbeiten, wenn er nicht wollte. Aber es kam hier auf der Insel nicht so gut an. Besonders dann nicht, wenn man damit hausieren ging und die Frau zu Hause mit der Arbeit allein ließ. Warum die das überhaupt mitmachte, war ihm ein Rätsel.

»Es ist schon wichtig, dass alle im Einklang miteinander leben. Und das heißt, dass der Mensch mal einen Rückzieher machen muss«, versuchte Diesterweg Enna Klar zu unterstützen, was allerdings bei Flegel gar nicht gut ankam.

»Das muss ausgerechnet der Koch sagen«, rief Flegel höhnisch. »Der nimmt jeden Tag in Kauf, dass Tiere getötet werden und bei ihm im Topf landen, quatscht aber von Rückzieher.«

Diesterweg wollte eigentlich gar nicht darauf eingehen, konnte sich jedoch nicht verkneifen, einzuwenden: »Moment. Es ist Bestimmung, dass jedes Lebewesen irgendwann stirbt. Es kommt nur darauf an, wie gut es sein Leben hat verbringen dürfen.«

»So, wenn du dir als Mensch das Recht herausnimmst, zu bestimmen, dass eine Gans sterben darf, damit sie im Essen landet – denk an gestern –, dann sage ich ganz klar: Sie soll ebenfalls sterben, damit sie mir nicht mit dem Geschrei meine Gäste vergrault. Und was das Leben anbelangt – besser als hier können es die verdammten Gänse und Möwen nicht haben!« Flegel lachte laut auf. »Also ist alles im grünen Bereich. Jeder macht sich das Leben so schön, wie er möchte.«

»Es reicht jetzt. Geh' bitte.« Mit Wut im Gesicht zeigte Enna Klar auf die Tür.

Julian Flegel winkte ab. »Schon gut. Haltet man schön zusammen und schützt die Tiere. Wenn es mit Menschen schon nicht klappt …«

»Uff, was für ein Idiot«, fauchte Enna Klar, als sich die Tür hinter dem Mann geschlossen hatte.

»Kann man so sagen«, erwiderte Diesterweg. »Und was die Gans von gestern angeht – ich habe sie nicht getötet. Ich habe sie nur gefunden.«

»Ich dachte es mir. Du hättest schon mit einem Gewehr unterwegs sein müssen, um eine Nonnengans zu töten. Was ist mit unserem großen Event?«, fragte Enna Klar. »Bleibt es beim 10. Juni?«

Diesterweg nickte. »Ich habe mit Ahlers gesprochen. Dort kann ich das Essen vorbereiten, und Mitarbeiter von ihm bringen es möglichst warm zum Essplatz.«

»Prima. Dann steht unserem ›Wattenschmaus‹ nichts mehr im Wege. Hast du schon Vorstellungen, was es geben wird?«

»Ich denke noch darüber nach.« In einem Anfall von Begeisterung hatten Enna und er die Sache gedanklich aus der Taufe gehoben. »Wattenschach« gab es schließlich schon. Warum also nicht auch ein leckeres Essen mitten im Watt, so lange, bis das Wasser wieder stieg? »Wie verabredet – alles Zutaten aus der Region. Falls der Queller noch genießbar ist, wird er natürlich dabei sein. Ansonsten Scholle und Deichlamm mit einer leckeren Soße und Kräuterkartoffeln. Auch Strandaster werde ich pflücken. Die Blätter und auch die Blüten sind ein Hochgenuss.«

»Prima«, sagte Enna Klar fröhlich. »Ich werde mit der Werbung beginnen.«

»Ich gehe dann auch mal.« Er hatte keine Lust mehr auf weitere Planung. Wollte nur nach Hause und die Tür hinter sich schließen. Kopfschmerzen hatten eingesetzt.

Wieder auf der Straße begegneten ihm einige Insulaner. Er grüßte freundlich, doch er erhielt kaum eine Antwort. Oder bildete er sich das nur ein? Kurz vor der Haustür sah er Ole Zander, den Wattführer. Auch der drehte sich um, als ob er ihn nicht gesehen hätte. Dabei war der Mann sonst immer für eine Unterhaltung gut. Offensichtlich hatte Jessen ganze Arbeit geleistet. Er wagte nicht daran zu denken, was in den sogenannten sozialen Netzwerken gerade abging.

Sein Blick fiel auf das offenstehende Küchenfenster. Hätte er es besser schließen sollen, bevor er das Haus verlassen hatte? Bei dem Gedanken zuckte er zusammen, weil ihm klar wurde, dass es das erste Mal war, seit er diese Insel betreten hatte, dass er das Gefühl hatte, sich vor Gefahren schützen zu müssen.

Im Hausflur war es ruhig. Er öffnete die Wohnungstür, vorsichtig, geduckt, so als ob ein angriffslustiges Raubtier in seinem Nacken säße. Er versuchte, es abzuschütteln, hätte beinahe ein Lied angestimmt, als er in die Küche ging. Dort war alles so, wie er sie verlassen hatte. Er atmete auf. Nichts war passiert. Er ging um die Kochinsel herum und schlug mit dem Fuß gegen etwas Festes, das mit dumpfem Klackern auf den Bodenfliesen weiterrollte. Diesterweg hob es auf. Es war ein Stein, um den Papier geklebt war. Mit zitternden Fingern nahm er ein Küchenmesser von der Wand, säbelte an den Klebestreifen herum, bis sich das Papier löste, und erstarrte. *Verschwinde, du Tiermörder!*

Immer wieder las er den Satz. *Verschwinde, du Tiermörder!* Er las und las, aber die Worte lösten sich nicht auf, sondern starrten ihn, mit dickem, schwarzem Filzer geschrieben, an.

Er nahm den Stein und warf ihn mit aller Kraft durch das geöffnete Fenster, legte das Blatt auf die Arbeitsplatte und ließ sich auf den Küchenstuhl sinken. Lange saß er dort, um ihn herum nur grau, nichts als grau.

Vielleicht sollte er die Wohnung verkaufen und ans Festland ziehen. Da hätte er seine Ruhe, Ilona Klinker bekäme endlich ihren Willen und hätte die Möglichkeit, die Wohnung zu übernehmen, so, wie sie es auf der letzten Eigentümerversammlung eindringlich gefordert hatte, damit ihr Dackel die Stufen nicht mehr ganz nach oben klettern musste.

Ganz allmählich tauchte er wieder in die Gegenwart, und es stellte sich ihm die Frage: Ignorieren oder nicht? Er entschied sich. Er schloss das Küchenfenster und legte den Queller in den Kühlschrank. Dann nahm er das Blatt, holte sein Rad aus dem Keller und schob es ans Tageslicht. Doch bevor er aufsteigen konnte, hörte er einen durchdringenden Schrei aus dem Garten.

»Jeremy!«

Er ließ sein Rad fallen und folgte dem Ruf. Das Erste, was er sah, war, dass Ilona Klinker in seinem Kräuterbeet kniete. Sie schrie unaufhörlich. Er rannte zu ihr. Er konnte es kaum glauben. Zwischen den Radieschen und der Rauke lag Jeremy. Mit einem Messer im Rücken. Seinem Messer.

»Rufen Sie die Polizei! Sofort!«, schrie sie.

Ihm blieb wohl kaum etwas anderes übrig, wollte er sich nicht noch verdächtiger machen. Vielleicht war es möglich, das Messer vor Eintreffen der Polizei zu entfernen. Allerdings glaubte er nicht recht an diese Variante, wenn er sah, wie die Klinker den Hund fast mit ihrem mächtigen Busen bedeckte.

»Ich habe mein Telefon in der Wohnung.« Er wandte sich zum Gehen und ließ sich auch nicht von Ilona Klinker umstimmen, die ständig schrie: »Sie bleiben. Sie haben ihn umgebracht. Ich weiß es genau! Tiermörder.«

Ein paar Minuten nach seinem Anruf bog Michael Röder um die Hausecke.

Elmar Diesterweg berichtete dem Polizisten, was geschehen war. Er beschrieb, dass jeder der drei Parteien ein Drittel des Gartens bewirtschaftete. Er deutete auf das Kräuterbeet. »Das ist meines.« Das Wissen um das Messer behielt er allerdings für sich. Ilona Klinker saß noch immer neben dem Hund und weinte. Bis auf die Aussage, dass sie Diesterweg für den Mörder hielt, war sie zu keiner Aussage fähig.

»Wieso liegt der Hund in Ihrem Beet?«, fragte der Inselpolizist.

»Ich weiß es nicht«, erwiderte Diesterweg.

»Wissen Sie es, Frau Klinker? Haben Sie Ihren Hund heute Morgen nicht vermisst?«

»Ich habe Jeremy in den Garten gebracht«, schluchzte sie. »Wie jeden Morgen. In meine Parzelle. Dort hält er sich gerne auf, bis wir einen Spaziergang machen.«

Und die ganze Zeit jault er da unten rum, dachte Diesterweg. Jeden Morgen.

»Ich wollte also mit ihm los und da sah ich ihn. Bei dem da!« Sie zeigte mit zitternder Hand auf den Koch. »Bei dem da im Beet. Mit dem Messer von dem Mörder im Rücken!«

Langsam löste sie sich von dem Hund und zog das Messer aus der Wunde. »Da. Ich habe es einmal gesehen, als ich ganz zu Anfang bei ihm in der Wohnung war. Silber. Mit Signatur. ED. Sehen Sie?«

»Sie hätten es besser nicht herausgezogen«, sagte Röder. »Eventuelle Fingerabdrücke sind jetzt wohl passé.« Dann wandte er sich an Diesterweg. »Stimmt das? Ist das Ihr Messer?«

Diesterweg nickte. Was nützte das Leugnen. »Ja. Ich habe gestern Kräuter geschnitten. Da muss ich es wohl aus Versehen im Garten liegengelassen haben.«

»Sie haben beide nichts mitbekommen, von dem, was hier passiert ist?«

»Glauben Sie denn, dass ich nicht eingeschritten wäre?«, schrie Ilona Klinker.

»Meine Küche geht zur Straße raus«, erklärte Diesterweg nur. Er sah, wie Röder eine Tüte aus der Tasche nahm und das Messer hineinsteckte.

Dann machte er sich ein paar Notizen und sagte: »Bitte kommen Sie gleich ins Hotel ›Sonnenstrand‹. Es kann sein, dass meine Kollegen weitere Fragen haben. Ich spreche mit Jessens und wir sehen uns in einer Stunde.«

»Ich komme. Ich habe Ihnen auch etwas anderes mitzuteilen.« Jetzt bloß nichts wie weg. Der Anblick der verheulten Frau mit ihrem toten Hund war einfach nicht zu ertragen.

# 13

»Wie gehen wir damit um?«, fragte Röder in die Runde, nachdem Diesterweg sie verlassen hatte. »Die Sache mit dem Personenschutz hat der doch sicher nur im Affekt rausgehauen.«

Ob das Affekt oder pure Angst bei dem Mann gewesen war? Anika Frederik war sich nicht sicher. Er war im Clubraum erschienen, hatte sich ohne Aufforderung in einen der Cocktailsessel fallen lassen und erst einmal geschwiegen. Dann hatte er mit zitternden Händen ein Stück Papier aus der Tasche gezogen. Erst nach intensiver Ansprache hatte der Mann berichten können, was er in seiner Küche gefunden hatte. Auf Anikas Frage, ob er nicht etwas zur Aufklärung des Hundetodes beitragen könnte, war er in Tränen ausgebrochen. »Man sieht doch ganz klar: Irgendwer will mich vernichten. Merken Sie das nicht? Ich habe nichts getan! Es war mein Messer. Ja. Aber ich habe den Hund nicht getötet!«

Er hatte Anzeige erstattet. Sie hatten ihn verabschiedet mit dem Versprechen, über das weitere Vorgehen zu beraten.

»Was ist, wenn er das mit dem Zettel und dem Stein nur erfunden hat, um von sich abzulenken?«, überlegte Anika.

»Diese Möglichkeit besteht. Ebenso könnte seine Sicht der Dinge die richtige sein«, erwog Arndt. »Wir sollten Flagge zeigen. Wenn sich ab und zu eine Uniform dort zur Abschreckung blicken lässt, kann das nur hilfreich sein, egal, welche Sachlage vorliegt. Wer übernimmt den Job?«

»Ich hätte ein paar Zettel auszuhängen«, sagte Röder, »dann könnte ich …«

»Lass man«, winkte Anika ab. »Bleib du man als Ansprechpartner für die Insulaner zur Verfügung. Ich denke, dass vielleicht ein paar Rückmeldungen kommen, wenn die Leute die Zettel gelesen haben. Ich setze mich zu Diesterweg in die Küche.«

»Ach, gib es zu: Du willst von seinen Kochkünsten profitieren«, stichelte Röder.

Anika lachte. »Mist, dass du das so schnell erkannt hast. Aber wirklich: Ich glaube nicht, dass der zum Kochen in der Lage ist, so wie der drauf ist. Jetzt was ganz anderes: Wenn ich schon mal in dem Haus bin, werde ich auch mit Jessens sprechen. Was hat eigentlich seine Akte ergeben?«

Röder nahm einen Umschlag und schob ihr ein DIN-A4-Blatt rüber. »Da. Er hat, bevor er nach Baltrum gezogen ist, bei einer anderen Reederei gearbeitet. Die Belegschaft hatte sich zu einer Weihnachtsfeier getroffen, und er ist mit einem Kollegen in Streit geraten. Daraufhin hat Jessen das Auto des Mannes wutentbrannt mit einem Stein …«, Röder schaute auf, »Nachtigall, ich hör dir … mit einem Stein bearbeitet. Das sah dann nicht mehr sehr gut aus. Er hat es übrigens sofort zugegeben. Er hat als Argument vorgebracht, dass der Kollege seine Frau beleidigt hätte, und da sei er, Jessen, eben wütend geworden. Er hat eine Geldstrafe bekommen und musste die Reparatur bezahlen.«

»Das war alles?«, fragte Herbert.

»Nein. Als Jugendlicher ist er bereits öfter ausgerastet. Es wurde aber nur einmal verfolgt, weil der Vater eines anderen Jungen Rechtsanwalt war und ausgerechnet diesem Jungen nach dem Angriff zwei Zähne fehlten.«

»Klingt nicht nach Entlastung«, sagte Anika. »Ich kümmere mich darum.«

»Okay. Aber lass es ruhig angehen«, meinte Arndt. »Ich denke nicht, dass du einen 24-Stunden-Job bei Diesterweg hast.«

»Ich schaue, wie es sich entwickelt«, erwiderte sie und stand auf.

»Gut. Bis später wieder hier.«

Vor der Tür des Hotels verharrte sie kurz und zog den Reißverschluss ihrer Jacke zu. Es regnete nicht, aber der Wind hatte aufgefrischt und wehte ihr unangenehm um die Nase. Sollte sie erst zu Hause vorbeifahren, sich ein wenig frisch machen? – Ach was, das würde sie zwischendurch erledigen. Die Kollegen hatten schließlich auch gemeint, dass eine Rundumbetreuung nicht nötig sei. Sie nahm ihr Rad und fuhr los.

»Hallo, Frau Polizei!«

Sie schaute sich um. Hinter ihr tauchte mit kräftigen Tritten Holger Balke auf. Gleich darauf hatte er sie eingeholt. »Wohin des Weges?«

»Ins Ostdorf«, antwortete sie.

»Einsatz?«

»Nein. Ein Mann ist bedroht worden, und ich habe jetzt ein Auge auf die Lage«, sagte sie knapp, bemüht, nicht zuviel zu verraten.

»Dann haben Sie wohl keine Zeit für einen Kaffee?«, fragte Balke.

Nein. Eigentlich nicht. Aber wie der Mann sie anschaute, konnte sie damit leben, ihren Dienst erst ein halbes Stündchen später zu beginnen. Wie hatten ihre Kollegen gesagt? »Ein schneller Kaffee wird gehen«, stimmte sie zu.

Gemeinsam fuhren sie weiter. Ihre Themen waren das Wetter und die Feriengäste. Kurz darauf saß sie auf der Terrasse zusammen mit dem Wirt und schaufelte einen großen Löffel Zucker in ihren Milchkaffee.

»Und – lässt es sich hier leben und arbeiten?«, fragte er, nachdem auch er seine Tasse gefüllt hatte.

»Ich bin erst seit Kurzem hier, kann über das Leben nicht viel sagen. Die Arbeit hält mich auf Trab, ist jedoch kein Vergleich zum Festland. Eben ganz anders.«

»Man spricht davon, dass Knochen gefunden worden sind. Stimmt das?«, fragte Balke.

»Das ist richtig. Zwei Kollegen vom Festland ermitteln«, antwortete sie.

»Hat man denn schon etwas herausgefunden?« Holger Balke nahm einen Schluck Kaffee und musste husten. »Meine Güte, ist der heiß«, krächzte er.

»Ja. Die junge Frau war 18, als sie verschwunden ist. Sie heißt Leevke Meinders. Sie können ihr Bild überall auf der Insel finden.«

Balke holte tief Luft. »Ich werde es mir mal ansehen. Aber können wir nicht das ›Sie‹ vergessen? Ich bin Holger und würde mich freuen, wenn wir uns mal nach Feierabend treffen.«

Anika hatte plötzlich das Gefühl, als könnte dieser Mann ihre Wünsche lesen. »Gerne. Ich bin Anika.« Sie hätte stundenlang sitzenbleiben und diesem Mann in seine blauen Augen schauen können, doch der Dienstkobold in ihrem Inneren drängte zum Aufbruch. »Heute? Morgen?« Verdammt, das wollte sie nicht gesagt haben. Hatten ihre weiblichen Vorfahren nicht immer wieder gepredigt, eine Frau habe sich zurückzuhalten? Egal.

»Gerne heute. Da habe ich Vertretung im Lokal. An der Strandmauer bei der Sonnenuntergangsbude? Die hat jetzt im Mai zwar noch nicht geöffnet, aber ich bringe eine Flasche Sekt mit.« Holger Balke strich ihr wie aus Versehen über ihre Hand und löste damit ein Feuer aus.

»Welche Uhrzeit?« Mehr brachte sie nicht heraus.

»Abends um acht?«

Sie nickte, ging zu ihrem Rad und griff, wie um Halt zu finden, nach dem Lenker. Dieser Mann ist in der Lage, meine Dämonen zu vertreiben, dachte sie, als sie losfuhr. Schließlich war kein ganzer Tag vergangen, seitdem sie ihn kennengelernt hatte. Aber trotzdem fühlte es sich an, als gehörten sie seit ewigen Zeiten zusammen. Da nützte es auch nichts, dass der Kobold sie zur Zurückhaltung aufforderte. Sie hatte sich verliebt. Eindeutig. Sie würde sich mit ihm treffen. Ganz klar. Falls Diesterweg abends immer noch Schutz brauchte, musste sich eben Michael darum kümmern.

Der Gedanke an Holger ließ sich auch nicht vertreiben, als Elmar Diesterweg auf wiederholtes Klopfen und Klingeln endlich die Tür öffnete.

»Das wird Zeit«, sagte er und führte sie ins Wohnzimmer.

»Wieso? Ist wieder etwas passiert?«, fragte sie.

»Nein. Hier nicht. Aber jemand hat angerufen.«

»Wer?«

»Er hat seinen Namen nicht genannt, nur widerlich gelacht und gefragt, ob ich mir heute schon die Straßenbeleuchtung angesehen hätte.«

»Was meinen Sie?«, fragte Anika ungläubig.

»Na, die Pfähle. Da kleben hier und da offensichtlich Zettel dran mit bösen Beschimpfungen. Eigentlich komisch in der digitalisierten Zeit, dass sich jemand die Mühe macht, echte Schmierereien überall aufzuhängen. Sind Ihnen die Zettel nicht aufgefallen?«

Anika schüttelte den Kopf. »Nein. Überhaupt nicht. Aber ich kümmere mich darum. Gibt es sonst noch was?«

»Nein«, sagte Diesterweg. »Hier sind alle Fenster zu. Trotzdem habe ich Angst. Und ein wenig Wut im Bauch. Wenn ich nur wüsste, wer dafür verantwortlich ist, den würde ich …«

»Herr Diesterweg. Ich verstehe Sie. Trotzdem bitte ich Sie, zur Ruhe zu kommen. Der Steinwerfer und Zettelkleber wollte doch genau das: Sie fertigmachen«, versuchte sie, den Mann zu beruhigen.

»Aber das kann man nicht so leicht abschütteln. Es gibt auch gar keinen Grund dafür«, sagte er mit zitternder Stimme.

»Sie haben also keinerlei Idee, wer Ihnen etwas antun möchte? Ein Streit, der Jahre zurückliegt? Denken Sie nach!«

Diesterweg schüttelte den Kopf. Ein wenig zu schnell für Anikas Empfinden.

Dann fiel ihm ein: »Äh – wollen Sie etwas trinken?«

»Nein, danke.« Allmählich langte es Anika. Wenn der Mann Hilfe erwartete, sollte er seinen Teil dazu beitragen. Sie nahm ihr Notizbuch aus der Tasche und notierte ein paar kurze Fakten. So konnte sie den Kollegen am Abend Genaueres über ihren Einsatz mitteilen. »Herr Diesterweg, wir helfen gerne. Also kooperieren Sie! Noch einmal: Denken Sie nach!«

Elmar Diesterweg stand auf. »Gehen Sie. Ich helfe mir selbst.«

Anika Frederik zögerte erst, dann erhob auch sie sich. »Das ist Ihre Entscheidung. Das hindert uns allerdings nicht daran, Sie gegebenenfalls weiter zu befragen.«

Der kleine Mann rannte fast zur Tür und riss sie auf. »Raus«, bellte er.

»Vielen Dank für Ihre freundliche Aufnahme.« Der Satz ging in einem ohrenbetäubenden Knall unter, mit dem der Mann die Tür zuwarf. Das nennt man Deeskalation, dachte sie, als sie die Stufen herunterging, und wünschte sich einen Moment zum Luftholen. Der Wunsch wurde jedoch zugleich zunichtegemacht. Hans Jessen stand mit hochrotem Gesicht vor ihr. »Was ist hier los? Es stinkt nicht nur, jetzt wird es auch noch laut!«

Anika bemühte sich um innere Ruhe. »Darf ich reinkommen? Ist Ihre Frau da?«

»Nein und nein! Antje ist mit der Kamera unterwegs, und ich habe keinen Bock auf meine Vergangenheit.«

»Auf was?«

»Sie wollen mir doch sicher meine Vorstrafen unter die Nase reiben«, zischte Jessen. »Einmal gewalttätig, immer böse, oder nicht? Aber Sie können beruhigt sein. Meine Frau weiß davon. Ich gehe offen damit um. Das hilft. Glauben Sie mir.«

»Das ist in Ordnung. Dennoch – Ihre Frau möchte sich bitte bei uns melden. Ansonsten versuche ich es gegen Abend noch einmal mit einer offiziellen Vorladung.« Langsam hatte sie die Nase voll. Zumal ihr auch das Gespräch mit der Frau aus dem oberen Geschoss bevorstand. Sie wollte gerade gehen, da hörte sie ein Weinen. Nein, kein Weinen. Es war ein verzweifeltes Schluchzen. »Was ist da bei Ihnen los?«, fragte sie Jessen.

»Meine Kinder haben sich gestritten«, sagte er kurz.

»Ich möchte nachsehen.«

Zähneknirschend wich der Mann zur Seite und ließ sie hinein. Das Weinen kam aus Metas Zimmer. »Wilko, Meta, hier ist Anika Frederik. Darf ich reinkommen?«, fragte sie mit aller Wärme, zu der sie fähig war.

In Metas Zimmer empfing sie ein seltsamer Anblick. Das Mädchen saß im Bett, das Gesicht bemalt mit roter und grüner Farbe. Tränen hatten eine Spur darin hinterlassen. Die Wände wiesen Flecken von Gelb und Blau auf. Ebenso die Bettdecke. Nur Wilko, der seine Schwester umfasst hatte, wirkte einigermaßen sauber.

»Sie ist krank und ihr war langweilig. Da hat sie alles bemalt, und ich habe es entdeckt«, keuchte er. »Kann ich sie jetzt loslassen?«

Anika fing an zu lachen, doch je mehr sie sich bemühte, ernst zu bleiben, desto intensiver wurde der Anfall. Sie lachte und lachte und konnte nicht aufhören. Nach kurzer Zeit fielen auch die drei anderen in das Gelächter ein. Es dauerte eine ganze Weile, bis wieder Ruhe einkehrte.

»Na, da wissen ja alle, was sie zu tun haben«, sagte sie.

»Ich nichts«, wehrte Wilko ab. »Ich habe nichts getan. Aufräumen und saubermachen müssen die beiden.«

»Okay. Dann lasse ich die Herrschaften mal allein.« Sie wandte sich an Hans Jessen. »Sie denken daran, Ihrer Frau unsere Bitte auszurichten?«

»Wenn Sie meinen ...«

»Und – Sie haben nicht zufällig in der letzten Zeit mit Steinen geworfen oder Schmähzettel öffentlich ausgehängt?«

»Nein. Warum sollte ich?«, fragte Jessen.

»Vielleicht, um Herrn Diesterweg eine Nachricht zukommen zu lassen?«, schlug sie vor.

»Wenn ich Herrn Diesterweg etwas zu sagen habe, dann mache ich das persönlich. Da werfe ich keine Steine durch das Fenster«, sagte Jessen.

»Woher wissen Sie denn, dass der Stein ...«

»Weil ich es mitbekommen habe? Aber fragen Sie mich nicht, wer das war. Da habe ich nämlich leider nicht so genau hingeschaut«, grinste Jessen. »Und wer Zettel irgendwo anbringt, weiß ich auch nicht. Aber wer den Dackel umgebracht hat, das liegt auf der Hand, oder? Das Messer, ich sage nur: das Messer!«

Nur mit Mühe konnte Anika sich zurückhalten. Wenn Meta nicht wieder angefangen hätte zu weinen, wäre das Gespräch sicher noch nicht zu Ende gewesen. »Wir hören uns«, sagte sie nur, stieg die Treppe eine Etage höher, und klingelte bei Ilona Klinker. Erst dann sah sie den Zettel, der an der Tür klebte. »Bin im Garten«, las sie und wunderte sich. Es wäre sicher sinnvoller, den Zettel irgendwo unten anzukleben, überlegte sie. Dann fiel ihr ein, dass ihr Inselkollege gesagt hatte, dass auch in der heutigen Zeit viele Türen nicht abgeschlossen waren und jedermann überall Zutritt hatte. Und wenn sie sich recht erinnerte, war auch die Tür unten offen gewesen. Also nichts wie wieder runter. Sie ging um das Haus herum und stand bald in einem beinahe verwunschenen Garten. Er war von einer dichten Hecke umgeben und daher nicht einsehbar. Der Garten war, wie ihr Inselkollege berichtet hatte, in drei Parzellen aufgeteilt. In einer stand hohes Gras, viele Blumen streckten ihre Köpfe über den Zaun. Das war bestimmt Jessens Teil, überlegte sie, denn sie konnte sich Hans Jessen nun gar nicht, einen Rasenmäher vor sich herschiebend, bei der Gartenarbeit vorstellen. Daneben lag die Parzelle, in der Frau Klinker ihren Hund gefunden hatte. Sie entdeckte kleine Erbsenpflanzen, die ihren Weg an einem Spalier suchten, Möhren, die groß werden wollten, und Rauke, die schon für den einen oder anderen Salatteller reichte. In dem dritten Abschnitt, umgeben von einem sehr hohen Zaun, sah sie eine Gestalt, die einem lebensgroßen Gartenzwerg ähnelte. Sie trug ein rotes Kopftuch, kurze Hosen und darüber eine grüne Schürze. »Frau Klinker?«, versuchte sie die Aufmerksamkeit der Frau zu erregen, die mit Kraft einen Spaten in den kurz gemähten Rasen stieß. »Frau Klinker?«

Jetzt reagierte die Frau. »Oh, sind Sie zum Helfen gekommen? Ich beerdige gerade Jeremy.«

»Nein. Aber es wäre schön, wenn Sie mir helfen würden«, entgegnete Anika.

»Worum geht es?«

Anika berichtete von dem Stein, der bei Diesterweg in der Küche gelandet war.

»Damit habe ich nichts zu tun. Ich begebe mich nicht auf die gleiche Ebene wie der Mörder meines Hundes. Der Mann hat Strafe verdient, klar. Aber dafür ist die Polizei zuständig. Hat er es wenigstens zugegeben?«

»Wir ermitteln«, sagte Anika knapp. »Gibt es sonst etwas Auffälliges, was Sie mir berichten können?«

Ilona Klinker stützte sich auf den Spaten und überlegte. Zumindest hatte es den Anschein, als ob sie überlegen würde. Dann schüttelte sie den Kopf. »Nein. Nichts Neues. Bis auf den Tod meines liebsten Hundes. Das mit dem Gestank im Treppenhaus habe ich ja bereits erwähnt.«

Anika überlegte, ob sie der Frau den Zusammenhang – offenes Fenster und Diesterwegs Abluft – erklären sollte, nahm aber an, dass die Klinker es eigentlich wusste. Nur dass ihr bei geschlossenem Fenster jeglicher Grund zum Meckern fehlte.

»Danke. Wir melden uns bei Bedarf.« Verdammt, waren alle Insulaner so zerstritten? Die, mit denen sie bisher zu tun gehabt hatte – natürlich abgesehen von Holger – machten einen nicht so guten Eindruck auf sie. Aber vielleicht lag es ja an ihrem Beruf und sie hatte in der kurzen Zeit seit ihrer Ankunft nicht die richtigen Menschen kennengelernt.

Anika ging zu ihrem Fahrrad und fuhr zurück zum Hotel »Sonnenstrand«. Tatsächlich fiel ihr an manchen Lampen ein weißer Zettel auf. Sie sammelte alle ein. Ihr Inselkollege saß am Computer und schaute sie erstaunt über ihre frühe Rückkehr an.

»Nicht wundern«, sagte sie. »Er hat mich rausgeschmissen. Jessen wollte auch nichts von mir wissen, seine Frau war nicht da, und die Klinker war damit beschäftigt, ihren Dackel zu beerdigen.«

Röder lachte. »Das war dann ja überaus erfolgreich. Wo ist denn die Beisetzung?«

»Im Garten hinter dem Haus«, berichtete Anika. »Die haben das Grundstück tatsächlich genau aufgeteilt. Dabei habe ich ganz vergessen zu fragen, ob das Gartenhaus, das ich hinter den Parzellen gesehen habe, von allen genutzt werden darf, oder ob das vielleicht innen auch dreigeteilt ist.«

»Hoffentlich hat die Dame die anderen Wohnungsbesitzer gefragt, ob sie den Hund dort begraben darf«, überlegte Röder. »Aber wahrscheinlich hat sie nicht. Sie wollte auf gar keinen Fall das Tier zur weiteren Untersuchung herausgeben, was ich ihr angeraten habe. Nur das Messer konnte ich gerade noch entnehmen.«

»Was machen wir mit Diesterweg?«, fragte Anika.

»Ich denke nicht, dass der Mann in unmittelbarer Gefahr schwebt. Klar ist, wir können ihn nicht bis ans Lebensende bewachen. Und außerdem wurde er nicht an Leib und Leben bedroht, sondern wurde zum Gehen aufgefordert.«

»Aber immerhin mit einem Stein«, warf Anika ein. »Wenn der getroffen hätte …« Sie zog die Zettel aus der Tasche. »Die hingen an den Baltrumer Lampen. Da hat sich jemand echt Mühe gegeben. Selbstklebend. War gar nicht so einfach, die da abzubekommen. Besonders unter den neugierigen Blicken der Feriengäste. Der ein oder andere Ratschlag durfte da nicht fehlen.«

Röder schüttelte den Kopf. *Jagdfrevel ist strafbar!* »Es kann nicht wahr sein. Es ist verdammt doch nichts bewiesen. Was hat Diesterweg getan, dass jemand so einen Hass auf ihn hat?«

»Keine Ahnung. Der Tatbestand, wenn er denn überhaupt vorhanden ist, ist denkbar gering. Vielleicht will jemand einfach nur ausprobieren, wie weit man gehen kann. Der Reiz der anonymen Anschuldigung«, überlegte Anika.

»Wir werden die Sache mit den beiden anderen besprechen. Die sind unterwegs. Wir haben einen Hinweis erhalten, dem sie gerade nachgehen.« Röder schaute auf die Uhr. »Sehen wir uns um sechs zum Arbeitsessen hier wieder?«

»Ich mache eine kurze Pause, dann komme ich.« Sie verließ das Hotel und fuhr nach Hause. Dort tauschte sie die Dienstklamotten mit Jeans, ihrem Lieblingshoody und gelben Sneakern. Geregelte Arbeitszeiten waren auf dieser Insel noch nicht angekommen. Aber das war ihr egal. Wenn sie zwischendurch mal ein halbes Stündchen Ruhe hatte, passte das schon. Und natürlich brauchte sie den heutigen Abend für sich. Um 20 Uhr an der Strandmauer. Sie konnte es kaum erwarten.

Sie schaute auf ihr Telefon. Eine Nachricht von ihrer Schwester war angekommen. »Ich hoffe, dir geht es gut. Hast du dich schon eingelebt?« Anika schaute aus dem Fenster. Ging es ihr gut? Ja, wenn sie an den heutigen Abend dachte. Nein, wenn ihre Schwester ihr Nachrichten schrieb. Sie antwortete knapp und daddelte ein wenig auf dem Handy. Die halbe Stunde ging viel zu schnell vorbei. Sie musste wieder los, wollte sie nicht zu spät zum Abendessen kommen.

Unterwegs war es ruhig, obwohl die Geschäfte alle geöffnet waren. Aber letztendlich war Nebensaison und Himmelfahrt erst in ein paar Tagen. Sie war gespannt, was sich dann auf der kleinen Insel tun würde. Sie fuhr an der Inselglocke und am Nationalparkhaus vorbei, dann stellte sie ihr Rad an der Terrasse des Hotels ab.

Aus dem Clubraum hörte sie Männerlachen. Aha, dann schienen die Kollegen schon da zu sein. Tatsächlich saßen Kleemann, Pankok und der Inselpolizist am Tisch und studierten die Speisekarte. »Komm rein und wähl aus«, rief Röder ihr zu. »Ist gar nicht so einfach. Man kann alles empfehlen. Und das Beste ist, wir dürfen hier sitzenbleiben und müssen uns nicht unter die Gäste im großen Saal mischen.«

Sie setzte sich zu den Männern, schaute, was das Hotel im Angebot hatte, und wählte Lachs mit Spinat. Kurz darauf stand Birgit Ahlers bei ihnen und nahm die Bestellung auf.

»Also, was gibt es Neues?«, fragte Anika, als die Hotelchefin verschwunden war.

»Die Aushänge haben uns einige Hinweise gebracht. Wir sind dabei, sie alle abzuarbeiten«, gab Pankok Auskunft.

»Aber immerhin wissen wir, wo die Eltern ihren Urlaub verbracht haben«, fügte Kleemann hinzu. »Die Vermieter haben Leevke erkannt und konnten beweisen, dass die Familie bei ihnen gewohnt hat. Sie haben nämlich die Kurbeitragsanmeldungen aus all den Jahren aufgehoben. Sie hatten allerdings keine Ahnung, so sagten sie, dass Leevke allein auf der Insel gewesen ist. Da habe sie sich nicht bei ihnen gemeldet und daher nicht bei ihnen gewohnt.«

»Wie sehr darf man dem glauben?«, fragte Anika.

Kleemann zuckte mit den Schultern. »Keine Ahnung. Wir müssen weiter ermitteln in der Hoffnung auf Querverbindungen, die uns weiterhelfen.«

»Und die anderen Hinweise?«

»Sind eher mager«, gestand Pankok. »Man hat sie hier und dort gesehen. Bis jetzt keine auffälligen Häufungen. Ich schätze mal«, er nahm ihr Bild vom Tisch, »jung, blond, schmales Gesicht, keine Besonderheiten, da kann es leicht zu Verwechselungen in der Erinnerung kommen.«

»Und ein ganzer Teil erinnert sich, obwohl gar keine vorhanden ist«, warf Röder ein.

»Genau die sollten wir in den nächsten Tagen herausfiltern und löschen«, entgegnete Arndt.

»Was ist mit Feriengästen? Können wir von denen Hilfe erwarten?«, schlug Anika vor. »Natürlich sind die in alle Winde verstreut. Manche wissen vielleicht gar nicht mehr, dass sie jemals auf Baltrum waren. Aber wenn man die Sache überregional streut, das Bild im Fernsehen und den sozialen Netzwerken zeigt, könnte es uns weiterhelfen.«

»Wäre eine Möglichkeit«, bestätigte Herbert Pankok. »Wir machen erst hier weiter und gehen bei Bedarf an die breite Öffentlichkeit. Ein guter Weg. Die Großeltern von Leevke haben uns erlaubt, das Bild für die Aufklärungsarbeit zu nutzen. Übrigens hat der Großvater angekündigt, er wolle nach Baltrum kommen, um unsere Nachforschungen zu unterstützen. Ich konnte ihn hoffentlich davon abbringen. Sicher bin ich jedoch nicht. Der weiß doch gar nicht, in welche Gefahr er sich unter Umständen begibt, wenn er die Insel mit Fragen aufmischt. Der muss nur auf den Richtigen treffen, dann wird er nicht älter!«

Meine Güte, das hätte man auch etwas neutraler ausdrücken können, dachte Anika. Ziemlich unsympathisch, der Kollege. Sie war froh, nicht auf Dauer mit dem Mann arbeiten zu müssen. Mit Röder dagegen konnte man gut auskommen, ebenso mit dem Kommissar aus Aurich.

Die Tür öffnete sich und Birgit Ahlers stand mit einem großen Tablett vor ihnen. Gleich machte sich Anikas Magen bemerkbar. Sie schaute auf die Uhr. Ja, es war Zeit genug, bis sie aufbrechen wollte. Birgit Ahlers verteilte Teller und Schüsseln mit duftendem Inhalt. Gleich darauf hörte man nichts mehr bis auf gelegentliches Schmatzen.

Röder schob als Erster seinen leeren Teller von sich und wischte sich den Mund ab. »Das war echt gut. Und was nun?«

»Moment, alter Freund«, winkte Arndt ab. »Lass uns alle zu Ende essen, dann wird neu geplant.« Als auch er und Pankok die Teller leer hatten, besprachen sie, was sie am nächsten Morgen vorhatten. Anika war nicht böse, als das Gespräch nach einer halben Stunde dem Ende zuging. So konnte sie ohne schlechtes Gewissen die Runde verlassen.

»Vergiss nicht zu zahlen«, rief Röder hinter ihr her, als sie den Clubraum verließ.

Natürlich tat sie das und fuhr dann mit einiger Erwartung zur Strandmauer. Holger Balke saß auf einem der Steine, die dort einladend verbaut waren, und strahlte sie an. Und sie? Sie strahlte zurück.

»Schön, dass du kommen konntest«, freute er sich. »Ich habe den Sekt in der Fahrradtasche. »Möchtest du?«

»Gerne.« Kurz ging ihr durch den Kopf, ob es nicht besser wäre, sich ein wenig abseits der anderen Spaziergänger aufzuhalten. Hier mit Holger Sekt zu trinken, sprach nicht unbedingt von Neutralität. Aber schließlich war sie nicht nur im Staatsdienst, sondern auch eine private Person. Und die freute sich darauf, den Abend mit dem Mann zu verbringen.

Es ploppte, dann goss Holger die beiden Gläser voll, die er mit der Flasche aus der Tasche gezogen hatte. »Wie schön, dass wir uns kennenlernen durften.« Er stieß mit ihr an. »Wie lange bleibst du?«

»Sechs Wochen«, sagte sie und wünschte sich im gleichen Moment, dass es nicht Wochen, sondern Jahre wären. »Und wie ist deine Geschichte auf dieser Insel?«

Er blickte sie an. »Wie meinst du das?«

»Ich wollte damit sagen: Wohnst du schon immer hier?«

»Nein. Mein Onkel betrieb hier eine Gastwirtschaft. Als er starb, hat er mir alles hinterlassen. Ich habe versucht, daraus ein nettes Lokal zu machen. War viel Arbeit und Aufwand.«

»Was dir aber gelungen ist.« Sie dachte an den leckeren Flammkuchen.

»Ich musste selbst erst viel lernen. Es ist ja nicht nur das Kochen. Auch Personalführung, Buchhaltung und alles andere.« Holger nahm einen Schluck aus seinem Glas und schenkte nach.

»Was für einen Beruf hast du vorher gehabt?«

Er lachte. »Du willst es aber ganz genau wissen. Also, ich bin Einzelhändler. Aber nun zu dir. Wie bist du an deinen Job gekommen?«

Sie berichtete, wie sich ihre Laufbahn entwickelt hatte. Dass sie durch ihre Verwandtschaft ihren Weg zur Polizei gefunden hatte. »Und nun bin ich hier«, sagte sie vergnügt.

»Dann haben deine Vorfahren alles richtig gemacht«, erwiderte Holger.

Anika schaute über das Meer, das tiefblau und ruhig vor ihr lag. Am Horizont ging die Sonne wie ein roter Ball unter. Romantischer konnte es nicht sein. Nein, bei aller Nähe, die sie für diesen Mann spürte, sie würde die Stimmung nicht verderben und ihm erzählen, warum ihr Chef sie auf die Insel geschickt hatte. Das hatte Zeit. »Ich denke auch«, sagte sie nur.

»Aber so friedlich ist es hier auch nicht. Wahrscheinlich hast du dir das anders vorgestellt, oder?«, fragte er.

Sie musste Holger recht geben. »Stimmt, aber wir haben im Hotel ›Sonnenstrand‹ wenigstens eine Bleibe, die für alle Fälle groß genug ist, wenn wir Leute befragen oder sie unsere Hilfe benötigen.«

»Ach, dann seid ihr wieder umgezogen? Eure Wache ist tatsächlich ziemlich klein.« Holger füllte mit dem Sekt noch einmal die Gläser, dann war die Flasche leer. »Auf den heutigen Abend. Möge alles ruhig bleiben.«

Auch Anika wünschte sich nichts mehr als das. Sie spürte den Sekt in der Blutbahn und musste eingestehen, dass eine leichte Müdigkeit von ihr Besitz ergriff. Dabei hatte sie gedacht, dass Sekt aufputschte. Das war hier und jetzt allerdings nicht der Fall. Sie schaute auf die Uhr. 21.45 Uhr. Also eigentlich später Nachmittag, wenn sie an eine Zeit dachte, die nur wenige Jahre zurück lag. Da war sie vor 22 Uhr nicht aus dem Haus gegangen.

»Was ist? Soll ich dich nach Hause bringen?«, fragte Holger. »Ich muss zurück ins Lokal. Schauen, ob mein Oberkellner gut allein zurechtgekommen ist.«

Sie nickte und stand auf. »Dein Fahrrad?«

»Hole ich später«, sagte Holger und steckte die leere Sektflasche in die Fahrradtasche. »Lass uns gehen. Und auf dem Weg erzählst du mir, was es Neues mit dem Knochenfund gibt. Ist ja eine echt spannende Sache.«

Ausgerechnet darauf hatte sie nun gar keinen Bock. Daher schnitt sie das Thema nur kurz an und wandte sich lieber den roten Lichtern zu, die in der Dunkelheit, dort, wo sich die Erde krümmte, auftauchten. »Da, schau mal. Was ist das?«

»Windräder. Am Tage sieht man sie oft gar nicht. Nur wenn es eine besondere Wetterlage erlaubt, tauchen sie am Horizont auf.« Seine Hand berührte leicht die ihre. »Das ist wie im wirklichen Leben. Manchmal braucht es eine gewisse Zeit, bis man Dinge klar erkennen kann.«

»Und?« Sie lächelte in die Dunkelheit. »Dann ist es Zeit zu handeln?«

»Manchmal ist es nötig«, antwortete er und gab ihr einen Kuss. »Manchmal ist es zwingend nötig.«

Diesen Satz ließ sie erst einmal so stehen, als sie die Strandmauer verließen und bei dem kleinen Holzhaus in das Dorf einbogen. Was sollte sie tun? Fragen, ob …? Oder war es klar? Oder viel zu früh?

Sie blieben stehen. Holger strich ihr über die Haare. »Wie wäre es mit morgen? Wir haben dann Ruhetag. Ich koche für uns, und wir sehen, was der Abend bringt.«

Sie nickte. So schnell klärten sich also ihre nicht gestellten Fragen. »Alles klar. Bis morgen. Danke für den schönen Abend.«

# 14

Elmar Diesterweg fand keine Ruhe. Eigentlich sollte er nun schlafen. Es war spät genug. Und wenn er nicht seine acht Stunden Auszeit hatte, war er morgens zu nichts zu gebrauchen. Aber für den nächsten Morgen hatte er wieder Kochstunden vergeben, und vorher gab es einiges vorzubereiten. Er war sich zwar nicht sicher, ob die Frauen überhaupt erscheinen würden, nachdem sich sein Ruf auf der Insel offensichtlich rumgesprochen hatte, doch erst einmal musste er davon ausgehen. Außerdem stand nach wie vor das Versprechen gegenüber Wilko im Raum, nachmittags mit ihm zu kochen.

Er schaute aus dem Fenster. Es war bereits dunkel, obwohl es einer der längsten Tage dieses Jahres war. Es drängte ihn raus, er hatte das Gefühl zu ersticken, wenn er noch länger in der Wohnung bliebe. Gleichzeitig spürte er Angst. Bei einem kurzen Blick in die sozialen Netzwerke war ihm nichts als Hass entgegengeschlagen. Aber waren das nur Sprüche von Idioten, die mit dem wirklichen Leben nicht klarkamen, oder gab es eine echte Gefahr für ihn? Hätte er diese Polizistin besser nicht wegschicken sollen? Aber ihre Skepsis ihm gegenüber war derart heftig zu spüren gewesen, dass er die Frau nicht mehr hatte ertragen können.

Was erwartete ihn also draußen? Saß da ein Feind und lauerte ihm auf? Er konnte die Lage nicht einschätzen. Aber es nützte nichts. Er brauchte frische Luft. Ewig konnte er sich sowieso nicht verstecken. Aber vielleicht nicht unbedingt heute Abend? Doch. Gerade heute. Er zog sich eine Jacke über, nahm seinen Schlüssel und verließ die Wohnung. Ein Blick zurück zu seinem Küchenfenster zeigte, dass er das Licht nicht ausgemacht hatte, aber das war egal. Deswegen würde er jetzt nicht die Treppe wieder nach oben steigen. Außerdem fiel ihm der Orangensaft ein. Frisch gepresst. Er hatte vergessen, ihn in den Kühlschrank zu stellen, aber die eine Stunde bis zu seiner Wiederkehr würde der Saft nicht schlecht werden.

Er ging durch das Ostdorf, wo er hin und wieder ein paar Leuten begegnete. Selbst kleine Kinder waren um diese Uhrzeit noch mit ihren Eltern auf der Straße. Es war Urlaub, warum also nicht? Aber er hatte keinen Bock auf Lachen und fröhliche Rufe und bog ab in die Dünen. Ganz dunkel war es nicht. Der Mond stand voll am Himmel und beleuchtete die Landschaft. Ein Kaninchen huschte über den Weg. Der Ruf einer Sumpfohreule durchbrach die Stille. Er erschrak. Waren da Schritte hinter ihm? Stehenbleiben oder weitergehen? Er hörte Stimmen, die lauter wurden, je näher die Männer kamen. Er blieb stehen. Er würde die drei vorbeilassen, dann hätte er seine Ruhe.

Als die Männer auf gleicher Höhe waren, hielten sie an. »Ach, da ist ja unser Tierfreund.« Einer der Männer kam direkt auf ihn zu. »Gänse? Kaninchen? Was muss dran glauben?«

Diesterweg machte einen Schritt zurück. Was sollte das? »Ich – ich gehe nur spazieren«, stammelte er.

»Das glaubt doch keiner mehr hier auf der Insel. Sie sind auf der Suche nach etwas für Ihren Kochtopf. Das ist es! Und damit in Ihren Schädel reingeht, dass das verboten ist, müssen wir ein bisschen nachhelfen, Herr …«

Den Rest des Satzes bekam er nicht mehr mit. Er spürte nur einen schweren Schlag in der Magengegend, stolperte rückwärts, knickte auf dem Stein, der den Weg einfasste, um und fiel.

# 15

Mit einem zufriedenen Seufzer setzte sich Arndt Kleemann auf die Bank auf Willys Utkiek und schaute über das Wasser. Es ging ihm gut. Nicht so wie in den letzten Jahren, wo ihm kurze Momente, genau hier, Halt geben mussten, wenn wieder etwas auf der Insel passiert war. Natürlich würde er seine Kraft in die Suche nach der Wahrheit über Leevkes letzten Tage einbringen. Aber das Gute war: Er hatte diese Kraft, musste sie nicht erst mühsam in seinem Inneren suchen. Allerdings glaubte er kaum, dass Pankok und er weitere Erkenntnisse gewinnen würden. Es musste schon ein großer Zufall sein, der da Schicksal spielte. Die Fotos von dem Mädchen hingen seit gestern überall aus, aber das Ergebnis war eher mager. Er schaute auf die Uhr und stand auf. Er hatte Wiebke versprochen, sie vom Schiff abzuholen, bevor er sich mit Pankok im Clubraum traf. Pankok. Er mochte diesen Typen nicht besonders. Der schoss manchmal übers Ziel hinaus. Nur bei einer Sache war Arndt sich nicht sicher, ob es gut gewesen war, den Kollegen im Ermittlungsrausch zu stoppen. Nämlich bei diesem Bohlen. Hätte er ihn doch weiter auf der Spur lassen sollen? Bohlen hatte alle Möglichkeiten gehabt. Kannte sich auf dem Friedhof beinahe so gut aus wie Tim Seebald und hatte alle Versuche Seebalds, dem Knochenfund nachzugehen, nachdrücklich abgewehrt. So zumindest hatte Seebald es berichtet. War Bohlen nur sensibel oder hatte der andere Gründe? Sie würden ihn wohl noch einmal befragen.

Er fuhr zum Hafen hinunter. Das Schiff legte gerade an. Bald darauf drückte ihm seine Frau einen Kuss auf die Wange.

»Das wäre früher nicht passiert«, grinste sie.

»Was?«

»Dass du deine Arbeit schmählich im Stich lässt, nur um deine Frau abzuholen. Nimm mir mal die Tasche ab«, forderte sie ihn auf.

Das tat er gerne, denn er ahnte, was sich darin befand. Er schaute hinein und behielt recht. Mit den zwei Flaschen Wein würden sich Wiebke, er und die beiden Röders einen gemütlichen Abend machen. Er freute sich schon darauf. »Ich bringe sie in Michaels Wohnung.«

»Gut. Dann gehe ich in den Bioladen. Sandra und Eva warten auf mich.«

»Ich komme zuerst mit dir.« Als er die Flaschen in den Fahrradkorb gelegt hatte und sich umdrehte, sah er eine ältere Frau mit weißen Haaren, bekleidet mit einer weiten grauen Windjacke und einer schwarzen Hose, und einem eleganten Spazierstock mit energischen Schritten die Hafenstraße hinaufgehen. Ihn beschlich ein unruhiges Gefühl. Natürlich, es gab mehrere Millionen Möglichkeiten, wer diese Frau sein konnte. Trotzdem war er sich ziemlich sicher, dass er sie wiedersehen würde. Die Frau sah nicht aus wie eine Urlauberin. Wahrscheinlich war sie ihm deshalb aufgefallen.

Auf dem Weg zum Bioladen erzählte er Wiebke von ihren mittelmäßigen Ermittlungserfolgen. »Wir warten auf weitere Erkenntnisse aus dem Labor, die uns vielleicht weiterhelfen«, sagte er, als sie vor dem Laden angekommen waren und von Sandra begrüßt wurden. Arndt deutete auf die Tasche mit den Flaschen. »Der heutige Abend ist für eine Verkostung eingeplant. Wiebke hat Material mitgebracht.«

Sandra lachte. »Als wenn ich es nicht geahnt hätte. Ich habe schon leckeren Käse beiseitegelegt und bringe ihn mit nach Hause. Käse und Rotwein ist für mich die beste Kombination. Du kannst die Flaschen bei uns in die Küche stellen.«

»Alles klar. Dann will ich mal wieder.« Er drehte sein Rad um. »Die Arbeit wartet.«

»Grüß Michael«, rief Sandra hinter ihm her, bevor die beiden Frauen im Laden verschwanden.

Er fuhr zur Wohnung, die gleich neben der kleinen Wache lag, und stellte die Flaschen ab. Nicht in den Kühlschrank, wie es sich gehörte. Er begrüßte Amir, der in seinem Körbchen vor sich hindummelte. Als er nach draußen trat, wusste er, dass seine Ahnung ihn nicht getrogen hatte. Die Frau, die ihm am Hafen aufgefallen war, stieg die Stufen zur Wache hoch und klopfte.

»Dort werden Sie niemanden finden«, rief er ihr zu. Seine drei Kollegen hatten sich im Clubraum verabredet. »Hauptkommissar Kleemann. Was kann ich für Sie tun?«

»Olga Wübben, die Großmutter von Leevke«, stellte sich die Frau mit kräftiger Stimme vor.

»Warten Sie, ich hole einen Schlüssel.« Arndt Kleemann ging zurück in die Wohnung und nahm den Schlüssel vom Brett neben der Garderobe, dann öffnete er die Tür des Wachraums. »Kommen Sie herein und erzählen Sie mir, was Sie hergeführt hat.«

Olga Wübben sah ihn erstaunt an. »Das können Sie sich nicht denken? Da wird meine Enkelin gefunden und ich soll nicht mithelfen, den Mörder zu suchen? Ja, ja, ich weiß, dafür sind Sie zuständig. Alles klar. Aber zwei Augen und zwei Ohren mehr können nicht schaden, oder?«

»Wenn es so einfach wäre«, hakte Arndt ein. »Es kann nämlich gut sein, dass Sie sich in Gefahr begeben, wenn Sie jemandem zu nahe treten. Und wer mit ›jemandem‹ gemeint ist, können Sie sich vielleicht denken. Das haben wir übrigens auch Ihrem Mann gesagt, als er uns mitteilte, dass er kommen wolle.«

Olga Wübben lachte dumpf. »Als ob mir die Gefahr nicht

egal wäre, Herr Kleemann. Ich bin 80 Jahre alt. Meine Tochter und mein Schwiegersohn sind tot und meine Enkelin auch, wie ich jetzt erfahren habe. Die Hoffnung, dass sie nur abgehauen ist und irgendwann auftaucht, konnte ich begraben. Mein Mann lebt nur zur Hälfte. Das Herz schlägt, aber es ist ihm nicht mehr anzusehen. Er sitzt den ganzen Tag im Ohrensessel und starrt an die Decke. Er wäre gar nicht in der Lage gewesen zu kommen. Da habe ich mich aufgemacht. Glauben Sie nicht, dass es mir egal ist, ob mir jemand einen über die Rübe zieht? Dann wäre das elende Leben zu Ende! Na und?«

Arndt Kleemann überlegte. Ihm fiel nichts ein, was die Argumente dieser Frau hätte entkräften können.

»Und ich kann unter Umständen wenigstens noch etwas für meine Enkelin tun.«, setzte Wübben hinterher.

»Na gut. Wo Sie schon hier sind: Herr Pankok, der übrigens auch auf der Insel ist, hat bereits mit Ihnen gesprochen. Aber noch einmal: Erinnern Sie sich an irgendwelche Namen, die Leevke erwähnt hat? Jemanden, den sie besonders nett fand? Den oder die sie gerne wiedersehen wollte?«

»Nein«, bedauerte Olga Wübben. »Sie hat von Baltrum geschwärmt, wenn sie bei uns war. Und zwar so sehr, dass wir irgendwann nicht mehr zugehört haben. Zumal uns die Namen sowieso nichts sagten. Fremdkörper für uns, verstehen Sie? Heute könnte ich mir in den Hintern beißen.« Sie zerrte ein großes Stofftuch aus der Tasche und schnäuzte sich. »Ich Idiotin«, schluchzte sie.

»Hatte Ihre Enkeltochter besondere Hobbys? Wie ging sie sonst mit dem Leben um?«

»Sie liebte die Natur. Pflanzen und Tiere. In Biologie war sie Klassenbeste. Sie weigerte sich zum Beispiel reiten zu gehen, obwohl ihre Mutter angeboten hatte, die Stunden zu bezahlen. Leevke sagte immer, Pferde seien Fluchttiere, auf die kein Sattel gehöre. Sie hat sich lieber im Tierheim bei uns engagiert. Und was das Leben anbelangt – sie konnte sich schnell für etwas begeistern, aber manchmal ließ die Begeisterung auch schnell wieder nach. Aber das ist wohl üblich bei jungen Mädels, oder?«

Mochte sein. Er und Wiebke hatten keine Kinder, aber seine Nichte war gerade diesem Alter entwachsen, und wenn er seinem Bruder Glauben schenken durfte, konnte sich die Liebe zu einem Thema alle Stunde ändern.

»Wie sie mit dem Leben umging, das ist schon schwieriger zu beantworten. Der Tod ihrer Eltern hat sie selbstverständlich sehr mitgenommen. Sie hat sich verändert. So als ob sie dem Leben in kürzester Zeit alles abtrotzen musste. Das konnte sehr anstrengend sein.«

»Was haben Sie geplant? Bleiben Sie länger?«, fragte Arndt. Er hatte am Hafen nicht gesehen, dass Olga Wübben Gepäck bei sich gehabt hatte.

»Der Mitarbeiter vom Hotel hat meinen Koffer dorthin gebracht. Ich habe für zwei Nächte gebucht.«

»In welchem Hotel?«

»Hotel ›Wietjes‹. Die waren sehr freundlich an der Rezeption, als ich dort angerufen habe.« Olga Wübben stand auf, schwankte ein wenig und unterdrückte ein Stöhnen.

Arndt Kleemann stand auf. »Kann ich Ihnen helfen?«

»Geht schon. Die Hüfte zickt manchmal. Aber ich habe meinen Stock.« Sie öffnete die Tür und tastete sich vorsichtig die Treppe hinunter. »Ach, eine Frage noch: Wo ist hier der Friedhof?«

Arndt überlegte. Wie sollte er es der Frau erklären? »Bei ›Stadtlander‹ da vorne rechts ab, dann vor der Kirche links und gleich wieder rechts, dann … Ach, wissen Sie was? An der Rezeption bekommen Sie bestimmt einen Prospekt mit einem Ortsplan drin. Ich würde Ihnen dringend raten, den Weg mit einer Pferdekutsche zurückzulegen. Die kann man hier mieten. Die Hotelmitarbeiter sind Ihnen da gerne behilflich.«

»Danke. Und wie kann ich Sie erreichen?«, wollte Wübben wissen.

»Warten Sie.« Arndt ging zum Schreibtisch und notierte ein paar Daten auf einem Zettel. »Hier. Das sind unsere Rufnummern und der Name des Hotels, in dem wir sind, wenn wir ermitteln. Normalerweise ist aber auch hier jemand anzutreffen. Und im Notfall immer die 110, das wissen Sie.« Er gab der Frau das Papier. »Sie können von uns jederzeit Informationen bekommen. Aber ich rate dringend davon ab, selbständig tätig zu werden. Auch wenn Ihnen das Leben egal ist – Ihre Enkelin hätte nicht gewollt, dass Sie sich in Gefahr bringen!«

Olga Wübben schaute den Kommissar einen Moment ruhig an, dann steckte sie den Zettel in die Jackentasche, drehte sich wortlos um und ging.

Arndt glaubte nicht, dass seine Bitte bei der Frau angekommen war. Er schloss ab und fuhr zu seinen Kollegen.

Michael, Herbert und Anika hatten sich hinter dem PC aufgestellt und schauten gespannt auf den Bildschirm. »Da. Zwei Sorten Erde auf den Resten der Jacke«, informierte Herbert. »Damit wäre der Beweis erbracht, dass das Mädchen nicht vor Ort getötet worden ist.«

Arndt schaute den Mann irritiert an. Das hatten sie allerdings nie ernsthaft in Betracht gezogen. Natürlich durfte man nichts ausschließen, aber ausgerechnet auf dem Friedhof jemanden umbringen? Klar hatte es das schon gegeben. Er dachte an einen Fall aus dem Jahre 1999. Wo war es gewesen? Es wollte ihm nicht einfallen. Da waren sogenannte Todesanbeter unterwegs gewesen und hatten eine alte Dame umgebracht, die spätabends das Grab ihres Mannes besuchen wollte. Die drei Jungs waren in ihrer Anbetung gestört worden, da die Frau am Grab ihres Mannes ein Lied gesungen hatte, wie sie später ausgesagt hatten.

Nein, die Erkenntnis aus den Bodenfunden war nach seinem Dafürhalten folgende: Der Mörder hatte die Leiche zunächst an anderer Stelle versteckt oder auch eingegraben und dann, als der Boden zu heiß wurde, die Knochen auf den Friedhof gebracht. Arndt Kleemann hatte in seiner Laufbahn schon viel erlebt. Es würde ihn nicht wundern. »Gibt es weitere Erkenntnisse? Das Alter der Proben? Wie setzen sie sich zusammen?«

Herbert Pankok zuckte mit den Schultern. »Genaue Werte kommen. Bin gespannt, ob wir von der Probe zumindest grob auf das Erstlager schließen können.«

Erstlager. Der Mann hatte Sprüche drauf. Ekelig. Aber Ablageort klang auch nicht viel besser. »Was macht die Fotofahndung?«, wandte sich Arndt an seinen Freund Michael.

»Zwei Meldungen heute Morgen. Waren jedoch nicht zielführend. Einmal stimmte das Jahr nicht. Einmal das Alter«, erklärte Michael. »Beide Anrufer erklärten, dass sie gar nicht so ganz genau die einzelnen Daten auf dem Schirm gehabt hatten, sondern einfach nur dachten, es könne nützlich sein, sich mal zu melden.«

Okay. Wir sollten heute Morgen erneut mit Bernd Bohlen reden«, schlug Arndt vor, was ihm wiederum einen verwunderten Blick von Herbert eintrug. Aber damit konnte er leben. »Außerdem habe ich mit Olga Wübben gesprochen.« Er berichtete, wo er die Frau getroffen hatte und dass er sie eindringlich gewarnt hatte, sich in die Ermittlungen einzumischen.

»Ist aber in einem alterssenilen Geist nicht verankert worden, oder?«, fragte Pankok.

»Nicht so ganz. Hoffen wir mal, dass sie keinen Blödsinn macht.«, sagte Arndt.

»Toll, wie ihr über Ältere denkt!«, fuhr Anika scharf dazwischen. »Nur weil alt, gleich auch blöd, widerspenstig, eigensinnig und was weiß ich. Es gibt auch genug normale ältere Menschen! Zum Beispiel meine Oma!«

»Huch, ist ja gut. Sind wir ein wenig sensibel?« Herbert Pankok grinste die Polizistin an, die mit blitzenden Augen vor ihm stand.

Arndt wollte gerade eingreifen, als Anika antwortete: »Mein lieber Kollege, sei froh, dass nicht ich es bin, die dir einmal den Hintern abwischen muss, wenn du alt bist. Ich würde es nämlich ohne Gewissensbisse mit einer Drahtbürste erledigen!« Sie drehte sich um. »Ich gehe zur Wache und mache dort Dienst.« Damit verschwand sie ohne ein weiteres Wort. Zunächst war es still im Clubraum, dann brachen Michael und Arndt in schallendes Gelächter aus. »Der war gut«, schnaufte Michael.

Nur Herbert Pankok schwieg und starrte auf den Monitor.

»Noch einen Kaffee für die fröhliche Runde?« Birgit Ahlers stand mit einer Thermoskanne im Raum. »Ist doch schön, wenn der Job Spaß macht, oder?«

Der Satz veranlasste die beiden Kommissare zu einer weiteren Lachsalve. Auch Pankok verzog das Gesicht und stimmte schließlich in das Lachen ein.

Birgit Ahlers schüttelte den Kopf und stellte die Kanne auf dem Nierentisch ab. »Tassen nehmt ihr euch selbst.« Sie deutete auf die Anrichte, auf der einige Becher darauf warteten, gefüllt zu werden, und verschwand.

Arndt holte tief Luft, wischte sich die Tränen aus den Augen, verteilte die Becher und goss Kaffee ein. »Also Männer, wie geht's weiter?«, fragte er, nachdem sich auch die beiden anderen beruhigt hatten.

»Ich kümmere mich um Antje Jessen. Sie hat sich trotz unserer Aufforderung nicht gemeldet«, schlug Michael vor.

»Und wir sprechen mit Bohlen und warten auf Neuigkeiten von den Experten am Festland«, resümierte Arndt.

## 16

Der Inselpolizist bremste am Bioladen. Eben Wiebke Guten Tag sagen, das musste drin sein. Er fand die drei Frauen im Büroraum in intensivem Gespräch. »Draußen warten die Kunden und ihr sitzt hier herum«, begrüßte er sie.

Eva Hinrichs sprang sofort auf. »Ich habe nichts gehört«, rief sie und eilte in den Laden, nur um gleich darauf vor ihm zu stehen. »Das gibt eine Anzeige wegen Aufschreckung von Personen«, sagte sie und setzte sich wieder.

Röder lachte und begrüßte dann die Frau seines besten Freundes. »Wiebke, wie schön, dich zu sehen. Wie laufen die Geschäfte?«

»Auf ›Kleemanns Hof‹ ausgezeichnet.« Sie erzählte mit knappen Worten von den Dingen, die noch in diesem Monat passieren sollten. »Und im Juni ist Hoffest. Dann müsst ihr einfach kommen! Der Polizeipuppenspieler aus dem Moormerland, den Arndt im letzten Jahr hier kennengelernt hat, wird auch dabei sein.«

»Albert Röben? Wunderbar.« Er schaute seine Frau an.

»Ich habe schon zugesagt.«

»Na, dann. Wir kommen. Macht euch einen schönen Tag. Ich muss weiter. Wir sehen uns heute Abend.« Er winkte den Frauen zu und verließ den Laden. Kein Wunder, dass der so gut ankam. Er war nicht groß, gemütlich eingerichtet und die Frauen konnten bestens beraten. Eine Eigenschaft, die von Kunden immer gerne genutzt wurde.

Als er an der Schule vorbeikam, sah er Paul Abarth auf dem Schulhof stehen. Es war Pause, die Kinder flogen fröhlich draußen herum.

»Herr Röder, bitte warten Sie.«

Der Inselpolizist bremste. Es war doch hoffentlich nicht wieder etwas mit Wilko?

Seine Hoffnung wurde nicht erfüllt, denn der Schulleiter kam genau darauf zu sprechen. »Ich habe ein ungutes Gefühl. Der Junge ist völlig geistesabwesend, und ich erwarte, dass er jeden Moment den Schulhof verlässt und abhaut. Aber noch steht er da hinten an der Ecke. Schauen Sie mal.« Abarth zeigte auf Wilko, der gedankenverloren an seinen Haaren zupfte und nicht einmal reagierte, wenn er von anderen Kindern angesprochen wurde. Selbst als ein gleichaltriger Junge ihm auf den Kopf klopfte, rührte er sich nicht.

»Bitte fragen sie ihn, was los ist. Ich komme mit meinem Latein nicht weiter.«

Röder verbot sich den Gedanken, dass der Lehrer es auch gut in deutscher Sprache versuchen könnte, stellte sein Rad ab und ging auf Wilko zu. Auf dem Schulhof wurde es plötzlich ganz leise. Viele Augenpaare hatten sich auf Wilko ausgerichtet.

»Spielt weiter«, rief Abarth den Kindern zu. »Die Pause ist bald zu Ende.« In diesem Moment klingelte es auch schon.

»Wilko kommt nach«, sagte Röder und zu dem Jungen: »Komm, wir gehen zur Sitzbank da vorne. Und wenn du Sorgen hast, teile sie mit mir.«

Widerstandslos lief Wilko los und ließ sich auf die Bank fallen. »Er ist weg!«

»Wer ist weg?«, fragte Röder.

»Herr Diesterweg.«

»Wie kommst du darauf?«

»Als ich heute Morgen zur Schule wollte, sah ich, dass bei ihm Licht brannte. Es war schon hell, aber ich konnte die Lampe in der Küche sehen. Das kam mir komisch vor, denn Elmar ist ein ziemlich sparsamer Mensch. So nennt er sich nämlich ständig. Auch wenn wir kochen, macht er sofort den Herd aus, wenn wir fertig sind und so. Manchmal schon vorher. Er nennt das Restwärme nutzen. Ich habe das erst nicht verstanden, aber dann wohl.«

»Was geschah dann?«

»Ich bin ganz schnell in der großen Pause hingefahren, und das Licht war immer noch an. Ich habe bei ihm geklingelt, aber er hat nicht aufgemacht. Dann habe ich aufgeschlossen.«

Röder wunderte sich. Der Junge hatte einen Schlüssel zu Diesterwegs Wohnung und ihn auch während des Schulunterrichtes in der Tasche?

»Außerdem standen da Sachen auf der Arbeitsplatte. Saft und so. Normalerweise räumt der immer auf. Total. Und er war nicht da.«

»Du hast einen Schlüssel?«

Wilko nickte. »Hat er mir gegeben. ›Für den Notfall‹, hat er gesagt.«

»Welchen Notfall?«, fragte Röder.

»Na, wenn meine Eltern mal wieder Krach haben und ich es nicht mehr aushalte. Und wenn er nicht da ist, kann ich rein. Ist aber erst einmal passiert.«

»Warum hast du den Schlüssel mit in die Schule genommen?«

Wilko schaute Röder beinahe erstaunt an. »Ist doch logisch, oder? Meine Eltern dürfen den auf keinen Fall finden. Die würden mich nur nerven und mir das Teil wegnehmen.«

Das leuchtete ein. Röder hakte nach. »Du denkst nicht, dass der Herr Diesterweg einfach nur zum Einkaufen unterwegs ist, oder einen Spaziergang macht? Erwachsene vergessen schon mal Dinge. Das ist nicht ungewöhnlich.«

»Der nicht!«, entschied Wilko.

»Weißt du was? Du gibst mir den Schlüssel und ich kümmere mich um Herrn Diesterweg«, schlug Röder vor. »Wäre das okay?«

Wilko zögerte. »Eigentlich darf ich den Schlüssel … Aber Sie sind Polizist. Dann ist das okay.« Er zog den Schlüssel aus der Hosentasche und gab ihn Röder.

»Danke für dein Vertrauen«, sagte der und stand auf. »Nun aber nichts wie rein in den Unterricht.«

Wilko lächelte sogar ein wenig, als er Röder zuwinkte und in der Schule verschwand.

Zwei Ziele, ein Weg, dachte Röder, als er sich auf sein Rad schwang. Bei der kleinen reetgedeckten katholischen Kirche, die gleich neben der Schule lag, standen die beiden Schiebetore offen. Das Brummen eines Rasenmähers war zu hören. Im Winter saßen die Gläubigen im hinteren, abgeschlossenen Teil der Kirche. Der aber war für die vielen katholischen Gäste im Sommer viel zu klein. So wurde das Rondell, in dessen Mitte die Rasenfläche mit dem kleinen Glockenstuhl sich zum Himmel öffnete, mit Stühlen versehen und während des Gottesdienstes die Türen zum Altarraum geöffnet. So gab es eine Sommer- und eine Winterkirche.

Es war ruhig auf den Straßen. Er schaute in den blauen Himmel. Er war sich sicher, dass die Gäste viel lieber die ersten richtigen Sonnenmomente im Strandkorb genossen. Im gleichen Moment bedauerte er, an Strandkörbe gedacht zu haben, denn das bedeutete, dass sich das Anbaden in seine Erinnerung schlich. Er war von einem Gemeindemitarbeiter, der für alles, was mit dem Badestrand zu tun hatte, verantwortlich war, gebeten worden, sich als öffentliche Person, wie er ihn genannt hatte, am Anbaden zu beteiligen. Schließlich sei der Bürgermeister auch dabei, hatte der Mann argumentiert. Röder hatte keine Zusage gegeben. Er hatte etwas wie: ›Wenn die Zeit es zulässt‹ gemurmelt und war schnell weitergefahren. Heute Morgen erst hatte er im Radio vernommen, dass die Wassertemperatur der Nordsee maximal sieben Grad aufwies. Da konnte man doch von keinem vernünftigen Menschen verlangen … Nein. Er würde Anika bitten. Die war sportlich durchtrainiert. Zumindest sah es so aus. Und wenn die auch nicht wollte, dann musste eben ein dringender Einsatz als Ausrede her.

Auch um das Haus mit den drei Wohnungen war es ruhig. Keine zeternde Frau Klinker störte die Stille. Röder entschloss sich, erst einmal den Kontakt mit Diesterweg zu suchen. Er klingelte, aber vergeblich. Er nahm den Schlüssel und öffnete die Tür. Er dachte nicht darüber nach, ob die Gegebenheiten das Öffnen rechtfertigten. Er hatte Wilko versprochen, nach dem Rechten zu sehen, was er hiermit tat. Es war genau so, wie Wilko es ihm berichtet hatte. Das Licht in der Küche brannte, und auf der Arbeitsplatte stand eine offene Flasche Orangensaft. Daneben ein halbleeres Glas. Er schaute sich um. Vielleicht entdeckte er etwas, was die Abwesenheit des Mannes erklärte. War es nicht möglich, dass Diesterweg frühmorgens an Land gefahren war? Er nahm sein Handy und schaute auf den Fahrplan. Nein. Spätabends oder frühmorgens war kein Schiff gefahren. Das erste war an diesem Tag gerade unterwegs. Außerdem lag auf dem Tischchen im Flur ein ledernes Etui. Er schaute hinein. Eine Geldbörse. Natürlich war es nicht das erste Mal, dass ein Insulaner ans Festland fuhr, ohne sein Geld mitzunehmen, aber irgendwie glaubte er nicht an diese Version.

Er verließ die Wohnung und rief Arndt an. Er wollte nicht allein entscheiden, wie sie mit der Situation umgehen sollten. Er beriet sich mit seinem Freund, und sie entschieden, dass er, Röder, Kontakt mit Antje Jessen aufnehmen und sich danach mit den Kollegen im Clubraum zur weiteren Besprechung treffen sollte.

Michael Röder klingelte erneut, diesmal bei Jessens – und diesmal wurde ihm geöffnet.

»Ach, ich hatte ja kommen sollen, das ist ganz und gar an mir vorbeigerauscht«, flötete Antje Jessen und fuhr sich durch die Haare. Röder hatte das Gefühl, er wäre soeben von Marilyn Monroe als blonde Schönheit mit wehendem Rock über dem Luftschacht begrüßt worden. Doch das Bild hielt nicht lange. Die Frau, die vor ihm stand, machte hinter ihrer extrovertierten Fassade einen anderen Eindruck auf ihn. Genervt, gelangweilt, er konnte es nicht einordnen.

»Muss ich Sie jetzt begleiten?«, fragte sie leise, drehte ihren Kopf um und horchte auf etwas in der Wohnung.

»Es reicht zunächst, wenn Sie mir hier ein paar Fragen beantworten«, erwiderte der Inselpolizist.

»Dann hinein mit Ihnen. Mein Mann ist zur Arbeit. Meta schläft. So stört uns keiner.«

Er folgte ihr ins Wohnzimmer. »Ist Meta immer noch krank?«

»Ja. Aber es ist schon besser. Zwei weitere Tage im Bett, dann kann sie wieder zur Schule.« Antje Jessen schob ein paar Zeitschriften vom Sofa weg und stapelte sie auf dem Tisch. »Fachliteratur«, erklärte sie. »Ich drehe Filme.«

»Für welches Medium?«, fragte Röder und setzte sich unaufgefordert.

»Gerne fürs Fernsehen. Aber leider hat bisher keiner angefragt. YouTube und andere Kanäle im Internet sind daher bis jetzt mein Arbeitsgebiet. Läuft aber auch ganz gut.«

»Und Ihr Thema?«

Antje Jessen schaute den Polizisten verwundert an. »Herr Röder, ich bin erstaunt. Ich mache das bereits seit zwei Jahren, aber Sie haben sich noch nie mit meiner Kunst auseinandergesetzt?«

Röder schüttelte kaum merklich den Kopf. Nein, hatte er nicht. Nicht einmal davon gehört, dass die Insel eine Künstlerin in ihren Reihen beherbergte. »Ich werde mir etwas von Ihnen ansehen. Versprochen. Aber kommen wir zu wichtigen, zu ernsthaften Dingen. Was wissen Sie über den Kontakt zwischen Elmar Diesterweg und Ihrem Sohn?«

Sie überlegte kurz. »Wir laufen uns im Treppenhaus manchmal über den Weg. Was meinen Sohn angeht – der kennt ihn auch.«

»Wie gut?«

»Also mein Mann sagt, er hält sich dort zuweilen auf. Ich habe das nicht so mitbekommen. Ich bin viel unterwegs, wissen Sie.«

»Was ist mit dem Geruch im Treppenhaus?«

»Was soll damit sein? Der Mann ist, wie ich gehört habe, gut in seinem Fach, was ich als Mensch mit künstlerischem Hintergrund nur anerkennen und unterstützen kann.«

»Wie sieht es denn mit Ihren Kochkünsten aus?«, fragte Röder. Er war gespannt, ob die Frau ihre dahingehenden Fähigkeiten ebenso einschätzte wie ihr Sohn und ihr Mann.

Sie lächelte. »Da bin ich weniger begabt. Das überlasse ich gerne meinem Mann. Auch wenn er mich lieber ein wenig häuslicher sehen würde – nein. Ich bin auf einem anderen Weg zu Hause, ob es ihm passt oder nicht. Er hat mich so kennengelernt und so genommen. Ende!«

»Haben Sie vor den Kindern oft Krach deswegen mit Ihrem Mann?«

»Leider lässt es sich manchmal nicht ausschließen. Er kann sehr aggressiv werden und ist dann kaum wieder in die Spur zu bringen«, fuhr Antje Jessen fort. Jetzt zeigte ihr Gesicht keine Spur von Humor. »Da ist es ihm auch egal, ob die Kinder zuhören.«

»Ich bitte Sie – nehmen Sie sich Ihres Jungen an. Hören Sie ihm zu, ohne gleich zu meckern. Er braucht Sie«, bat er eindringlich. »Jetzt eine letzte Frage: Haben Sie heute oder gestern Abend Ihren Mitbewohner Diesterweg gesehen?«

Anika Jessen überlegte. »Nein. Habe ich nicht.« Sie schaute auf die Uhr. »Ich muss leider Schluss machen. Gleich ruft jemand an, der mir vielleicht in meiner Karriere weiterhilft.« Sie stand auf.

Das war's dann wohl. »Denken Sie an meine Worte«, sagte Röder im Rausgehen. »Wenn etwas aus dem Ruder zu laufen droht, melden Sie sich bei uns!«

## 17

Eine Heckenbraunelle. Enna Klar konnte den Singvogel durch ihr Fernglas wunderbar erkennen. Ein paar Tage zuvor war eine Insulanerin mit ihr durch die Dünen gegangen und hatte ihr nahegebracht, wie vielfältig die Vogelwelt dort war.

Da hatte sie erst einmal die unterschiedlichen Töne richtig wahrgenommen. Allerdings musste sie zugeben, dass sie viel lernen musste, wollte sie den Feriengästen dieses wunderbare Stück Natur näherbringen, denn die Vogelwelt der Dünen war ihr ein wenig fremd.

Mit Wasser- und Zugvögeln, da kannte sie sich bestens aus. Schließlich war sie die Chefin des Nationalparkhauses. Und in diesem Rahmen wurden natürlich bereits Führungen angeboten. »Auf Vogelkiek« hieß eine davon und ging um dem Baltrumer Westkopf herum.

Aber sie war offen für alles und ganz sicher, dass eine Dünenführung gut zu ihrem Programm passen könnte. Sie musste jedoch noch mit der Rangerin vom NLWKN sprechen, die diese Führungen ebenfalls anbot. Nicht, dass es da Ärger gab. Sie machte eine kleine Pause in der Schutzhütte hinter den Randdünen und ging dann weiter Richtung BK-Heim. Von der großen Düne rechts des Weges winkte jemand. War sie gemeint? Enna Klar schaute sich um. Es war niemand sonst zu sehen. Sie schlenderte hoch und wurde von einer Frau begrüßt, die ihr entfernt bekannt vorkam.

»Sie hier zu sehen? Müssen Sie gar nicht bei der Arbeit sein?«

Enna hatte keine Lust, der Frau zu erklären, dass für sie durch die Dünen laufen sehr wohl Arbeit war. Daher lächelte sie nur und wollte auf der anderen Seite hinuntersteigen, als die Frau sagte: »Steinschmätzer, Stieglitz, Buchfink und Rohrammer – alle diese und viele mehr hören Sie hier. Da kann ich verstehen, dass Sie nicht immer nur das Geschrei der Möwen erleben wollen.«

Enna Klar lachte. »So kann man es auch sehen. Viel Spaß beim Entdecken.« Unterhalb der Düne fielen ihr große, mit Gras bewachsene Rechtecke auf, die niedriger lagen als die übrige Landschaft. Das waren einmal Gemüse- und Kartoffeläcker gewesen, wie ein alter Insulaner ihr erzählt hatte. Die Baltrumer Sandkartoffeln waren sehr begehrt und wurden sogar bis nach Emden verkauft. Das war zu einer Zeit, da zu jedem Haus auch Kühe, Schweine, Hühner und Schafe zur Selbstversorgung gehört hatten. Erst als die Insulaner sich auf den Fremdenverkehr einstellten, veränderte sich das Bild. Die Tiere wurden aufgegeben und die Arbeitskraft den Gästen entgegengebracht. Sie ging weiter durch die Dünen, abseits der Wege, dort, wo es eigentlich verboten war. Aber irgendwie war sie ja dienstlich unterwegs, hatte also eine gewisse Berechtigung, sich in der Ruhezone aufzuhalten. Sie streifte durch das kleine Wäldchen, lauschte dem Gezwitscher der Vögel und wünschte sich umso mehr, sofort zu erkennen, um welchen Vogel es sich handelte, der sich zwischen den Zweigen versteckte. Ein letztes Mal blieb sie stehen, horchte, dann ging sie zurück, dorthin, wo der schmale rote Weg die Dünen kreuzte, sie sich also wieder auf erlaubtem Terrain befand. Links von ihr, neben den alten Kiefern sah sie eine Kuhle. Wie erstarrt blieb sie stehen. Denn in der Kuhle lag etwas, das aussah wie ein Mensch. Oder doch nicht? Vorsichtig ging sie hinunter. »Hallo! Was ist mit Ihnen?«, fragte sie, doch sie erhielt keine Antwort. Sie machte noch einen Schritt, bückte sich und richtete sich gleich wieder auf. Elmar Diesterweg. Er war es. Ganz sicher. Erneut beugte sie sich zu ihm herunter, sprach ihn an und zog leicht am Ärmel seiner Windjacke. Der Arm des Mannes fiel schlaff zur Seite. »Herr Diesterweg!« Sie versuchte, seinen Puls zu ertasten, spürte jedoch nichts. Der Mann schaute sie mit leeren Augen an.

Ganz kurz ging ihr der Gedanke durch den Kopf, dass sie nun eigentlich schreien müsste. Genau so, wie es die Protagonistinnen in den Fernsehkrimis stets machten, wenn sie eine Leiche fanden. Stattdessen nahm sie ihr Telefon heraus und wählte die 110.

Diesterweg. Einer von den Netten. Und jetzt lag er tot in dieser Kuhle. War das Realität, was hier passierte? Oder träumte sie das Ganze nur? Wachte sie gleich auf, lachend über ihre Fantasie? Nein! Nein! Die Sonne schien, die Vögel zwitscherten, aus der Ferne hörte sie fröhliches Gelächter. Nur Elmar Diesterweg hörte das alles nicht mehr. Eine Kopfwunde fiel ihr auf. Seine Jacke zeigte dunkle Streifen, so, als ob er damit über Erde gerutscht wäre. Sollte der Mann bei einem Abendspaziergang gestolpert, unglücklich in die Grube gerutscht und mit dem Kopf aufgeschlagen sein? Möglich wäre es. Die Antwort gab ihr ein Zettel, der auf Diesterwegs Jacke klebte. Sollte sie? Nein, es war vielleicht wichtig, nichts anzurühren. Was sie las, reichte ihr. … *frevler*. Es war genau der Gleiche, der auf den Masten der Straßenlampen klebte.

# 18

Was zum Geier sollte er machen? Herbert und Arndt brauchte er nicht zu fragen. War auch nicht Sinn der Sache. Schließlich sollte der Baltrumer Polizist Flagge zeigen.

Anika hatte er gefragt, aber sie hatte nur fröhlich abgewinkt. »Ich darf nicht«, hatte sie gelacht. »Ist nicht gut für meine Haut!«

Michael Röder stand vor den geöffneten Türen seines Kleiderschrankes und musste feststellen, dass die Suche nach seiner Badehose nicht vergeblich war. Sie lag wie eine Einladung direkt vorne. Schon als er seine Dienstjacke auszog, fror er. Obwohl es an diesem Tag nicht einmal kalt war. Die Sonne schien und lud zum Strandleben ein. Er gab sich einen Ruck. Nützte ja nichts. Er wollte nicht als Waschlappen dastehen. Er zog sich um, ging hinunter ins Wohnzimmer und warf einen letzten Blick in den PC. Doch die Wetterseite machte ihm keine Hoffnung. Wassertemperatur: acht Grad. Nicht viel besser als vor einer halben Stunde. Vorsichtshalber hatte er Sandra nichts von seinem bevorstehenden Abenteuer erzählt. Das konnte er immer noch, nachdem er sich tatsächlich ins Wasser getraut hatte. Was durchaus nicht sicher war.

Der Weg zum Strandabgang, dort, wo die Mannschaft der DLRG ihren Standort hatte, schien ihm heute viel kürzer als sonst. Er wunderte sich. Die wollten alle freiwillig ins Wasser? Eine große Menschentraube hatte sich am Badestrand versammelt, von denen die meisten tatsächlich Badehose oder -anzug trugen. Er konnte es nicht fassen. Also los. Gerade als er seine Hose auszog und in einem freien Strandkorb ablegen wollte, kam der Leiter der Lebensretter auf ihn zu. »Schön, dass Sie da sind. Dann kann nichts mehr schiefgehen«, bemerkte er freundlich und verschwand in der Menge. Röder kannte den Mann von einem früheren Einsatz. Einer der Kollegen des Mannes war damals tot auf der hohen Düne am Rande des Badestrandes aufgefunden worden.

Er zog seine restlichen Klamotten aus und spürte den Wind, der auf seiner nackten Haut kleine Frostpickel schuf. Wenigstes musste er sich nicht in die Brandung stürzen. Das Wasser lag ruhig da, nur ein paar kleine Wellen liefen auf dem Sand aus.

Der Bürgermeister zählte herunter und die Menschen liefen dem Wasser entgegen. Er schloss sich der Menge an und hoffte, dass die Euphorie den Schmerz vergessen ließ. Es ging tatsächlich. Zumindest bis zu den Knien. Dann allerdings, als das Wasser seine Oberschenkel erreichte, wurde es unangenehm. Sein Inneres signalisierte: Ich will hier raus. Ich will hier raus. Doch die Badewilligen um ihn herum, und das waren nicht wenige, schoben ihn unbarmherzig weiter. Mit einem gewaltigen Platscher ließen sich die Menschen ins Wasser fallen. Was blieb ihm übrig? Auch er tauchte ab und hatte gleich darauf das Gefühl, keinen Körper mehr sein Eigen zu nennen. Er war gefühlsmäßig verschwunden. Er strampelte, wedelte mit den Armen, schnaufte, schluckte gleich darauf Meerwasser und wollte nur noch zurück. Das Dumme war nur, dass alle anderen das Bad zu genießen schienen. Kaum einer war auf dem Weg zum Strand. Na gut, ein paar Sekunden halte ich aus, dachte er, und plötzlich war ihm, als sei das Wasser der Nordsee gar nicht mehr so kalt. Er machte ein paar Züge, drehte sich und sah nur glückliche Gesichter um sich herum. »Ist es nicht wunderbar?«, rief eine Frau mit einer bunten Badehaube. Er ertappte sich dabei, dass er nickte und es genauso empfand. Dann kraulte er bedächtig zurück. Zurück am Strand winkte eine Mitarbeiterin der Kurverwaltung mit einem Schnapspinnchen. Sollte er? Nein, nicht am helllichten Tag zu einer Zeit, in der er eigentlich seinen Dienst hätte versehen müssen. Aber irgendwie war das hier auch Dienst. Öffentlichkeitsarbeit sozusagen. Konnte nie schaden. »Danke nein, ich muss arbeiten«, rief er der Frau zu.

»Ich habe auch leckere Schokolade«, rief sie zurück.

Er ging zu ihr, steckte sich die Praline wohlig genießend in den Mund und nuschelte. »Jetzt muss ich mich erst mal anziehen.«

»Schön, dass du da warst.« Sie füllte wieder eines der kleinen Gläser und reichte es einem Gast, der im Laufschritt aus dem Wasser gekommen war. Der Mann nahm den Schnaps, prostete in die Runde und kippte den Inhalt in sich hinein. »Das tut gut«, krächzte er, als er wieder Luft bekam.

Zurück beim Strandkorb, stellte Röder zufrieden fest, dass erstens seine Sachen noch da waren, zweitens der rechtmäßige Mieter des Korbes in der Zwischenzeit keine Besitzansprüche angemeldet hatte und dass er in weiser Vorsorge ein Handtuch mitgenommen hatte. Schnell rubbelte er sich ab und zog sich an. Sein ganzer Körper kribbelte, als hätte er in Mineralwasser gebadet. Es fühlte sich gut an. Dann meldete sich sein Telefon.

Enna Klar hatte versprochen, auf dem Dünenweg zu warten und sie zum Fundort zu bringen. Sie brauchten, geschoben vom Westwind, auf ihren Rädern nur ein paar Minuten. Anika war bereits da. Auch die Ärztin würde nicht lange auf sich warten lassen. War es also mal wieder soweit.

Sie zogen Schutzanzüge an und folgten der Leiterin des Nationalparkhauses zu der Senke. »Dort liegt er«, rief Enna und deutete auf Diesterweg. »Er hat einen Aufkleber auf der Brust.«

Anika Frederik stieg vorsichtig hinunter zu Diesterweg und legte ihre Finger auf die Halsschlagader. Nach einem kurzen Moment schüttelte sie den Kopf. »Nach meinem Ermessen lebt er nicht mehr.« Sie nahm den Zettel, tütete ihn ein und kam nach oben.

»Ellen Neubert wird gleich da sein. Sie wird sich um den Mann kümmern.«

*Jagdfrevler*. Die Ermittler schauten sich entgeistert an. Was sollte das nun wieder? Wer spielte sich hier zum gnadenlosen Rächer auf, ohne zu wissen, ob was dran war an den Vermutungen? Und selbst wenn? Wem hatte Diesterweg damit derart auf den Schlips getreten, dass er sterben musste?

»Sind die Insulaner gerne mit Eigenjustiz dabei?«, fragte Pankok. »Ich meine, so von früher, als die alles allein regeln mussten?«

»Halt die Schnauze.« Röder hielt die dummen Sprüche seines Kollegen nicht mehr aus. Er wandte sich an Enna. »Wie kam es, dass du Diesterweg entdeckt hast?«

Enna Klar berichtete von ihrer Überlegung, eine Dünenführung in ihr Programm aufzunehmen. »So kam ich hier vorbei und sah den Mann.«

»Dann hast du uns sofort alarmiert«, stellte Röder fest.

»Nein, ich habe erst geschaut, ob er lebt«, erwiderte sie.

»Cool reagiert!« Er war beeindruckt. Die meisten Menschen hätten nicht so gelassen gehandelt.

»Ich war in meinem früheren Leben am Festland einige Jahre Mitglied der Feuerwehr bei uns im Dorf«, erklärte sie. »Da konnten wir uns Hektik nicht erlauben.«

»Das ist des Rätsels Lösung«, lächelte er. »Du kannst gerne gehen. Wenn wir dich brauchen, wissen wir, wo wir dich finden.«

»Gut. Meine Gäste im Nationalparkhaus warten nämlich auf mich. Eine Bastelaktion für Kinder steht auf dem Plan«, sagte sie zum Abschied.

Gleich darauf hörte Röder, dass der KTW angekommen war. Kurz darauf stand Ellen Neubert bei ihm. »Was gibt es?«

Er zeigte auf die Grube. »Dort liegt Elmar Diesterweg. Es wäre sinnvoll, wenn du ihn dir anschaust.«

»Mache ich.«

»Und sieh dir die Verletzung am Kopf genau an. Könnte sein, dass er niedergeschlagen wurde«, rief er hinter ihr her, als sie die Grube hinunterstieg.

»Sag nicht, es ist wieder was passiert!«

Röder drehte sich um und sah Salomon Bartels auf dem roten Weg.

»Ja, alter Freund. Wir haben einen Toten. Elmar Diesterweg.«

»Und wenn ihr in voller Besetzung auftaucht, gehe ich davon aus, dass es sich nicht um einen Unfall handelt, oder?«

Röder zuckte mit den Schultern. »Wir wissen nichts Genaues. Ehrlich.« Salomon Bartels lebte seit zwei Jahren auf der Insel. Auch dessen erster Besuch nach vielen Jahren war von einem Mordfall begleitet gewesen. Und im letzten Jahr hatte es ebenfalls einen Toten gegeben.

»Allmählich überlege ich wirklich, ob ich hier wohnen bleibe. Ich lebe zwar täglich mit Mord und Totschlag, aber das suche ich mir schließlich selbst aus. Die Realität dagegen muss ich nicht haben.«

Bartels war Thrillerautor, sang im Shantychor und war für Röder zu einem guten Freund geworden. Der Autor hatte auf der Insel Hanna und ihren Sohn Florian kennengelernt, und die drei lebten bereits seit einem Jahr zusammen. »Lass uns mal arbeiten.«

Salomon Bartels nickte. »Sorry. Es geht tatsächlich nicht um mich und mein Wohlbefinden. Viel Erfolg.« Gleich darauf war er verschwunden.

»War er das?«

»Wer?« Röder schaute seine Kollegin verwirrt an.

»Na, der berühmte …«

Röder atmete tief durch. Er hatte immer noch nicht ganz verarbeitet, dass dieser Mann schon mehrere Bestseller geschrieben hatte und seine Lesungen der Renner waren. »Das war Salomon Bartels«, bestätigte er.

»Dachte ich es mir doch. Ich habe ihn vor einiger Zeit auf einer Lesung am Festland erlebt. Seine Bücher sind echt klasse«, sagte sie. »Sie kommen fast an die Realität ran. Und der müssen wir uns zuwenden. Wie gehen wir vor?«

»Wir warten auf die Aussage der Ärztin. Dann besprechen wir die Lage und werden das Übliche einleiten. Totengräber, Hubschrauber, Kriminaldauerdienst, alles, was dazugehört.« Er sah Arndt mit dem Handy am Ohr auf und ab gehen, dann schob sein Freund das Gerät in die Tasche und kam auf ihn zu.

»Ich habe gerade mit Müller gesprochen. Unser Chef schickt uns Gero Schonebeck. Ich übernehme federführend die Ermittlungen. Der Hubschrauber mit ihm und Martin Brinkmann von der Spurensicherung und seinen Leuten wird bald unterwegs sein. Herbert wird sich um den Fall Leevke kümmern und selbst entscheiden, wie lange er die Ermittlungen weiterführt.«

»Da bist du ja schnell wieder an vorderster Front angelangt«, erkannte Röder.

»Kann man so sagen. Aber Widerstand war sinnlos. Dafür bin ich nun mal Kommissar«, sagte Arndt Kleemann entschlossen.

»Bin nur gespannt, was Wiebke dazu sagt«, schmunzelte Röder.

»Ich denke, sie wäre eher erstaunt, wenn es anders gelaufen wäre.« Arndt schaute sich um. »Das Gelände wird abgesperrt und abgedeckt, bis die Kollegen da sind. Die Wache kann vielleicht zunächst deine nette Kollegin übernehmen. Sie wird später abgelöst.«

»Soll ich Tim Seebald Bescheid geben?«, fragte Röder. »Er muss bestimmt erst die Pferde von der Weide holen, bevor er sich auf den Kutschbock setzen und den Toten zum Flugplatz bringen kann.«

»Nein, vorerst nicht. Es wird dauern, bis die Kollegen vom Festland da sind und das Gelände in Augenschein genommen haben. Dann entscheiden wir, wie wir mit der Leiche vorgehen. Ellen Neubert kommt. Warte ab.«

Die Ärztin hob ihren Einsatzkoffer über den Rand der Grube und atmete tief durch. »Ich schätze, jemand hat nachgeholfen.«

»Das denken wir auch. Allein wegen des Zettels, der auf der Leiche klebte, aber erzähl, was dir aufgefallen ist«, bat Arndt.

»Im ersten Moment nichts Besonderes. Alles deutet auf einen Unfall hin. Dann aber habe ich mir die Wunde genauer angesehen und meine, dass sie in diesem Ausmaß nicht von einem Sturz allein rühren kann. Sie ist zu tief. Natürlich bin ich nicht befugt, eine endgültige Aussage zu treffen, das machen meine Kollegen am Festland. Ich stelle nur fest, ob die Person noch Leben in sich hat. Und das ist nicht der Fall. Außerdem gibt es Anzeichen, dass Elmar Diesterweg nicht dort zu Tode gekommen ist, sondern in die Grube geschleift wurde. Da ist eine Spur von plattem Gras.«

Röder lächelte. »Du machst dich gut als Ermittlerin. Vielleicht solltest du die Seiten wechseln.«

»Danke, nein«, winkte die Ärztin ab. »In meinem Beruf habe ich wenigstens häufiger mit Kranken als mit Toten zu tun. Vielen Kranken kann ich helfen, gesund zu werden. Das dürfte bei Diesterweg und den anderen, mit denen ihr in den letzten Jahren zu tun hattet, unmöglich sein. Also kein Erfolgserlebnis.«

»Wenigstens haben wir die Genugtuung, dass wir die Verursacher des Leids regelmäßig gefasst haben«, stellte Röder fest. »Und darauf werden wir uns konzentrieren.«

»Alles klar. Lasst euch nicht stören. Wenn ihr Hilfe braucht, meldet euch.« Ellen Neubert winkte kurz und ging zum Krankenwagen, wo der Fahrer auf sie wartete. Gleich darauf sprang der Motor an.

# 19

Olga Wübben ärgerte sich, dass sie das Angebot der Mitarbeiterin an der Rezeption ihres Hotels ausgeschlagen hatte, eine Kutsche zu bestellen. Der Weg war doch weiter als gedacht. Zum Glück fanden sich beim Deichschart zwei leere Strandkörbe. In einem saß sie jetzt und überlegte, ob sie wirklich zum Friedhof oder zurück zum Hotel gehen sollte. Ihre Hüfte tat biestig weh. Es war wohl dem Spaziergang über den Strand geschuldet, dass sie nicht mehr schmerzfrei auftreten konnte. Was hatte ihr Hausarzt gepredigt? Feste Unterlage. Keine Wiese, kein Sand! Kann ich nur von abraten! Der Mann hatte recht gehabt. Das spürte sie nur zu deutlich. Aber es war auch nett anzusehen gewesen, wie die Menschen mit lautem Geschrei ins Wasser gesprungen waren.

Auf dem Weg vom Schiff zum Hotel hatte ihre Hüfte sie wunderbar in Ruhe gelassen, doch jetzt schmerzte sie wieder unangenehm. Das ist das Dämliche am Alter, dachte sie, der Körper zeigt einem ständig Grenzen auf. Und im gleichen Moment schoss ihr durch den Kopf: Besser alt mit Wehwehchen als mit 18 tot sein. Obwohl das Leben es auch nicht immer gut mit ihr gemeint hatte. Geboren im Krieg, Flucht mit den Eltern aus Schlesien, zwei ihrer Schwestern waren aufgrund der Fluchtstrapazen gestorben. Ihre Eltern hatten sich nie davon erholt, und manchmal hatte sie sogar das vage Gefühl gehabt, als hätten ihre Eltern sie dafür verantwortlich gemacht, dass sie als einziges Kind die Tortur überlebt hatte. Dann der Neuanfang in der Nähe von Bremen. Dort, wo sie ihr ganzes späteres Leben verbracht hatte. In der Schule wurde sie als Flüchtling kritisch von den Mitschülern beäugt.

Heute würde man wohl »gemobbt« sagen. Sie hätte gerne studiert. Die Noten gaben es her, doch die Eltern hatten nicht genug Geld. So war sie Verkäuferin geworden. Erst als sie ihren Mann kennenlernte, begann sie, wieder an das Leben zu glauben. Er ließ ihr alle Freiheiten, die zu der damaligen Zeit möglich waren, und sie baute sich ein eigenes Geschäft auf. Sie begann zu schneidern und verkaufte Stoffe. Es war jedes Mal ein Stück Glückseligkeit, wenn neue Stoffe angeliefert wurden, weich und hautumschmeichelnd, wenn sie darüberstrich, und elegant anzusehen in Mustern und Farben. Schnell machte sie sich einen Namen. Die Frauen kauften bei ihr alles, was sie für die Arbeit mit der Nähmaschine brauchten. Burda Moden. Das war damals etwas ganz Großes und die Schnittmuster aus dieser Zeitschrift heiß begehrt.

Aber das war vorbei. Vor zehn Jahren hatte sie ihren Betrieb verkauft. Die Kinder waren groß. Sie wollte mehr von der Welt sehen. So hatten sich ihr Mann und sie mit dem Wohnmobil aufgemacht. Europa, Nordafrika, kaum ein Campingplatz war ihnen nicht bekannt. Nur Baltrum – das Lieblingsziel ihrer Kinder – hatten sie nie besucht. Was sicher auch daran lag, dass es nicht möglich war, ihr zweites Zuhause mitzunehmen. Jetzt lebten ihre Nachkommen nicht mehr, sie saß allein auf der Bank und schaute in die Ferne. Der Himmel war blau, die Sonne schien, die Pferde grasten friedlich auf der Weide, aber sie spürte nichts als eine unendliche Traurigkeit. Manche Familien erwischte es mit Todesfällen mehr als andere. Warum musste ausgerechnet sie zu denen gehören, die bei jedem Telefonklingeln zusammenschreckten, in der Angst, dass es sich wieder um eine Todesnachricht handelte? Egal wo, ob in Bremen oder auf einem Wohnmobilstellplatz in Agadir – die Angst hatte sie nie richtig losgelassen. Und nun war noch etwas dazugekommen. Sie spürte eine Wut in sich, wie sie sie in ihrem Leben nicht gekannt hatte. Wut auf die Person, die ihre Enkeltochter getötet hatte. Sie hoffte inständig, dass die Polizei erfolgreich war. Der Kommissar, mit dem sie gesprochen hatte, machte einen sehr vernünftigen Eindruck. Sie war sich sicher, dass der Mann alles tun würde, um das Verbrechen aufzudecken. Allerdings spielte der Zeitfaktor eine wichtige Rolle, das war klar. Es war nicht einfach, Licht in ein Geschehen zu bringen, das sich bereits vor fünf Jahren abgespielt hatte. Wahrscheinlich war der Täter schon über alle Wasser verschwunden und sie würde die Ungewissheit mit in ihr Grab nehmen.

Apropos Grab – schaffte sie es bis zum Friedhof? Sie musste! Sie stand auf, machte einen Schritt vorwärts und spürte, dass der Schmerz nachgelassen hatte. Langsam, aber zügig ging sie an einem Teich, dann am Hotel *Dünenschlösschen* vorbei und sah gleich darauf links ein Tor, genau wie ihr die Dame im Hotel es beschrieben hatte. Kurz darauf stand sie auf dem Friedhof. Es war außer einem jungen Mann, der zwischen Gräbern harkte, kein Mensch zu sehen. In einer der Grabreihen war ein Bereich mit rotem Flatterband abgeteilt und mit einer Plastikplane bedeckt. Ob es ein neues Grab war? Als sie näherkam, bemerkte sie die Schrift auf dem Band. »Polizei«. Sie atmete tief durch. Hier hatte man sie also verscharrt. Ihre Leevke. Ihr wurde schlecht. Kaum konnte sie sich auf den Beinen halten. Gut, dass sie den Stock dabeihatte.

»Kann ich helfen? Geht es Ihnen nicht gut?«

Kaum spürte sie die Hand, die sich auf ihren Arm legte.

»Hallo, kommen Sie! Dort ist eine Bank. Ich bringe Sie hin.« Jetzt wurde der Druck energischer.

Sie folgte der Stimme willenlos und ließ sich erleichtert auf die Holzbank fallen.

»Mein Name ist Tim Seebald. Ich bin der Friedhofsgärtner. Kann ich etwas für Sie tun?« Der Mann beugte sich zu ihr hinunter.

Müde schüttelte sie den Kopf. »Nein. Es ist nur …«, sie zögerte. Sollte sie …? »Ich bin die Oma der Frau, die dort …« Die Stimme versagte ihr.

»Ist jemand auf der Insel, der sich um Sie kümmert? Kann ich jemanden anrufen?«, fragte der Mann besorgt.

Jetzt brachen alle Dämme. So sehr sie sich auch bemühte, die Tränen zurückzuhalten, desto heftiger brach es aus ihr heraus. Sie schluchzte, dann weinte sie lauthals, merkte nicht, dass ihr Helfer sich neben sie gesetzt und den Arm um ihre Schulter gelegt hatte. So saßen sie eine ganze Weile, und langsam, ganz langsam ließ der Schmerz ein wenig nach und sie schaffte es, zwischen zwei Schluchzern Luft zu holen.

»Danke«, brachte sie mühsam heraus, »danke!«

»Noch einmal, kann ich …«, versuchte es der Mann erneut, doch sie schüttelte den Kopf.

»Ich bin allein hier«, flüsterte sie. »Ich wollte sehen, wo man meine Enkeltochter gefunden hat. Ich weiß natürlich, dass sie jetzt nicht mehr hier sondern auf dem Obduktions …«, wieder drohte ihr die Stimme zu versagen, »aber ich wollte ihr wenigstens Auf Wiedersehen sagen, bevor sie endgültig begraben wird.«

»Wissen Sie was?«, fragte Seebald. »Ich bewundere Sie. Was Sie auf sich nehmen, ist schon stark.« Er zeigte in die Runde. »So viele Menschen liegen hier in Gräbern, um die man sich nicht mehr kümmert, von der Verwandtschaft unbeachtet. Und Sie? Reisen extra an.«

Sie schluckte noch einmal, dann fand ihre Stimme langsam den gewohnten Klang zurück. Tatsächlich sah sie viele Gräber mit Steinen und Muscheln bedeckt. Aber das war wohl normal in der heutigen Zeit. »Wissen Sie, wie man meine Enkeltochter gefunden hat?«

Tim Seebald zögerte einen Moment, dann erzählte er: »Ich

habe sie gefunden. Etwas kam mir komisch an dem Grab vor. Dann habe ich sofort die Polizei benachrichtigt.«

»Danke«, meinte Olga Wübben nur. »Wissen Sie schon, wie sie in das Grab gekommen ist? Wer sie dort vergraben hat?«

»Nein. Ich weiß nur, dass die Polizei ermittelt. Bei einem Kommissar aus Bremen laufen die Fäden zusammen. Darum ist er auch hier und befragt die Leute. Es hängen überall Fotos von Leevke aus. Falls sich jemand erinnert …«

Sie schaute den Mann erstaunt an. Die Bilder waren ihr gar nicht aufgefallen. »Na gut, dann werde ich mit dem Beamten reden. Sonst bleibt mir nicht mehr viel.« Sie fühlte in der Tasche nach und holte den Zettel heraus. »Hier. Der Kommissar hat mir seine Nummer gegeben.«

»Passen Sie auf sich auf.«

»Das sagte der Herr Kleemann auch«, unterbrach sie Tim Seebald. »Aber ich glaube nicht, dass ich ebenfalls dort lande.« Sie zeigte auf die Stelle, an der das Flatterband leicht im Wind schaukelte. »Und wenn, ist es auch egal. Ich habe mein Alter.«

»Das dürfen Sie nicht einmal denken!«, protestierte Tim Seebald und nieste. »Entschuldigung. Ich bin ziemlich erkältet. Und jetzt sagen Sie mir, ob ich einen Krankenwagen oder zumindest die Gemeindeschwester, Gesa Kück, anrufen soll, damit die Sie nach Hause begleitet.«

Lächelnd blickte sie Tim Seebald in die Augen. »Ich habe nichts dagegen, wenn Sie das übernehmen. Falls es Ihre Zeit zulässt.«

Jetzt musste auch Tim Seebald lachen und gleich darauf heftig husten. Es dauerte eine ganze Weile, bis der Husten nachließ. Er holte tief Luft und schlug vor: »Sie bleiben hier sitzen, bis ich aufgeräumt habe. Wird so zehn Minuten dauern. Dann können wir los.« Er stand auf und drehte sich im Weggehen kurz um. »Ich habe übrigens eine Wippe am Fahrrad. Wenn Sie sich da hineinsetzen wollen, dann fahren wir zu Ihrem – wohin eigentlich?«

»Hotel ›Wietjes‹. Und danke, nein. Ich laufe lieber«, rief sie hinter ihm her. Sie überlegte einen kurzen Moment, ob der Herr Seebald etwas von der Kette wusste, die Leevke immer getragen hatte. Eine schmale Silberkette mit einem Segelschiff als Anhänger. Leevke hatte sie selbst nachts nicht abgelegt. Sie war ein Geschenk ihrer Eltern gewesen. Aber danach konnte sie besser den Kommissar fragen.

## 20

Was für ein schräger Tag. Röder gähnte, und es war ihm auch egal, ob die Kollegen das mitbekamen oder nicht. Erst das Bad in der eiskalten Nordsee und dann der tote Elmar Diesterweg. Inzwischen war der Tote auf dem Weg zur Obduktion. Martin Brinkmann hatte sich mit Paul Haltegrund die Fundstelle angesehen und sich danach in der vagen Hoffnung auf Hinweise die Wohnung Diesterwegs vorgenommen. Doch sie hatten nichts Auffälliges feststellen können. Die Männer von der Spurensicherung waren verwundert, dass sich kaum Persönliches hatte finden lassen. Kein Hinweis auf Angehörige, keine Familienbilder. In einigen Ordnern waren, sorgfältig abgeheftet, Bons vom »Inselmarkt« und »Frischemarkt«. In einem weiteren fanden sich ein paar Notizen über durchgeführte Kochseminare. Was war gut gelaufen? Welcher Fisch hätte ein wenig länger im Ofen bleiben müssen? War Koriander im Kartoffelbrei zielführend? Allerdings entdeckten sie keine Rechnungen. Das Geld für die Seminare hatte der Mann vermutlich schwarz eingesteckt. Die Schränke in Diesterwegs Schlafzimmer waren mit wenigen, jedoch qualitativ guten Hemden und Hosen gefüllt. Strandsachen, das fiel ihnen auf, gab es nicht. Den Teil der Insel hatte Diesterweg offensichtlich ignoriert.

»Völlig unauffällig«, hatte Brinkmann zum Abschluss gesagt. »Das Einzige, was herausragte, war der gut gefüllte Kühlschrank, die professionell eingerichtete Küche und die die hellblaue Badewanne mit den 13 Plastikenten. Bin gespannt, wo sich ein Erbe findet.«

Nun hatten sich alle unter Arndts Leitung im Clubraum des Hotels »Sonnenstrand« versammelt und bereiteten die nächsten Schritte vor. Auch Gero Schonebeck war da, und so erschien es Röder wie ein Déjà-vu, wie sie zusammensaßen. Ein Jahr war es her, dass sie gemeinsam einen Fall gelöst hatten – nun war es wieder soweit.

»Wie gehen wir vor?«, fragte Arndt in die Runde und schaute auf das Foto, das Martin Brinkmann auf seine Bitte hin auf der Insel gelassen hatte. »Prioritäten?«

»Nachbarn und Hausbewohner befragen«, schlug Röder vor. »Die haben alle kein gutes Verhältnis zu Diesterweg gehabt. Der Jessen sollte uns spätestens jetzt erzählen, wer den Stein geworfen hat.«

»Übernimmst du die Hausbewohner? Nimm Anika mit«, sagte Arndt.

Röder bemerkte, wie seine Kollegin unruhig zuckte. Was war mit ihr? Heute mussten Überstunden sein. Das nützte nun mal nichts.

»Was ist meine Aufgabe?«, fragte Herbert Pankok.

»Du bleibst bei deinem Fall. Wenn wir dich benötigen, melden wir uns.«

»Gut, dann spreche ich mit der Oma. Vielleicht gibt es etwas, was wir nicht wissen.« Er schaute auf die Uhr. »Schlafen wird sie ja wohl noch nicht.«

»Du musst nicht von dir auf andere schließen«, brummte Anika.

Röder lächelte. Anika hatte ihren Kollegen so richtig gefressen. Aber das machte nichts. War gut, wenn der Mann Schranken erfuhr.

»Und du, Gero?« Röder schaute den Mann an, mit dessen Frau er vor langer Zeit eine intensive Beziehung gepflegt hatte und der seit einem halben Jahr stolzer Vater eines Mädchens war.

»Ich betreibe Nachbarschaftspflege. Mal abwarten, ob wir auf Hinweise stoßen. Arndt, kommst du mit?«

»Nein. Ich versuche erst einmal herauszufinden, ob es Verwandtschaft von dem Mann gibt. Du kannst bei deinen Ermittlungen den Leuten auch die Frage stellen, ob sie dahingehend etwas mitbekommen haben. Wir treffen uns später wieder hier und tragen die Fakten zusammen.«

Sie nahmen ihre Räder und schoben sie die ersten Meter. Auf der Straße stand eine Gruppe Menschen und hörte Enna Klar zu, die mit weit ausholenden Bewegungen etwas über den hölzernen Wellenbrecher erzählte, der – 1883 bis 1889 erbaut – die Westseite der Insel vor Sturmfluten schützen sollte. »300 Meter war die Palisadenwand mal lang und ging um den ganzen Westkopf«, hörten sie Enna sagen. »Aber die Bauweise hat sich nicht bewährt, und so wurde der Schutz 1931 zum großen Teil durch eine Betonkonstruktion ersetzt. Und genau da gehen wir nun hin.«

Sie warteten, bis sich die Gruppe in Bewegung setzte, und fuhren los. Röder wunderte sich, dass Enna schon wieder unterwegs war. Schließlich gehörte es nicht zu einem normalen Tagesablauf, einen Bekannten tot in den Dünen zu finden. Aber die Tour »Rund um West« vom Nationalparkhaus war wohl sehr beliebt, weswegen Enna die wissbegierigen Feriengäste sicher nicht hatte enttäuschen wollen.

»Sag mal, warst du eigentlich wirklich heute im Wasser?«

»Natürlich. Wat mutt, dat mutt«, erwiderte Röder.

»Mensch, finde ich klasse. Da gehört schon was zu, in die eiskalte Nordsee zu springen«, sagte Anika bewundernd.

Röder spürte, wie er mindestens einen Kopf größer wurde. »Halb so schlimm«, winkte er ab. »Als ich erst einmal drin war, war es wunderbar. Immerhin habe ich zur Belohnung eine Praline bekommen.«

Anika schwieg einen Moment, dann traute sie sich: »Du, Michael, ich habe da mal eine Frage. Wo du gerade vom Essen redest. Was meinst du, wie lange dauert das hier wohl? Versteh mich nicht falsch. Natürlich ermittele ich mit. Aber ich habe auch eine Verabredung. Und der müsste ich absagen, falls es später wird.«

»Wer ist denn der Glückliche?«, fragte Röder überrascht. Das ging ja schnell. Kaum ein paar Tage auf der Insel und schon ein Rendezvous.

»Ist doch egal. Ich wollte wirklich nur wissen …«

»Ich denke, in einem Stündchen sind wir durch, wenn nichts dazwischenkommt«, sagte Röder. »Dann kannst du deinem Privatleben nachgehen. Und schon sind wir auch da. Ich die Jessens und du die Klinker?«

»Wir beide alles«, erwiderte Anika. »Vier Ohren hören mehr als zwei.«

»Alles klar. So machen wir es.« Röder öffnete die Haustür und musste feststellen, dass etwas fehlte. Er wusste nur nicht genau, was.

Auf sein Klingeln öffnete Ilona Klinker. »Kommen Sie rein. Ich habe schon mit Ihnen gerechnet. Obwohl es vertane Zeit ist, dass sage ich Ihnen gleich. Ich habe nichts gesehen und nichts gehört. Nur, dass es im Treppenhaus nicht mehr stinkt.«

Jetzt wurde Röder bewusst, was im Treppenhaus anders gewesen war.

»Dann können Sie froh sein, dass der Mann tot ist, oder?«, sagte Anika scharf.

»Setzen Sie sich erst einmal.« Sie schob die beiden Polizisten ins Wohnzimmer und wartete, bis sie Platz genommen hatten. »Es ist doch so: Wenn Sie irgendwo zur Miete wohnen, können Sie ausziehen, wenn Ihnen das Umfeld nicht passt. Gehört Ihnen ein Teil des Hauses, ist das nicht mehr so einfach. Dann müssen Sie sich mit den anderen Besitzern abfinden. Und das ging mir zunehmend auf den Sack!«

»Ich sehe das eher umgekehrt«, wandte Anika ein. »Bei uns ist es extrem schwierig, als Mieter eine Wohnung zu bekommen. Wenn ich es mir aber erlauben kann, eine Wohnung zu kaufen, weiß ich, was ich habe, und kann abwarten, ob es mir gefällt. Tut es das nicht, verkaufe ich sie wieder und kaufe eine neue. So einfach ist das. Was mich zu meiner Frage veranlasst, warum Sie eigentlich hier wohnen geblieben sind, wenn Sie seit Jahren der Gestank aus Diesterwegs Wohnung nervt?«

Ilona Klinker hatte die Fäuste in die Seite gestemmt und stampfte mit dem rechten Fuß auf. Röder hätte beinahe gelacht. Es sah aus, als würde die Frau auf der Bühne in einem Bauernstück die erzürnte Hauptdarstellerin geben. »Ich ausziehen? Ich? Der hat den Mist verbockt. Und ja – ich habe nichts dagegen, dass er weg ist. Jetzt kehrt endlich Ruhe ein in diesem Haus. Ich kaufe seine Wohnung, das will ich seit Jahren, und dann wird alles besser.« Sie schluchzte. »Auch wenn ich sie nun eigentlich nicht mehr brauche. Ich hätte sie für Jeremy gekauft.«

Röder stand auf. Er konnte es nicht mehr hören. Was war das für ein widerliches Weibsbild. Trotzdem glaubte er nicht, dass sie etwas mit dem Tod des Mannes zu tun hatte. Frei nach dem Motto: Hunde, die bellen …

»Kommen wir bitte noch einmal zum Grund unseres Hierseins. Haben Sie nichts gehört? Keinen Streit, keine Beschimpfungen?«

»Nein, habe ich nicht«, antwortete sie jetzt ruhiger. »Aber wenn es so wäre, glauben Sie mir, würde ich es Ihnen mitteilen.«

Die beiden Ermittler standen fast gleichzeitig auf. »Danke, Frau Klinker. Ach, eine Frage noch: Wie war das eigentlich? Das Haus wurde von wem gebaut und wann sind Sie alle eingezogen?«, fragte Röder.

Ilona Klinker schaute ihn etwas verwirrt an. »Warum wollen Sie das wissen? Vor ungefähr sechs Jahren hat Bauunternehmer Hasse dieses Haus, eine ehemalige Pension, umgebaut zu drei Wohnungen. Die eine habe ich gekauft, die andere Jessens. Diesterweg ist auch um diese Zeit dazugekommen. Da war wohl erst ein anderer Interessent, der aber abgesprungen ist. So hat Diesterweg zugeschlagen. Er wollte sich zur Ruhe setzen, hat er damals gesagt. Kein Wort von Kochkursen in seiner Wohnung. Das fing erst ein halbes Jahr später an.«

»Das war der Hintergrund meiner Frage«, sagte Röder. »Zu Anfang war also die Welt noch in Ordnung.«

Ilona Klinker nickte. »Ja, ich habe gedacht, ich könnte hier in Ruhe den Rest meines Lebens verbringen.«

»Ihr Mann ist an Land?«, wollte Röder wissen.

»Ja. Es ist besser für unsere Beziehung. Er ist viel unterwegs und ab und zu hier. Wenn er da ist, verstehen wir uns, trotz des Irrglaubens mancher Insulaner, sehr gut. Und manchmal, wenn der Geruch und das Gezanke überhandnahmen, bin ich zu ihm ans Festland gefahren. So, das ist meine Lebensgeschichte. Sonst noch was?«

»Ja. Haben Sie mal Verwandtschaft von dem Toten kennengelernt?«

Ilona Klinker lachte. »Was glauben Sie denn? Ich wollte mit dem nichts zu tun haben. Ich hätte nicht einmal im Traum daran gedacht, mich für Menschen aus Diesterwegs Umkreis zu interessieren.«

Sie gingen hinunter, an der Tür vorbei, die mit Polizeisiegel verschlossen war, und klingelten bei Jessens.

Anika Frederik schaute verstohlen auf die Uhr. »Wir sind gleich durch«, raunte Röder ihr zu.

»Ist doch nur – soll ich absagen?«

»Nein, verschieb es um eine Stunde«, grinste Röder. »Wenn er dich wirklich liebt, versteht er es. Wenn nicht, hat er dich nicht verdient.«

»Blödmann.«

Hans Jessen öffnete und stöhnte, als er die beiden sah. »Nicht das auch noch!«

»Wir haben ein paar Fragen, die dringend auf eine Antwort warten.«

»Wir gehen in den Garten. Hier tobt der Bär. Meine Frau hat eine künstlerische Eingebung. Sie will zwei Bäume in den Dünen mit roter Farbe übergießen und die Reaktion der Vorbeigehenden filmen, meine Tochter hustet und Wilko hat sich in seinem Zimmer eingeschlossen und weint ununterbrochen. Jetzt kommen Sie!«, forderte Jessen genervt, als sie im Garten angekommen waren.

»Es geht auch ganz schnell«, versuchte Röder ihn zu beruhigen. »Ich möchte von Ihnen erstens erfahren, wer den Stein geworfen hat. Zweitens, ob Sie wissen, wer die Zettel an die Straßenbeleuchtung geklebt hat, und drittens, ob Sie oder Ihre Familie etwas von dem Angriff auf Elmar Diesterweg mitbekommen haben.«

»Erstes: Ich nenne keinen Namen!«

»Auch nicht, wenn Sie sich der Mitwisserschaft schuldig machen? Eventuell sogar der Unterstützung einer weiteren Straftat? Könnte immerhin sein, dass der Täter erneut zuschlägt«, warnte Röder.

Jessen schwieg.

»Gut möglich, dass er bei Ihnen weitermacht, falls er mitgekriegt hat, dass Sie ihn gesehen haben«, warnte Anika.

»Hat er nicht!«

»Die Zettel?«

»Keine Ahnung.«

»Wir kommen morgen wieder. Überlegen Sie sich bis dahin, ob Sie nicht doch aussagen möchten. Morgen werden wir auch mit Ihrer Frau und Wilko sprechen. Sorgen Sie dafür, dass sie da sind. Das ist keine Bitte!« Röder reichte es langsam. Was bildete sich dieser Kerl ein?

»Wilko ist aber morgens in der Schule«, bekräftigte Hans Jessen.

»Dann sprechen wir nachmittags mit ihm«, sagte Anika scharf. »Ich komme gegen 14 Uhr.«

»Und wir sehen uns morgen früh«, fügte Röder hinzu. »Neun Uhr.«

»Aber ich muss …«

»Neun Uhr! Ach ja, das mit den Bäumen und der Farbe wird nicht stattfinden. Machen Sie das Ihrer Frau überzeugend klar. Sonst übernehmen wir das!«

Die Hände zu Fäusten geballt, drehte Jessen sich um und verschwand im Haus.

»Und nun?«, fragte Anika. »Durften wir den Mann so gehen lassen, oder hätten wir ihn mitnehmen sollen?«

»Ich denke, der hätte uns selbst in der heimeligen Zuflucht unserer Arrestzelle keine Auskunft gegeben. Vielleicht kommt er über Nacht zur Einsicht. Du machst Feierabend und ich geselle mich zu Gero. Mal schauen, ob der Hilfe braucht. Und – keine Widersprüche will ich hören. Der morgige Tag wird lang genug«, winkte Röder ab, als Anika den Mund öffnete.

»Okay. Du hast meine Nummer. Ich komme sofort, wenn nötig.«

»Ich weiß. Nun verschwinde.« Röder ließ sein Rad stehen, denn etwas weiter die Straße hinunter sah er Gero, der gerade das Haus des Wattführers betrat.

# 21

Sie konnte sich nicht erinnern, dass sie schon jemals so schnell ihre Dienstkleidung aus und Jeans und den langärmeligen Pullover angezogen hatte.

Anika schaute in den kleinen Badezimmerspiegel und ärgerte sich über ihr verschwitztes Gesicht. Aber es nützte nichts. Wollte sie pünktlich sein, musste sie los.

Das Restaurant »Dreimaster« lag ruhig da. Holger hatte gesagt, der Eingang zum Privatbereich sei hinter dem Haus. Sie stellte ihr Rad ab und überlegte kurz, wie oft sie allein an diesem Tag ihr Rad irgendwo an den Zaun gelehnt oder in den Ständer geschoben hatte, dann nahmen andere Gedanken den Platz ein. Sollte sie wirklich? Ja, sie sollte. Sie wollte diesen Mann wiedersehen, mit ihm lecker essen und dann mal schauen, was der Abend brachte.

Er empfing sie mit einem strahlenden Lächeln. Allein die Schürze mit dem Mainzelmännchen drauf störte ein wenig den Gesamteindruck, doch seine warme Stimme nahm sie sofort gefangen. »Schön, dass du es geschafft hast. War wohl ein anstrengender Tag.«

»Das kann man so sagen«, bestätigte sie. »Hoffen wir mal, dass die nächsten Tage nicht ähnliche Überraschung bringen.«

»Nein«, erwiderte er ernst. »Das muss keiner haben. Gibt es denn schon Erkenntnisse?«

Sie schüttelte den Kopf. »Wir ermitteln, gehen von Haustür zu Haustür – das Übliche eben.«

»Dann setz dich erst einmal. Wein?«

»Gerne.«

Sie wunderte sich ein wenig. Sie hatte sich vorgestellt, in einem gemütlichen Wohnzimmer den Abend zu verbringen. Jetzt saß sie in der hell erleuchteten Restaurantküche, umgeben von blitzendem Chrom. Er entkorkte einen Rotwein und reichte ihr das Glas. Dann stellte er das Essen auf den Tisch. Kartoffeln, Fisch, Brokkoli und andere Gemüse, wunderbar. Fast wie daheim bei ihren Eltern, nur einfallsreicher arrangiert auf einer großen Platte.

»Was möchtest du?«, fragte er.

»Von allem was«, antwortete sie. Es duftete so gut, da konnte sie sich nicht entscheiden.

Auch Holger setzte sich und füllte seinen Teller. »Dann seid ihr wohl jede Menge Leute jetzt, oder?«, fragte er.

»Ja. Immerhin ermitteln wir auch wegen Leevke Meinders. Mein Kollege Pankok hat den Fall erst einmal allein übernommen, wir anderen untersuchen den aktuellen Todesfall.«

»Gibt es bei dem Mädchen Anhaltspunkte?«

»Auch hier – wir fragen uns durch. Leevkes Oma ist angekommen. Sie wird uns hoffentlich den einen oder anderen Hinweis geben können.«

»Nach so vielen Jahren?« Holger schaute sie erstaunt an. »Wie will man da noch was rauskriegen?«

Anika hätte ihm jetzt erzählen können, wie sehr sich zum Beispiel das Wissen um DNA-Spuren erweitert hatte. Aber mussten sie jetzt unbedingt über ihre Arbeit sprechen? Gab es nicht genug andere Themen, über die sie sich bei diesem ausgezeichneten Essen unterhalten konnten? »Erzähl mir von dir«, sagte sie statt einer Antwort.

»Nun, ich bin vom Festland und habe, wie ich schon erzählte, das Restaurant meines Onkels auf Vordermann gebracht. Mit Leib und Seele. Da steckt mein Herzblut drin. Mein Onkel war auch mit Begeisterung dabei, ich fand also schon viel vor, als ich anfing. Aber wie es so ist – ich wollte unbedingt meine eigene Duftnote einbringen und dafür sorgen, dass die Leute nicht mehr sagen: ›Wir gehen zu Willy‹, wenn es um gutes Essen geht. Darum habe ich den Laden nach einiger Zeit umbenannt. Allerdings gibt es immer noch Insulaner, die den alten Namen nutzen. Das werde ich wohl nie aus den Köpfen herauskriegen.«

»Dann bist du also der Chef des Ganzen?«, fragte sie.

»Bin ich. Und ich hoffe, dass das auch so bleibt. Wenn wir fertig sind, zeige ich dir das Haus, okay?«

»Gerne.« Sie genoss das Essen, und auch das Gespräch ging nicht mehr um ihre Arbeit, sondern um Baltrum, die Umwelt und vieles andere. Sie stellte fest, dass sie bei vielen Themen mit dem Mann, der ihr gegenübersaß und sie immer wieder freundlich anlächelte, einer Meinung war. »Sollen wir?« Sie rieb sich ein letztes Mal mit der Serviette über den Mund, dann über die Stirn. Es war warm in der Küche. Sie wünschte sich, dass sie die Ärmel ihres Pullis nach oben ziehen könnte. Aber das wäre keine gute Idee. Dann lieber Frischluft schnappen. »Lass uns erst in den Garten gehen, solange es hell ist«, bat sie.

Wortlos stand Holger auf und räumte das Geschirr in die Maschine, dann sagte er: »Kommst du?«

Sie stand auf und folgte ihm nach draußen. Beim Hereinkommen war ihr nämlich ein Beet aufgefallen. Es interessierte sie, welche Kräuter darin wuchsen, hatte sie doch zu Hause in Barsinghausen ebenfalls vor, auf ihrem kleinen Balkon Thymian und Basilikum und anderes zu ziehen. Gezielt ging sie auf das grüne Rechteck zu. »Erzähl mir mehr darüber.«

Irritiert schaute Holger ihr zu, wie sie sich bückte und mit der Hand durch die Erde fuhr. »Was möchtest du wissen?«

»Na, wie du auf die Idee gekommen bist, das Kräuterbeet anzulegen. Du kannst doch auch alles beim Großhändler bestellen.«

»Ich bin Koch, wie du weißt. Wenn ich die Pflanzen selbst anbaue, weiß ich, wo sie herkommen. Außerdem denke ich, dass die Salzluft den Pflanzen guttut. Sie schmecken würziger.«

Sie dachte an Diesterweg. Auch er hatte sich ein Beet angelegt. Musste wohl was dran sein, dass die Pflanzen geschmackvoller waren. »Gehst du auch in die Salzwiesen und pflückst Queller? Soll sehr lecker sein, wie ich erfahren habe«, fragte sie.

»Häufig. Ja. Der Kunde will es so.« Holger Balke drehte sich um, ging zu einem kleinen Gartenhäuschen und nahm eine Schaufel von der Wand.

Anika lachte. »Willst du jetzt arbeiten? Ich dachte, du erzählst mir etwas über Pflanzen.«

»Chef? Chef, wo steckst du?«

Holger Balke drehte sich um. »Was willst du?«

»Da sind Leute, die dich sprechen wollen. Die wollen eine Hochzeit bei dir feiern und das mit dir bereden. Ich habe sie auf der Straße angetroffen. Sie wussten nicht, dass heute Ruhetag ist. Können wir das trotzdem besprechen?«

Anika erkannte den Mann, der ihr vor ein paar Abenden den Flammkuchen serviert hatte.

»Eigentlich ist es mir lieber, wenn die Herrschaften morgen früh kommen«, sagte Holger.

»Aber das Schiff geht schon um neun«, wandte der junge Mann ein. »Ich kann natürlich auch absagen«, schlug er mit einem Blick auf Anika vor.

»Nein, schon gut. Die einen verstehen was von Planung, die anderen nicht. Willst du warten?«, fragte Holger Anika. »Kann allerdings etwas dauern.«

»Nein. Wir verschieben unser Gartengespräch.« Anika merkte plötzlich, wie müde sie war. Eine Stunde einfach so herumsitzen, dazu hatte sie keine Lust. Wenn das Schicksal es so wollte, war der Abend eben zu Ende. »Wann hast du denn mal wieder Zeit?« Ohne die Antwort auf die Frage wollte sie nicht gehen.

»Morgen Abend ab neun.« Holger zeigte auf seinen Mitarbeiter. »Wenn Jassir mir schon diesen Abend versaut, muss er eben morgen zur Strafe etwas länger machen.«

»Ist gebongt, Chef. Ich hole dann mal die Leute.«

Sie folgte Jassir auf die Straße und sah vier fröhliche schnatternde Menschen dort stehen. Das waren also die, die ihren Abend so zügig zu einem Ende gebracht hatten. Ein wenig enttäuscht fuhr sie zu ihrer Dienstwohnung. Die letzten Strahlen der untergehenden Sonne färbten Himmel und Heller rot. Bis zu ihrem plötzlichen Aufbruch war es ein wunderbarer Abend gewesen. Sie ertappte sich sogar bei dem Gedanken, dass sie in den letzten zwei Stunden nicht ein einziges Mal an ihre Nichte und den fürchterlichen Tag hatte denken müssen. Den Tag, als ihre Nichte … Ihr rechter Arm fing an zu jucken, und sie ahnte, dass es trotz ihrer Müdigkeit wieder eine Nacht ohne viel Schlaf werden würde.

# 22

»Die Oma war gestern Abend nicht auf ihrem Zimmer.« Herbert Pankok nahm seine Jacke.

»Aha. Sagtest du nicht etwas wie ›Wahrscheinlich schläft sie schon‹? Stattdessen macht sie Party. Pech gehabt, oder?«, erwiderte Anika.

»Ich bin weg«, grummelte Pankok statt einer Antwort und ging nach draußen. Hoffentlich war die Frau jetzt da. Er hatte gestern eine Nachricht an der Rezeption hinterlassen, dass er heute um zehn Uhr auftauchen würde.

Tatsächlich fand er Olga Wübben im Frühstücksraum des Hotels. Er begrüßte sie und setzte sich ungefragt zu ihr. Es drängte. Er wollte endlich Näheres erfahren. Natürlich konnte man argumentieren, dass Leevke immerhin seit fünf Jahren tot war und dass es da nicht auf ein paar Stunden ankam, aber er wollte Ergebnisse. Bisher hatte es in jedem Cold Case, den er federführend übernommen hatte, einen Durchbruch gegeben. Er hatte im Laufe seiner Ermittlungen immer wieder festgestellt, dass man mit Freundlichkeit nicht sehr weit kam. In kurzer Zeit auf den Punkt kommen, dem Gegner keine Zeit zum allzu langen Nachdenken geben, das war die Basis des Erfolges.

»Frau Wübben, erzählen Sie mir bitte genau, wie sich der Tag von Leevkes Abreise abgespielt hat. Versetzen Sie sich in die Situation und denken Sie darüber nach, was Leevke zu Ihnen sagte.«

Pankok sah, wie die alte Frau zitterte, als sie ihre Kaffeetasse anhob.

»Als wenn ich das nicht jeden Tag täte.« Sie berichtete, wie sie einen Streit gehabt hatten und dass Leevke kurze Zeit später weg gewesen war.

»Abgesehen vom Tag ihres Verschwindens – hat sie über Baltrum gesprochen, hat sie Namen genannt von besonders netten oder auch nicht so netten Menschen? Auf wen oder was hat sie sich am meisten gefreut? Gab es irgendwas, was sie gar nicht an Baltrum mochte?«

Olga Wübben senkte den Kopf und verfiel in Schweigen. Nach einer Weile fuhr sie fort: »Nein. Ich sagte es bereits, sie hat keine Namen genannt. Sie liebte die Natur, darüber erzählte sie gerne. Die Dünen, der Strand, die Weite des Meeres. Und sie hatte eine zweite Leidenschaft, das waren Schiffe. Sie sagte einmal, wenn sie die großen Containerschiffe in der Ferne sähe, könnte sie glatt hinterherschwimmen. Dort sähe sie nach der Schule ihre Ausbildung. Sie wollte auf die Seefahrtschule in Leer gehen und hinterher als Kapitänin eines der Schiffe über die Weltmeere fahren. Und wenn sie auf den Dünen säße und aufs Wasser schaute, wäre sie dem Traum schon ganz nahe.«

»Hat sie sich denn, nachdem sie auf der Insel abgetaucht war, nie wieder gemeldet?«, hakte Pankok nach. »Kein Lebenszeichen? Sie liebten sich doch. Auch wenn es mal einen Streit gab, was nicht ungewöhnlich ist. Sie musste wissen, dass Sie sich Sorgen machten.«

Wieder überlegte Olga Wübben. »Es gibt nur eine Sache, die uns bis heute Kopfzerbrechen macht. Am zweiten Tag nach ihrem Verschwinden war da was. Das Telefon klingelte. Wir haben so eines mit einer Drehscheibe. Nicht, dass Sie meinen, wir seien altmodisch. Natürlich besitzen wir auch Handys. Aber unser altes …«

»Frau Wübben, bitte!«, unterbrach der Kommissar die Frau.

»Oh, ja, entschuldigen Sie bitte«, fuhr sie fort. »Also, das alte Telefon klingelte, es hat schon seine Macken, wissen Sie.

Ich bin dran und hörte in der Ferne eine Frauenstimme. Sie war kaum zu verstehen, es war auch nur ganz kurz.«

»Was sagte die Stimme?« Pankok wünschte sich, dass die Frau ihm gegenüber etwas zügiger zur Sache kam.

»Habe angeheuert. Das war alles. Wir, mein Mann und ich, haben es zunächst überhaupt nicht mit Leevke in Verbindung gebracht. Zumal ich bis heute nicht klar sagen kann, ob sie es wirklich war, und ob die Person überhaupt diese Worte benutzt hat. Wahrscheinlich war es jemand anders. Leevke wurde hier vergraben, also war sie nicht auf See. Wer weiß, was es mit diesem Telefonat auf sich hatte. Eine Rückverfolgung, also dass man sehen konnte, wer angerufen hat, war mit diesem alten Gestell nicht möglich. Auf unseren Handys ist das ja besser.«

»Haben wir Ihre Telefonnummer? Sonst geben Sie sie mir vorsichtshalber.« Er würde sehen, ob sich da tatsächlich nichts mehr herausfinden ließ. Aber er hatte nicht viel Hoffnung. Und wenn, dann hatte Leevke bestimmt von ihrem Handy aus angerufen und der Weg würde ins Leere laufen. In den Akten zu diesem Fall war alles aufgelistet, was damals unternommen worden war. Die Sachlage zu Handyverbindungen war eher dürftig gewesen.

»Gibt es sonst etwas, was Sie mir über Ihre Enkelin erzählen können?«

»Sie war ein liebes Mädchen. Natürlich steckte der Tod ihrer Eltern tief in ihr drin«, erinnerte sich Olga Wübben. »Ich hatte manchmal das Gefühl, dass das tragische Ereignis sie verändert hatte. Was kein Wunder ist. Sie wurde trotz ihrer jungen Jahre auf einmal sehr zielstrebig. Was sie sich in den Kopf setzte, musste stattfinden. Egal, ob schulisch oder bei ihren Freundinnen. Es war so, als ob sie beschlossen hatte, dass das Leben zu kurz für Kompromisse sei. Und das Schicksal hat bewiesen, dass sie damit durchaus recht behalten sollte.

Manchmal schoss sie damit, zumindest nach unserer Einschätzung, über das Ziel hinaus und konnte ziemlich ungnädig werden. Vielleicht hatte es aber einfach mit der Pubertät zu tun.« Sie seufzte tief. Wieder griff sie nach dem Kaffee, doch jetzt zitterte sie so stark, dass sie die Tasse nicht einmal anheben konnte. »Was mich dabei auch sicher gemacht hat, dass ihr etwas passiert sein musste, ist, dass sie bei aller Zielstrebigkeit ihr Abitur nicht zu Ende gebracht hat.«

»Wann fahren Sie?«, fragte Pankok.

»Morgen. Eigentlich könnte ich heute schon aufbrechen, aber ich möchte die Insel, die meine Kinder und Leevke so geliebt haben, ein wenig näher erkunden.«

Pankok nickte und stand auf. »Dann kann ich Sie bei Bedarf hier erreichen.« Es erstaunte ihn ein wenig, wie die Frau mit der Situation umging. Aber sie war erwachsen und er sich sicher, dass sie die Sachlage richtig einschätzte. Wenn er sie fragte, ob sie denn gar keine Angst verspüre, dass der Täter auch ihr auflauerte, würde sie nichts anderes sagen, als dass sie zu Hause ebenfalls irgendwann sterben müsse. Also ließ er es.

»Herr Kommissar!«

Er drehte sich um.

»Ich habe etwas vergessen. Da war diese Kette. Leevke trug immer diese silberne Kette mit dem Segelschiff dran. In das Schiff ist dort, wo sich normalerweise der Anker befindet, ein kleiner gelber Stein eingelassen. Ich hätte die so gerne. Als Erinnerung.«

Komisch. In den Akten hatte davon nichts gestanden. Er würde nachhaken. »Ich kümmere mich darum«, rief er zurück. Jetzt nichts wie raus. Der Kaffeeduft im Frühstücksraum hatte Magenbrummen bei ihm geweckt. Er war an diesem Morgen ohne Frühstück zum Dienst erschienen. Ganz gegen seine Gewohnheit hatte er keinen Hunger verspürt. Aber inzwischen hatte sich dieser Zustand grundlegend geändert. Sein Magen signalisierte ihm gähnende Leere. Also nichts wie in den Clubraum des »Sonnenstrand«. Hoffentlich waren die anderen Kollegen unterwegs, damit er in Ruhe ein oder zwei Brötchen futtern konnte. Vielleicht hatte die Hotelchefin ja Rührei für ihn. Danach würde er gründlich überlegen, wie er vorgehen sollte. Hatte es überhaupt Zweck, auf der Insel zu forschen? Wo sollte er die Suche nach dem Mörder des Mädchens fortsetzen? Er hatte nichts in der Hand. Nicht den kleinsten Hinweis. Für ihn sahen alle Gesichter gleich verdächtig aus. Vielleicht gab es inzwischen einen Hinweis auf Erdpartikel an den Knochen. Aber ob das weiterhelfen konnte, bezweifelte er sehr. Vor einige Zeit hatte man in der Nähe von Bremen auf der Suche nach einer Leiche einen ganzen See abgesenkt, aber er war sich sicher, dass man hier keine Düne abtragen würde auf der Suche nach passendem Erdreich.

Die Sonne schien, als er zum Hotel zurückfuhr. In Höhe der »Schatzinsel« kamen ihm drei Frauen mit Kinderwagen entgegen. Nebeneinander. Fast hätte er einen sehr bösen Kommentar abgelassen, da bremste eine der Frauen und schob den Wagen hinter die beiden anderen. Pankok schluckte und verkniff sich die Worte. Es war gut was los. Immer wieder musste er ausweichen. Es schien eine ganze Menge Gäste einen Urlaub auf Baltrum zu genießen. Er erwischte sich bei dem Gedanken, ob es auch ihm Spaß machen würde, seine knappen Urlaubstage auf der Insel zu verbringen, und musste sich eingestehen – ja, vielleicht. Doch wenn er es sich recht überlegte, dann wieder doch nicht. Seit Jahren machte er Wanderurlaub in den Bergen. Allein. Es gab nichts Schöneres, als einen Gipfel zu erreichen und den Blick ins Tal zu genießen. Noch hatte er vermisst, seine unglaublichen Glücksgefühle beim Anblick der traumhaften Landschaft mit jemandem teilen zu wollen. Hier wäre er – was hatte Arndt ihm erzählt? – nach vier Stunden rum. Und dann? Dann hätte er alles gesehen. So eine Düne wäre in fünf Minuten bestiegen. Nein, der nächste Alpenurlaub war gebucht. In zwei Monaten war zuerst Berchtesgaden angesagt und von dort aus ging es weiter in die Bergwelt. Schon jetzt lag das Kletterzubehör ordentlich sortiert auf der Kommode im Wohnzimmer seines kleinen Hauses, das er von seinen Eltern übernommen hatte, als die in betreutes Wohnen gezogen waren. Ihm graute bei dem Gedanken, auch irgendwann in solch eine Einrichtung zu wechseln. Er wollte allein sein. Seine Ruhe haben. Sonst nichts. Die Menschen, die für so viel Unheil auf der Welt verantwortlich waren, vor der Tür lassen und einfach hinter sich abschließen.

## 23

Kurz ging ihr durch den Kopf, dass sich der »Wattenschmaus« damit auch wohl erledigt hatte. Aber vielleicht konnte der Koch von Henning Ahlers einspringen. Sie erschrak. Diese Gedanken waren jetzt wirklich nicht angebracht. Oder doch? Natürlich, Elmar Diesterweg war noch nicht beerdigt, sondern lag wohl bei der Rechtsmedizin. Aber der Termin für den »Wattenschmaus« war bekannt, und sie hatte tatsächlich schon Karten verkauft. Also, Pietät hin oder her, sie musste überlegen, wie sie damit umgehen sollte. Sie setzte sich an die

Kasse und blätterte im Terminkalender. Verschieben? Aber warum? Nein. Der Termin bleibt, beschloss Enna Klar. Wir werden jemand anderes bitten, für uns zu kochen, und während des Abends an Diesterweg erinnern.

Sie wählte Henning Ahlers' Nummer. Doch ihr Anruf bei ihm war erfolglos. So gerne er wollte, sagte Henning, es ginge einfach nicht. Er habe Diesterweg versprochen, dass er das Essen in seiner Küche herstellen könnte, da war genug Platz. Aber seinen eigenen Koch für die Veranstaltung abstellen, das ginge gar nicht. Er habe eine große Feier auszurichten, da brauche er seinen Mitarbeiter. Wen also nun? Es gab genug Köche auf der Insel, aber es gehörte auch ein wenig Abenteuerlust dazu, sich auf ein Essen im Wattenmeer einzulassen. Wer kam also infrage? Holger Balke fiel ihr ein. Der Chef vom Restaurant »Dreimaster« war für seine Ideen bekannt. Wieder griff sie zum Telefon und hatte diesmal Glück. Er versprach mitzumachen. Sie atmete auf. Sie konnte sich auf ihn verlassen.

»Hallo, Frau Klar, können wir uns unterhalten?«

Sie zuckte zusammen. Sie hatte nicht mitbekommen, dass Arndt Kleemann plötzlich vor ihr stand.

»Natürlich. Wir gehen nach oben. Da ist es ruhiger.« Sie schaute sich um. Sönke Burlager, der ein Freiwilliges Ökologisches Jahr im Nationalparkhaus machte, fütterte gerade die Krebse. »Ich bin grad mal weg«, rief sie ihm zu und deutete auf eine Familie, die vor der Schauwand mit den Vögeln und den Seehunden stand.

»Ich bin da und helfe, falls die Besucher Fragen haben«, sagte Sönke.

Auf dem Weg nach oben hörte sie den Kommissar lachen. »Diese Cartoons sind klasse«, freute er sich.

»Ja. Es gibt jedes Jahr neue. Im Mai trifft sich hier eine ganze Menge dieser Cartoonisten, sucht sich ein Thema und zeichnet drauflos. Das Ergebnis kann man dann bewundern. Manchmal ist es echt stark, wenn man unten sitzt und von oben das Gelächter runterschallt.«

»Das glaube ich«, sagte Kleemann.

Sie setzten sich an den kleinen Tisch unter dem Schrägfenster. »Was gibt es?«, fragte Enna den Kommissar.

»Nichts Konkretes, nur ein paar Fragen. Ist Ihnen im Nachhinein etwas aufgefallen, was mit dem Fund der Leiche zusammenhängt? Wäre ja möglich, dass Ihnen jetzt erst das eine oder andere klar geworden ist.«

»Nein«, entgegnete Enna entschieden. »Da war nichts, was ich loswerden müsste.«

»Sie erwähnten, dass Diesterweg sich gerne hier aufgehalten hat. Gab es etwas Auffälliges? Hat er von Anfeindungen oder Ähnlichem gesprochen?«

Enna überlegte. Sollte sie von dem Streit berichten? Ja. Warum nicht. »Da hat es einen Vorfall gegeben. Es gibt einen Insulaner, Julian Flegel, der hat, ich sage mal, ganz konsequente Meinungen. Wenn der sich mal entschieden hat, lässt der keine andere Aussage zu. Und genau dieser Mann traf auf Elmar Diesterweg und war gerade bei seinem Lieblingsthema.«

»Und das lautet?«

»Der Nationalpark lässt den Insulanern keine Luft mehr zum Atmen. Er okkupiert die Dünen und den Strand, was blöd ist für Gäste und Insulaner und nimmt den Pferden den Raum zum Grasen. Und wenn kein Platz mehr für die Pferde ist, wird der Ruf nach Elektrokarren für die Insel lauter. Das wäre die Katastrophe. Dann soll man besser die Gänse abschießen und den Heller zum Grasen freigeben. Das ist so die grobe Richtung, die der Mann einschlägt. Sicher hat er in manchen Dingen recht, aber er hat eine sehr unangenehme Art, damit umzugehen.«

»Und wie passt Diesterweg da rein?«, fragte Kleemann.

»Diesterweg protestierte und setzte sich für den Naturschutz ein. Daraufhin warf Flegel dem Mann vor, dass er, wenn er kocht, schließlich auch Tiere vorher tötet. So, als ob er ihm klarmachen wollte, dass Diesterweg kein Recht mehr auf eine eigene Meinung hat. Zumal Diesterweg ganz aktuell von schlechtem Ruf verfolgt wurde. Ich habe Flegel aufgefordert zu verschwinden!«

»Ich hätte gerne von Ihnen eine Einschätzung.« Arndt Kleemann zog sein Handy aus der Tasche und zeigte Enna ein paar kurze Sätze. »Das und noch viel mehr haben wir online gefunden.«

»Die sind doch alle bekloppt.« Enna schüttelte ratlos den Kopf.

»Wer sind ›die‹?«

»Keine Ahnung. Aber irgendwer muss es ja gepostet haben«, sagte sie.

»Da sind wir hinterher. Aber sind die Insulaner wirklich so? Zettel an Straßenlampen, Posts und Steine durchs Fenster?«

»Ich bin erst seit zwei Jahren hier, habe allerdings schon viele Einwohner kennengelernt. Ich denke, die meisten sind da eher vorsichtiger. Aber wenn sich jemand richtig von der Sache betroffen fühlt, kann ich mir vorstellen, dass er weder über die Richtigkeit seines Tuns nachdenkt noch was für Folgen daraus entstehen können oder gar, ob man mit seinen Anschuldigungen tatsächlich richtigliegt. Warum sollte es anders als am Festland sein? Da gehört das unsägliche Schlechtmachen per Internet doch schon fast zum guten Ton! Natürlich nicht von Angesicht zu Angesicht, sondern anonym. Alles andere geht gar nicht. Aber jetzt hier und bei Herrn Diesterweg? Da halte ich die Reaktion dermaßen für übertrieben, dass ich völlig ratlos bin. So sehen das auch viele andere Insulaner, mit denen ich geredet habe.« Es hielt sie nicht mehr auf dem Sessel. Sie selbst hatte vor längerer Zeit, als sie noch am Festland wohnte, etwas Ähnliches erfahren müssen, als man sie beschuldigt hatte, ihre Katze zu Tode gequält zu haben. Das Tier war jedoch vom Auto angefahren worden, und sie hatte das Tier bis zum Schluss gepflegt. Die Anschuldigungen waren noch immer im Netz zu finden. Sie war sogar darauf angesprochen worden, als sie sich um die Stelle im Nationalparkhaus beworben hatte.

»Bitte setzen Sie sich«, bat Arndt Kleemann, dann fuhr er fort: »Ohne dass ich Sie zur Verleumdung aufrufen will: Können Sie sich jemanden als Täter vorstellen? Trauen Sie das dem Herrn Flegel zu?«

»Nein. Gerade der hat kein Problem damit, dass die Tiere getötet werden. Er hat Elmar lediglich vorgeworfen, mit zwei Zungen zu reden.«

»Gut.« Der Kommissar stand auf. »Danke für Ihre Zeit. Ich glaube, Sie werden unten gebraucht.«

Enna hörte es auch. Die Schulklasse, die im BK-Heim wohnte, war angekommen. Sie war gespannt wie jedes Mal, wenn Klassen im Haus auftauchten oder die Lehrer um eine Wattwanderung baten, wie gut sie vorbereitet waren. Die einen kannten jedes Tier mit Namen, die anderen wollten bei so einer Wanderung nur im Schlick rummatschen. »Stimmt. Darf ich mich verabschieden? Sie wissen ja, wenn Sie Fragen haben …«

»Komme ich auf Sie zurück. Ich werfe einen kurzen Blick auf die Cartoons und werde bestimmt mit meiner Frau vorbeikommen. Sie hat Ihre Ausstellung und die Zeichnungen bisher nicht gesehen«, sagte Kleemann.

Enna ging die Treppe hinunter und wandte sich den Jungen und Mädchen zu, die dicht gedrängt um das Aquarium standen. »Guten Tag, meine Lieben«, rief sie. »Habt ihr schon die Scholle gefunden? Sie ist nämlich ein Meister des Versteckens.«

»Neeeein«, kam es als Chor zurück.

## 24

»Sie hat angeheuert. So zumindest meinen Wübbens es verstanden zu haben«, nuschelte Herbert Pankok in sein Brötchen. »Wo kann man hier anheuern? Bei der Reederei?«

»Als was denn?«, fragte Röder ratlos. »Dazu musst du schon eine Ausbildung haben. Zumindest, wenn du tatsächlich auf dem Schiff arbeiten willst.«

»Früher, da ging das.« Henning Ahlers stand mit einer Kaffeekanne im Raum. »So wie ich gerade den Steward mache, gab es auf der alten »Baltrum III« eine Bedienung. Das Schiff fuhr damals von Norddeich, die Überfahrt dauerte zwei Stunden. Da war genügend Zeit für die Menschen an Bord für Essen und Trinken.«

»Das ist aber schon eine ganze Zeit hin, oder?«, fragte Arndt.

»Ja, mein Vater hat mir oft davon erzählt. Es war Ende der 60er-Jahre vorbei. Der Steward ging damals von Tisch zu Tisch und verkaufte die Fahrkarten. Für Hunde musste ebenfalls eine Karte gelöst werden. Genau wie heutzutage. Und wisst ihr, was der Mitarbeiter damals gemacht hat, damit ihm kein Hund entwischte?« Henning Ahlers lachte. »Der hat gebellt, und die Hunde bellten zurück. So hat er auch die zu fassen bekommen, deren Herrchen oder Frauchen ihre Lieblinge in einer Reisetasche unter dem Tisch versteckt hatten. Gewusst wie, oder?«

Jetzt lachten auch die Kommissare.

»War übrigens ein anstrengender Job für die Besatzung«, fuhr Ahlers fort. »Die Koffer wurden auf dem Vorschiff gestapelt. Die Koffer, die unten standen, bekamen regelmäßig dicke Backen während der Überfahrt. Stammgäste wussten das, warteten deshalb so lange, bis die meisten Koffer verladen waren, und gaben ihre dann erst ab. So hatten sie auch den Vorteil, dass sie die Ersten waren, die ihre Koffer auf Baltrum wiederbekamen.«

»Danke für den Ausflug in die Baltrumer Reedereigeschichte«, sagte Arndt. »Stell den Kaffee hin. Wir bedienen uns selbst. Aber jetzt wenden wir uns wieder der Gegenwart zu. Fall Leevke: Was kann sie hier gewollt haben?«

»Wie gesagt: Frau Wübben war sich nicht sicher ob des Telefonats. Es kann auch etwas ganz anderes gewesen sein«, bemerkte Pankok.

»Aber wenn nicht – der Jessen ist bei der Reederei. Sollte da vielleicht ein Zusammenhang bestehen? Er ist aggressiv, wie wir wissen«, überlegte Röder. »Er ist im Büro angestellt, und es kann doch sein, dass man die junge Frau als Aushilfe ebenfalls dort beschäftigt hat. Sie hat das unter Umständen als Vorstufe zu ihrer Seefahrtsausbildung betrachtet. Herbert, frag einfach nach. Falls ja, werden die bestimmt Unterlagen haben.«

»Aber dann hätten die sich doch bereits gemeldet. Jeder weiß inzwischen um den Fall«, wandte Gero Schonebeck ein.

»Ich gehe der Sache nach«, versprach Pankok. »Was Besseres fällt mir im Moment nicht ein. So leid es mir tut. Ich warte Infos über die Datenverbindung der Kleinen ab und gebe auf, wenn die Spur ebenfalls ins Leere läuft. Die Bodenbestimmung an der Toten hat bis jetzt nichts ergeben.«

»Sonst gab es nichts Neues bei dem Gespräch mit Frau Wübben?«, fragte Anika.

»Nein. Bis auf – sie hat eine Kette erwähnt, die Leevke wohl nie ablegte. Sie fragte, ob die bei der Leiche gewesen war. Auch das ist ihr wohl erst kürzlich eingefallen. Aber da wir nichts gefunden haben, wird sie das Schmuckstück wohl abschreiben müssen. Es ist eine Silberkette mit einem Segelschiff als Anhänger. Darin soll sich ein gelber Stein befinden.«

»Gut, dass ist der eine Fall. Kommen wir zum nächsten. Ich habe mit Enna Klar gesprochen. Sie hat mir einen Hinweis auf einen Julian Flegel gegeben, der wohl Streit mit Diesterweg hatte. Mehr konnte sie mir nicht sagen. Wie schaut es bei euch aus?«, fragte Arndt. »Mit der Verwandtschaft bin ich keinen Schritt weiter.«

»Wir auch nicht. Keiner hat jemanden gesehen, und er hat nie von Kindern, Eltern und so weiter erzählt«, sagte Gero.

»Ich habe heute Morgen kurz, aber intensiv mit Hans Jessen gesprochen«, berichtete Röder. »Es hat mich total gewundert, aber er hat tatsächlich auf mein Klingeln reagiert. Allerdings auf meine erneute Frage nach dem Steinewerfer eher nicht. Er wollte nicht mit der Sprache rausrücken.«

»Ich werde heute Mittag hinfahren, um mit Wilko zu reden. Es kann doch möglich sein, dass der Junge während des Kochens mal irgendetwas, und sei es noch so belanglos für ihn, mitbekommen hat«, sagte Anika. »Komm mit und versuch es erneut bei Jessen. Dann mit mehr Druck. Möchte mal sehen, wie der reagiert, wenn wir ihm androhen, den Kindern den Vater für eine Weile zu entziehen.«

»Es muss einfach machbar sein, dass der sein Maul aufmacht«, brummte Pankok. »Hart rannehmen, anders geht es nicht! Soll ich mitkommen?«

Entschlossen winkte Röder ab. »Kümmere du dich um deinen Fall. Das kriegen wir hin.«

»Gut, ich trete ihm in der Reederei schon mal in den Hintern und ihr könnt ihn mittags weichkochen.« Pankok stand auf. »Ich bin dann mal weg!«

Kopfschüttelnd schauten die Kollegen hinter ihm her. »Dem muss jemand mal ganz doll wehgetan haben«, war sich Gero sicher. »So wenig Mitgefühl habe ich bei einem Menschen selten erlebt. Möge es nie passieren, dass ich in sein Visier gerate.«

»Vielleicht will er nur zeigen, dass er aus einer Großstadt kommt, wo das Böse an der Tagesordnung ist und konsequent bekämpft werden muss«, überlegte Anika.

»Mag sein«, erwiderte Gero. »Aber ob das immer der richtige Weg ist, wage ich zu bezweifeln. Klar, er hat bei seinen Cold Cases sehr erfolgreiche Ermittlungsarbeit geleistet, aber ob das sein grobes Verhalten rechtfertigt, wage ich zu bezweifeln.«

»Wahrscheinlich werden wir seine Anwesenheit nicht mehr allzu lange ertragen müssen«, sagte Arndt. »Nun lasst uns weiterarbeiten. Auch wenn es ein wenig schwerfallen mag.«

Röder lachte. »War das letzte Glas Wein gestern Abend schlecht?« Sandra, Wiebke, Arndt, auch Gero und er hatten es sich am späten Abend in Röders Wohnzimmer gemütlich gemacht und endlich den Wein getrunken, den Kleemanns von der Verkostung auf ihrem Hof mitgebracht hatten. Ein trockener und zugleich süffiger Rotwein aus Baden. Einfach ein Genuss. Stolz hatte Michael von seinem Bad in der Nordsee berichtet und die Bewunderung seiner Zuhörer entgegengenommen. Gero hatte zwar ein paar Zweifel geäußert, aber die hatte Sandra weggewischt. »Ich habe mich schon über die nasse, sandige Badehose und das Handtuch gewundert«, hatte sie erklärt. So hatte sich der Abend hingezogen und Röder längst seine Müdigkeitsgrenze überschritten, als die Gäste aufgebrochen und Sandra und er endlich im Bett waren. Er konnte Arndts Ringe unter den Augen gut nachvollziehen.

»Es war nicht schlecht, sondern ausgezeichnet«, antwortete Arndt. »Aber wie es oft so ist: Die Menge macht's, ob es gut ist oder böse.«

»Alles klar. Anika und ich besuchen die Jessens. Ich bin nicht gewillt, da lockerzulassen«, sagte Röder.

»Du wirst kein Problem mit dem Mann haben, wenn Pankok ihn weichgekocht hat«, erwiderte Gero zynisch. »Ich rede mit diesem Flegel«, grinste er. »Der Name ist offensichtlich Programm.«

»Wir fahren zunächst beim Bioladen vorbei. Sandra hat mich darum gebeten. Ist das okay?«

Anika nickte. »So viel Zeit muss sein.«

Eva Hinrichs erwartete sie bereits vor der Tür. »Schön, dass ihr da seid. Kommt gleich mit rein und schaut es euch an.« Auch Sandra war dort und zeigte auf eine Ecke im Laden. »Hier soll die Mühle hin und gleich daneben die Glasbehälter mit den losen Sachen. Hier haben wir die Körnersorten für die Mühle. Daneben, bereits fertig gemahlen, Haferflocken und einige Mehlsorten. Auch Nudeln sind dabei.« Sie deutete auf mehrere, prall gefüllte Papiertüten. »Wenn du uns die Mühle auf dem Tisch befestigen könntest, wäre das schön. Alles liegt bereit. Daneben muss die große Wand mit den Gläsern. Dann ist fast alles perfekt.«

Röder war sich nicht sicher, ob er die Wünsche der Frauen erfüllen konnte. Das Leben hatte bewiesen, dass die Kunst des Handwerkens mit großen Schritten an ihm vorbeigegangen war. Aber immerhin hatte er es im Jahr zuvor geschafft, den Flur zu Sandras Zufriedenheit zu tapezieren. Er schaute Hilfe suchend zu Anika.

»Hier steht die Mühle richtig?« Sie wartete kaum eine Antwort ab, nahm einen Schraubendreher und befestigte die Mühle mit kräftigen Drehungen. »So, Michael, jetzt musst du mit anfassen.«

Gemeinsam hoben sie die dicke Platte an, stellten sie auf das Regal und schraubten sie an die Latten an, die an der Wand befestigt waren.

Röder atmete tief durch. »Das hätten wir! Ihr könnt alles einfüllen. Wenn ihr weitere Hilfe braucht, meldet euch.«

»Danke«, sagte Sandra. »So können wir unseren Teil dazu beitragen, weniger Müll zu hinterlassen.« Sie zeigte auf einen Stapel grüner Netze. »Hier. Die sind für Obst. So vermeiden wir den Verbrauch von Papiertüten. Die Netze können die Gäste immer wieder verwenden.«

»Es wäre nur schön, wenn sich das überall durchsetzen würde«, hoffte Anika. »Wenn ich durch Hannover laufe, sehe ich überall Menschen mit Plastiktüten. Die meisten Menschen haben nichts begriffen. Oder wollen nichts begreifen.«

»Es geht mit langsamen Schritten, aber es geht. Ich glaube an das Gute im Menschen«, war Eva optimistisch. »Was habt ihr jetzt vor?«

»Ermitteln, was sonst«, antwortete Anika, bevor Röder eine genauere Auskunft geben konnte.

Allerdings fügte er hinzu: »Wenn euch mal jemand mit einer silbernen Kette, an der ein Segelschiff hängt, begegnen sollte, meldet euch.« Er berichtete kurz, warum sie auf der Suche nach dieser Kette waren.

Eva Hinrichs schaute ihn verblüfft an. »Ich kenne eine Frau, die trägt so eine Kette.«

»Eine Insulanerin?«, fragte Anika.

Eva Hinrichs nickte. »Ja. Franziska Peters. Sie kauft häufig bei uns ein.«

Franziska Peters. Natürlich würden sie dieser Sache nachgehen, auch wenn Pankok eigentlich mit den Ermittlungen um Leevke beauftragt war. Es war genügend Zeit bis zu ihrer Verabredung mit Antje Jessen, außerdem kamen sie auf ihrem Weg ins Ostdorf fast an Frau Peters' Tür vorbei. »Danke. Wir kümmern uns darum.«

Sie stand in ihrem Vorgarten, als ob sie die beiden Polizisten erwartet hätte. Als Röder näherkam, sah er tatsächlich eine silberne Kette an ihrem Hals baumeln. »Frau Peters«, begrüßte er sie freundlich, »ich habe eine Frage an Sie. Wundern Sie sich nicht, es klingt etwas seltsam, ist aber sehr wichtig für uns.«

»Nur zu, fragen Sie.« Sie schaute ihn aufmerksam an.

»Die Kette, die Sie tragen. Woher haben Sie die und wie lange schon?«

Jetzt lag Ungläubigkeit in ihrem Blick. »Wieso? Hat Tim Seebald die geklaut?«

»Wieso Tim Seebald?«, fragte Röder irritiert.

»Weil er sie mir geschenkt hat. Also genau genommen hat er sie mir vor ein paar Monaten, wie soll ich sagen, vor die Füße geworfen und gerufen, ich könne sie behalten.«

»Tim Seebald? Der Totengräber?«, fragte Anika.

»Genau der.« Franziska Peters zeigte auf das Nachbargebäude. »Wie Sie sicher wissen, Herr Röder, wohnt er dort. Als ich einmal meinen Garten pflegte, öffnete er oben das Fenster und warf die Kette im hohen Bogen mit den Worten ›die kannste behalten‹ raus. Dann schloss er das Fenster und ward nicht mehr gesehen.«

»So kann man auch zu Schmuck kommen. Wir werden Herrn Seebald fragen, was es mit dieser seltsamen Handlung auf sich hat«, gab Röder kund.

»Tun Sie das, mir hat er nämlich nicht erzählt, warum er die Kette entsorgt hat. Er hat sie auch nie zurückverlangt. Ich finde sie sehr schön.«

»Ich habe eine Bitte. Können Sie diese Kette bitte abnehmen und dort auf den Gartentisch legen? Ich möchte ein Foto machen«, bat Anika. »Das könnte wichtig für uns sein.«

»Aber worum geht es eigentlich?«, fragte Peters. »Was hat es mit dieser Kette auf sich?«

Röder schaute Anika fragend an und meinte nur: »Es könnte ein wichtiges Glied in Ermittlungen sein, die wir gerade durchführen.«

»Wegen Herrn Diesterweg? Oder hat es etwas mit dem Bild zu tun, das überall aushängt?«

»Mit dem Bild«, antwortete Anika. »Das junge Mädchen, das dort abgebildet ist, trug eine ähnliche oder die gleiche Kette.«

Franziska Peters zuckte zurück. »Sie meinen – aber dann könnte es ja sein – dass Tim Seebald … Das Mädchen wurde doch auf dem Friedhof gefunden und Tim Seebald ist Totengräber – oh, Gott, hoffentlich hat er das bei dem Mädchen nicht wörtlich genommen …«

»Frau Peters, bitte beruhigen Sie sich. Wir gehen der Sache nach.« Anika machte ein paar Bilder, dann verabschiedete sie sich.

»Glauben Sie man nicht, dass ich die jemals wieder trage«, rief Franziska Peters hinter ihnen her. Röder wunderte sich ein wenig, warum die Frau gar nicht gefragt hatte, wer der Polizei den Hinweis gegeben hatte. Aber dazu war sie wohl zu durcheinander gewesen.

Sie klopften bei Tim Seebald, auch hier hatten sie Glück. Ein etwas verschlafener Mann mit strubbeligen Haaren, einem sehr ausgeleierten Shirt und einer kurzen Hose, die fast auf die Knie zu rutschen drohte, öffnete die Tür. »Entschuldigung«, murmelte er. »Komme aus dem Tiefschlaf. Endlich mal. Ich huste und schniefe seit einer Woche und es wird nicht besser. Scheiß Sommergrippe. Dabei müsste ich eigentlich ein paar Gräber säubern.«

»Dann wollen wir nicht eintreten«, sagte Röder. »Wir haben nur eine Frage: Woher hast du die Kette?«

»Welche Kette?«

»Die, die du Frau Peters vor die Füße geworfen hast?«

»Wieso willst du das wissen?«

»Ermittlungen führen uns hierher, Herr Seebald. Bitte: woher?«, hakte Anika nach.

»Die hat meine Freundin bei ihrem Auszug hier vergessen. Ich habe sie wutentbrannt aus dem Fenster geworfen. Die Kette, nicht die Freundin!«, sagte Tim, zog ein Taschentuch heraus und schnäuzte sich. »War's das?«

»Und woher hatte Ihre Freundin die Kette?«

»Aus dem ›Nautilus‹. Da gibt es jede Menge Schmuck. Auch den Baltrumring. Sie hat immer davon geschwärmt. Aber ich habe ihr die Kette gekauft. War dann auch okay. Ihr könnt da ja nachfragen. Ich frage mich nur, warum ihr das alles wissen wollt. Schließlich habe ich bei meinem Wurf keinen verletzt. Oder hat sich Franziska beschwert?«

»Hat sie nicht.« Ohne ein weiteres Wort der Erklärung drehte sich Röder um und ging zu seinem Fahrrad.

Anika folgte ihm. »Was hältst du davon?«, fragte sie.

»Wir warten mal ab, was die Chefin des ›Nautilus‹ uns zu sagen hat. Dann sehen wir weiter.«

Sie fuhren durch die Dünen den schmalen roten Pfad entlang. Gar nicht weit befand sich die Stelle, an der Enna Klar Elmar Diesterweg gefunden hatte.

Der Laden war geschlossen. »Mittagszeit. Pech gehabt«, murmelte Anika.

Michael Röder öffnete die Haustür. »Jemand da?«, rief er in den Flur. Kurz darauf stand die Besitzerin des Ladens vor ihnen. »Was kann ich für euch tun?«

»Kennst du diese Kette?«, fragte der Inselpolizist und zeigte ihr das Bild.

»Wäre schlimm, wenn es nicht so wäre«, antwortete die

Frau. »Kommt rein und erzählt mir, was es damit auf sich hat.«

Sie folgten ihr in den kleinen Laden, der in der einen Hälfte Schmuck zeigte, in der anderen Muscheln aus aller Welt. Sie zog eine Lade auf und zeigte hinein. »Hier. Da habe ich mehr von der Sorte.« Tatsächlich lagen dort weitere Silberketten mit Schiffchenanhänger.

»Erinnerst du dich, ob Tim Seebald eine dieser Ketten gekauft hat?«, fragte Röder.

Die Frau überlegte. »Ja, das muss aber schon ein Jahr oder so her sein. Das war für seine Freundin, oder? Ein ganz kurioser Fall. Die Freundin war ein paar Mal hier, weil sie sich für den Baltrumring interessierte. Tim Seebald wusste das, hat ihr jedoch die Kette gekauft, worüber sie so stinkesauer war, dass sie sich den Ring selbst gekauft und dann die Fliege gemacht hat. Sie sagte damals, der Kettenkauf sei typisch für Tim. Der hätte nie begriffen, was Frauen wirklich wollten.«

Anika lächelte. »Damit befindet sich der Mann in bester Gesellschaft.«

Sie deutete auf eine Lade, in der unter Glas die unterschiedlichsten Muscheln und Schneckengehäuse lagen. Einige waren bunt getupft, andere wiederum einfarbig in mattem Grau bis hin zu Orange und andere wiederum Schwarz und innen weiß. »Was sind die schön. Woher kommen die? Gibt es unter den Gästen Kundschaft dafür?«

»Die Schalen kommen aus allen Weltmeeren. Wir verkaufen auch viel im Internet. Im Laufe der Jahre haben wir uns unter Sammlern einen Namen gemacht«, erklärte die Chefin.

Wieder lachte Anika und zeigte auf eine große gewellte Muschel. »Das wird dann aber ein Riesenpaket, oder?«

»Nein. Die wird nicht verkauft. Sie gehört in diesen Laden und nirgendwo anders hin.«

»Gut«, sagte Röder. »Das war es schon. Du kannst dich weiter deinem Mittagessen widmen. Wir müssen los.«

»Ich hoffe, ich konnte euch helfen«, antwortete die Chefin und brachte die beiden vor die Tür. »Wenn ihr Fragen habt – immer gerne.«

»Dann auf zu den Jessens«, schlug Anika vor. »Es ist kurz vor zwei.«

Es war nicht weit bis zu dem Haus, in dem nun eine Wohnung leer stand. Als sie ihre Räder abstellten, hörten sie einen lauten Knall. Er schien aus dem Garten zu kommen. Sie gingen um das Haus herum, sahen jedoch nichts, was den Knall verursacht haben könnte. Eine Weile blieben sie stehen, horchten. Dann ganz leise, drang etwas in ihre Ohren, was sich wie Stöhnen oder Weinen anhörte. Röder zeigte auf das Gartenhäuschen. Vorsichtig näherten sie sich dem Haus. Röder drückte die Klinke herunter. Ein verzweifeltes »Nein« scholl ihnen entgegen. Sie nickten einander zu, und Röder öffnete die Tür. Das Weinen wurde lauter. Röder sah Gartenwerkzeug, eine Schubkarre und einen Rasenmäher. Das war also nur ein Aufbewahrungsort für die Dinge, die man zur Gartenarbeit nutzte. Nicht einmal dreigeteilt und nicht wie der Bauwagen in Schladerers Garten ein paar Häuser weiter, der ein Treffpunkt für gemütliche Abende und Spielplatz für Gästekinder bei Regenwetter war. In diesem Haus wohnten keine Feriengäste, und die Bewohner brauchten wohl keinen Rückzugsort. Bei schlechtem Wetter konnten sie es sich in ihren Wohnungen gemütlich machen.

In einer Ecke kauerte Wilko, die Hände vor die Augen geschlagen. »Ich will allein sein«, schluchzte er. »Ich will allein sein!«

Anika ging langsam auf den Jungen zu, setzte sich neben ihn und deutete mit einem Blick an, dass Röder sich zurückziehen sollte.

Der Inselpolizist verließ die Gartenlaube. Seine Kollegin würde schon den richtigen Ton finden, um den Jungen zu beruhigen. Er ging zum Eingang und klingelte bei Jessens. Er war gespannt, wer von der Familie öffnete. Es war Meta, deren Gesicht im Türspalt auftauchte. »Hallo, Meta«, begrüßte Röder sie freundlich, »sind deine Eltern da? Darf ich reinkommen?«

Sie nickte wortlos, aber vergrößerte den Spalt nur unwesentlich.

»Frau Jessen?«, rief Röder über den Kopf des Mädchens hinweg in den Flur.

»Wir sind im Wohnzimmer. Nur zu. Hinein mit Ihnen!«, hörte er Metas Mutter aus der Ferne rufen.

Er schob sich an Meta vorbei und sah Antje Jessen, die ihn zu sich winkte.

»Ich musste gerade meinen Mann zusammenscheißen. Jetzt ist alles geklärt und Sie dürfen gerne nähertreten.«

Das war mal eine tolle Begrüßung, dachte Röder, als er der Frau ins Wohnzimmer folgte. Auf dem Sofa saß, ganz in sich zusammengesunken, Hans Jessen.

»Fragen Sie ihn. Er wird auf alles eine Antwort geben. Und gnade ihm Gott, wenn es nicht die richtige ist!« Antje Jessen hatte sich vor dem Mann aufgebaut und knuffte ihm mit der Faust gegen die Brust.

»Ist es jetzt gut?«, fuhr der Polizist Antje Jessen lauter als beabsichtigt an.

»Nein, ist es nicht«, erwiderte sie ebenso laut. »Rede, du Hornochse!« Wieder landete ihre Faust auf der Brust ihres Mannes. Er wehrte sich nicht.

»Haben Sie mir etwas zu sagen?«, fragte Röder Hans Jessen.

»Hat er!«

Röder sah, wie Antje Jessen einen Kerzenständer nahm und ausholte. Er sprang zwischen die beiden und konnte nur mit Mühe den Arm der Frau zu fassen bekommen. »Jetzt ist Schluss!«, brüllte er. Doch erst, als das heftige Weinen der kleinen Meta den Raum erfüllte, ließ Antje Jessen den Arm sinken.

»Geben Sie mir den Leuchter«, herrschte Röder sie an. »Und zurück mit Ihnen! Das haben Sie prima hinbekommen: Hier weint Ihre Tochter vor lauter Angst und draußen im Gartenhaus schreit Ihr Sohn seine Verzweiflung heraus. Verdammt noch mal, haben Sie denn überhaupt keine Elterngefühle? Sind Ihnen Ihre Kinder völlig egal?« Er konnte sich kaum beruhigen, wusste jedoch zugleich, dass es dringend notwendig war, die Lage zu entspannen. Er holte tief Luft. »Frau Jessen, Sie bringen Meta ins Kinderzimmer und bleiben dort, bis ich Sie rufe, verstanden? Sollten Sie meinen, dass Sie dem nicht Folge leisten wollen, werde ich Sie zur Vernehmung auf die Wache einbestellen. Wenn nötig unter Zuhilfenahme meiner Kollegen!«

Doch Antje Jessen gab nicht auf. »Das sagen Sie lieber mal dem Heini dort auf dem Sofa. Ich habe nichts getan!«, zischte sie im Rausgehen. Dann nahm sie ihre Tochter und verschwand nebenan.

»So, was ist los?« Röder setzte sich neben den Mann, der wie ein Häufchen Elend auf dem Sofa saß. »Haben Sie die Zettel geklebt? Oder den Stein geworfen? Wollen Sie mir das sagen?«

Verzweifelt schüttelte Hans Jessen den Kopf. »Ja, nein, das ist völlig egal. Ja, ich habe die Zettel an die Laternen geklebt, aber darum geht es gar nicht.«

»Was wollen Sie mir sagen?« Röder wurde plötzlich ganz ruhig.

»Ich habe in der Nacht Elmar Diesterweg niedergeschlagen.«

»Erzählen Sie mir, was passiert ist!«

»Es war so«, begann Jessen, »wir, das waren meine Kollegen Hajo, Malte und ich. Wir waren im ›Sturmeck‹. Ich habe den beiden von unserem Mitbewohner erzählt. Auf dem Weg nach Hause – und das war wirklich Zufall – stießen wir auf Diesterweg. Ich war stocksauer auf Diesterweg und hatte das eine oder andere Bier drüber gegossen. So habe ich mir den Mann geschnappt und ihm eine verpasst. Damit er lernt, dass man im Beisein von Kindern keine Tiere töten darf.«

Röder vermied den Hinweis, dass Selbstjustiz verboten sei, und wartete darauf, dass Jessen mit seiner Geschichte fortfuhr, doch der Mann schwieg. »Und dann?«, fragte er nach einem Moment der Ruhe.

»Dann«, fuhr Jessen fort, »dann stolperte er und fiel um. Das war's.«

»Wo haben Sie ihn niedergeschlagen?«

»Das war auf dem roten Weg, der von der Papphusenstraat ins alte Ostdorf führt. Es ist so üblich, wenn meine Kollegen und ich einen trinken gehen, dass wir erst Hajo nach Hause bringen, dort einen zu uns nehmen, danach gehen Malte und ich zu seinem Zuhause, trinken einen weiteren Absacker, und erst dann verschwinde ich in meinem trauten Heim.«

»Aber vorher haben Sie den Mann in die Dünen geschafft, damit er dort in Ruhe sterben konnte. Oder war er da schon tot?«

Hans Jessen sprang auf. »Nein, verdammt noch mal. Wir haben ihn neben der Straße liegenlassen. Er war gerade wieder dabei aufzuwachen. Zumindest röchelte er, und das hätte er nicht getan, wenn er tot gewesen wäre, oder? Und wir haben ihm auch keinen Zettel auf die Brust geklebt!«

Auch Röder war aufgestanden. »Nun mal ganz ruhig. Woher wissen Sie von dem Aufkleber?«

»Das hat sich herumgesprochen«, murmelte er kaum hörbar.

Michael Röder nahm sein Telefon heraus und bat Arndt und Gero zu kommen. Er war sich nicht sicher, ob die Situation eskalierte. Anika war mit dem Jungen beschäftigt, im Nebenzimmer wartete die wütende Ehefrau. »Setzen Sie sich wieder. Es ist Ihnen klar, dass Sie vorläufig festgenommen sind.« Er klärte den Mann über seine Rechte auf, doch Hans Jessen schien gar nicht zuzuhören. Er starrte hinüber an die Wand, an der die hereinfallende Sonne bunte Kringel malte.

»Er war nicht tot«, murmelte er. »Er war nicht tot.« Immer wieder und immer wieder.

Es dauerte keine zehn Minuten, bis Röders Kollegen erschienen. Er unterrichtete sie von der Lage. »Ich habe ihm seine vorläufige Festnahme mitgeteilt. Wenn ihr also Fragen habt …«

»Die habe ich«, sagte Arndt Kleemann. »Herr Jessen, als der Mann da so vor Ihnen auf dem Boden lag, hatten Sie keine Angst, dass Herr Diesterweg Sie anzeigen würde, wenn er am folgenden Tag begriffen hätte, was passiert war? Dass Sie es waren, der ihn angegriffen hat?«

»In der Nacht war es mir völlig egal. Er hatte verdient, eine Abreibung zu bekommen. Nein, wir haben ihn nicht aus Sorge um unseren guten Ruf umgebracht. Und in die Dünen gekarrt schon gar nicht. Als wir gingen, atmete er und der Fall war für uns erledigt.« Hans Jessen starrte die Männer wutentbrannt an. »Schieben Sie mir keinen Mord in die Schuhe!«

»Wir schieben gar nichts«, antwortete Gero. »Aber Sie müssen uns schon erlauben nachzufragen. Und damit Sie vor Ort sind, falls uns Antworten fehlen, kommen Sie jetzt bitte mit!«

»Das können Sie nicht tun«, flüsterte der Mann. »Ich muss mich um meine Kinder kümmern. Meine Frau ist damit völlig überfordert.«

»Das hätten Sie überlegen sollen, bevor Sie den Mann angegriffen haben«, entgegnete Röder. »Ach, eine Frage habe ich: Sie sagten eben ›in die Dünen gekarrt‹. Ist die Karre, die im Gartenhaus steht, Ihre?«

»Sie haben alle einen Knall. Ja, das ist meine.« Jessen lachte höhnisch auf. »Klar. Schicken Sie jetzt einen Forensiker vorbei, der die Rasenreste und die Wachstumsgeschwindigkeit der Maden in den Profilen der Schubkarrenräder mit denen am Fundort der Leiche vergleicht? Das können Sie sich sparen. Ich war es nicht. Und meine Kollegen auch nicht!«

»Danke für den Hinweis«, erwiderte Arndt Kleemann trocken. »Gute Idee. Aber genau genommen wissen wir selbst, was wir machen.«

»Und noch etwas: Jeder hier kann die Karre nutzen, das Gartenhaus ist nicht abgeschlossen. Da werden Sie also nicht sehr weit kommen. Selbst wenn Sie herausfinden, dass damit Herr Diesterweg seinen vorletzten Weg angetreten hat.«

Röder reichte es. Es widerte ihn an, wie dieser Mann über den Toten sprach. Selbst wenn Jessen der Meinung war, dass Diesterweg seinem Sohn nicht gutgetan hatte – es gab andere Wege, damit umzugehen. Er war sich sicher, dass die Sache in der Nacht aus dem Ruder gelaufen war. Zunächst hatten sie dem Mann in ihrem betrunkenen Zustand vielleicht wirklich nur eine verpassen wollen. Was an sich schon überflüssig war. Dann hatten sie ein wenig zu heftig zugeschlagen und das Resultat ihres Auftritts zu dritt in die Dünen verbracht. Er war gespannt, was Malte und Hajo, Jessens Kollegen, zu sagen hatten. Er schaute auf die Uhr. Noch drei Stunden, bis die Fähre fuhr. Bis dahin hatten sie Zeit, die beiden zu befragen. Dann konnten sie entscheiden, ob alle drei den Weg zur Staatsanwaltschaft antreten mussten oder ob sie Hans Jessen als alleinigen Verdächtigten ans Festland schicken würden.

»Herr Jessen, wenn Sie etwas zu regeln haben, machen Sie es jetzt. Sie kommen mit zur Wache und später ans Festland. Ich werde ein Fahrzeug der Feuerwehr herbestellen, in dem Sie zur Wache gebracht werden.« Röder sah, wie Jessen ein Tuch aus der Tasche zog und sich mit fast mühsamen Bewegungen den Schweiß von der Stirn wischte.

»Das müssen Sie nicht.« Jessen fing an zu zittern. »Jeder kann sehen, dass Sie mich festgenommen haben. Jeder wird verstehen, warum ich es getan habe, und jeder wird sich seine Gedanken machen, auf welcher Seite Sie stehen.«

»Es reicht jetzt«, mischte sich Gero Schonebeck ein. »Wollen Sie sich von Ihrer Familie verabschieden? Nein? Dann holen Sie Ihre Jacke oder was auch immer Sie tun wollen und wir gehen!«

»Sie meinen das wirklich ernst, oder?« Jessen wurde ungehalten. »Nur weil ich dem Kerl eine geknallt habe, fahren Sie ganz großes Geschütz auf. Das zeugt echt von Minderwertigkeitskomplexen.«

»Gero und Michael, ihr begleitet den Mann. Ich kümmere mich um die Familie«, legte Arndt Kleemann energisch fest. »Das hören wir uns nicht länger an. Und Sie, Herr Jessen, machen keinen Blödsinn. Die beiden Herren, die bei Ihnen sind, reagieren wohlüberlegt und konsequent, falls ihnen etwas quer läuft, verstanden?«

»Schon gut.« Es war, als ob alle Emotionen aus dem Mann gewichen waren. Sein Gesicht wurde blass und blasser. Er strauchelte, griff vergeblich nach einem Halt, dann drehte er sich zur Seite und sackte auf den Boden.

Röder griff nach seinem Telefon und alarmierte die Ärztin.

Gero schob den Tisch zur Seite und kniete sich neben den Mann und tastete nach seinem Puls. »Er lebt.« Er brachte Jessen in die stabile Seitenlage und legte eine wärmende Decke über ihn.

Arndt Kleemann ging in den Flur und rief nach Antje Jessen. Es dauerte keinen Moment, dann stand die Frau in der Tür. Auch sie war völlig bleich. »Zuckerschock«, sagte sie nur. Dann ging sie zu ihm und schaute ihn aufmerksam an. »Das ist nicht das erste Mal. Die Ärztin gibt ihm eine Spritze, dann wird der recht schnell wieder auf dem Damm sein. Sie brauchen sich keine Sorgen machen.«

Röder konnte den rauen Ton der Frau kaum fassen. Selbst wenn sie stinksauer auf den Mann war – so, wie der dalag, hatte er Hilfe verdient.

»Sie haben ihn wohl ordentlich zur Brust genommen, oder?«, fragte sie. »Aufregung kann er gar nicht ab. Dann sinkt sein Zuckerspiegel und er fällt einfach um. Erstaunlich, dass er nicht ohnmächtig geworden ist, als er den Diesterweg umgehauen hat. Dann hätten beide dagelegen.« Sie grinste.

»Seien Sie ruhig. Wenn Sie nicht mehr an Hilfe anzubieten haben, verlassen Sie sofort den Raum«, herrschte Arndt Kleemann die Frau an.

»Herr Kleemann«, sagte Antje Jessen im Rausgehen, »mein Mann hat mir vor einer Stunde berichtet, dass er in der Nacht, als Diesterweg zu Tode gekommen ist, den Mann niedergeschlagen hat. Meinen Sie wirklich, dass ich auch nur ansatzweise Mitleid mit dem Typen habe? Ja, er ist der Vater meiner Kinder, aber das war's auch schon. Wir haben uns längst auseinandergelebt. Doch es lief immer noch mit. Aber die Gewissheit, mit einem Mörder unter einem Dach zu leben, lässt mich ohne Gewissensbisse doch ein wenig zynisch sein.«

»Gehen Sie!« Röder war sich sicher, dass sein Freund in diesem Moment keinerlei Ambitionen verspürte, mit der Frau Ansichten über das Leben zu diskutieren. Und tatsächlich. Arndt schob Antje Jessen mit Nachdruck aus der Tür.

»Ich warte draußen auf die Ärztin«, erklärte Arndt und verschwand ebenfalls.

Es dauerte nicht lange, bis Ellen Neubert mit ihrer Arzttasche das Wohnzimmer betrat. Sie maß den Blutzuckerspiegel und zog eine Spritze auf. »Was habt ihr mit diesem Mann gemacht?«, fragte sie kopfschüttelnd.

»Wir haben ihn zu dem Tod von Elmar Diesterweg befragt«, antwortete Röder. »Das hat ihn umgehauen.«

»Umgehauen hat ihn etwas anderes«, erklärte die Ärztin. »Heftige Aufregung kann bei einem Typ II-Zuckerkranken zu solchen Ausschlägen führen. Er wird wohl gleich wieder aufwachen, aber ihr werdet ihn nicht mitnehmen. Ich möchte ihn gerne in der Klinik sehen, denn es ist nicht das erste Mal, dass ich ihn deswegen behandeln muss. Die sollen sich ihn und seine Werte mal gründlich vornehmen. Außerdem habe ich das Gefühl, dass er heftig mit dem Kopf aufgeschlagen ist. Es bildet sich eine auffällige Beule am Hinterkopf, die untersucht werden sollte.«

»Ich spreche mit unserem Chef Müller in Aurich«, sagte Gero Schonebeck. »Der soll uns einen Hubschrauber schicken und das Justizvollzugskrankenhaus in Lingen kontaktieren.«

»Warum das?«, wunderte sich Ellen Neubert.

»Der Mann hat gestanden, Elmar Diesterweg angegriffen zu haben. Alles Weitere wird sich rausstellen. Wir sind am Ermitteln«, erklärte Röder.

»Gut. Sagt mir Bescheid. Ich werde dann mit den Kollegen vom dortigen Krankenhaus besprechen, worum es geht. Das ist der offizielle Weg«, machte Neubert klar. »Und wenn möglich, etwas zügig. Bis der Hubschrauber hier ist, dauert es eine Weile, aber ich möchte den Mann möglichst schnell in sicherer Obhut haben.«

»Wohin … soll … ich?«, röchelte Jessen.

»Herr Jessen, gut, dass Sie wieder wach sind. Bleiben Sie ruhig liegen. Alles andere später«, sagte Ellen Neubert zu dem Mann, der mit dem Versuch aufzustehen kläglich scheiterte. »Wir kümmern uns.« Sanft drückte sie seine Arme auf den Boden und strich die Decke glatt. »Einen Moment noch. Dann sehen wir weiter.«

»Warum?« Röder hatte sich zu Jessen gebeugt. »Was war der Grund?«

Hans Jessen schaute den Kommissar an. »Eifersucht. Nichts als Eifersucht. Ich wusste, dass Wilko häufig bei dem Mann war. Ich konnte die Freude in den Augen des Jungen sehen, wenn er mit dem Essensduft in seinen Klamotten von oben kam. Das hat mich verrückt gemacht. Ich wollte, dass das aufhört.«

»Sie hatten aber nicht die Idee, dem Jungen zu verbieten, dorthin zu gehen?«, fragte Röder.

»Was hätte das gebracht?«, antwortete Jessen müde. »Wilko wäre nur sauer auf mich gewesen. Es wäre alles viel schlimmer geworden. Dann kam die Gelegenheit, und ich habe sie genutzt, ohne an die Folgen zu denken.«

Röders Gedanke ging zu Anika. Ob sie Wilko hatte beruhigen können? Für den Jungen würde es ein erneuter Schock sein, wenn er von seinem Vater erführe. »Braucht ihr mich im Moment?«, fragte er seine Kollegen, »ich möchte eben sehen, wie der Stand bei Anika ist.«

»Geh ruhig«, erwiderte Arndt. »Wir haben die Lage im Griff. Sonst melden wir uns.«

Als er um das Haus bog, schlug ihm ein schrilles Geräusch entgegen. Seine Schritte wurden schneller. Was hatte das auf sich? Je näher er kam, desto lauter wurde es. Doch im Garten zeigte sich ihm ein völlig anderes Bild, als er befürchtet hatte. Wilko zeigte Anika mit einem Lächeln im Gesicht, wie die elektrische Gartenschere funktionierte. Sie standen an einem Eibenbusch, den Röder, wenn er sich nicht ganz und gar irrte, wesentlich größer in Erinnerung hatte. Aber wie hieß es so schön: Manche Situationen verlangen nach einem Opfer. Und offensichtlich war das hier der Fall. »Na, wie schaut es bei euch aus?«, fragte er, zufrieden, dass die Lage etwas besser schien. Sie würde sich für Wilko schnell genug ändern.

»Wir haben einen Würfel aus dem Strauch gemacht«, gab Wilko stolz bekannt.

»Wunderbar. Ich hoffe nur, Frau Klinker erwischt euch nicht dabei«, lachte er. »Und was habt ihr sonst noch vor an diesem Nachmittag?«

Anika schaute ihn aufmerksam an, dann schlug sie vor: »Wir wollen gleich ein Eis essen gehen. Kommst du mit?«

Er verneinte, wünschte den beiden aber viel Vergnügen. Gut war, wenn der Junge erst einmal aus dem Schussfeld geriet. Bei dem Gedanken »Schussfeld« zuckte er ein wenig zusammen. Das traf natürlich nicht die Sachlage, die Konsequenz für Diesterweg war jedoch die gleiche.

## 25

Wieder einmal saßen sie im Clubraum des Hotels. Hans Jessen war wohlbehalten, wenn auch unter Protest, im Krankenhaus in Lingen eingetroffen. Müller hatte auf Arndts Wunsch Marvin Lingenberg mit in den Hubschrauber gesetzt. Er sollte ein aufmerksames Auge auf den Patienten und dessen Aktionen haben, was sich im Nachhinein als sehr gut herausgestellt hatte.

»Ich habe mit Flegel gesprochen«, begann Gero. »Laut, aber harmlos würde ich ihn einschätzen. Er tat sehr verwundert, als er mir die Tür öffnete, fand die Situation dann aber recht komisch. ›Alle Insulaner denken doch so wie ich. Leute wie Diesterweg, die den Ureinwohnern den Platz wegnehmen und den Ruf kaputt machen, brauchen wir nicht. Und ebenso wenig brauchen wir Viehzeug auf dem Heller, das die Inselpferde verdrängt‹, sagte er. ›Wir wollen in Frieden unser Geld verdienen. Das wird man wohl sagen dürfen. Deswegen muss nicht gleich die Polizei kommen.‹«

»Tja, es gibt schon seltsame Typen«, erwiderte Pankok. »Den Jessen habt ihr zur Genüge kennengelernt. Was Leevke anbelangt, tat er sehr unwissend und wies alles von sich, als ich ihn heute Morgen an seinem Arbeitsplatz aufgesucht habe. Allerdings hatte ich das Gefühl, dass er sich ziemlich aufregte. Schweiß stand ihm auf der Stirn, und seine Augen glitten ständig unruhig durch das Lager. Dort waren wir, weil er im Büro nicht reden wollte.«

»Das mit dem Schweiß und der Unruhe war bestimmt der Beginn der Unterzuckerung«, vermutete Arndt. »Ellen Neubert hat uns das erklärt. Wenn sich ein Diabetiker heftig aufregt, kann es tatsächlich dazu führen, dass der Zuckerspiegel absackt, die Menschen zum Beispiel nicht mehr richtig gucken können, blass werden und, wenn es ganz schlimm wird, zusammensacken. Und genau das ist bei Jessen heute passiert. Ob die Aufregung nun daran lag, dass wir ihn verdächtigten, oder daran, dass er den Mann umgebracht hat, bleibt herauszufinden. Ich tendiere zu Letzterem.«

»Aber Hajo und Malte haben bestätigt, was Jessen ausgesagt hat«, warf Röder ein. »Ich habe sie mir vorgenommen. Einzeln. Jessen hat den Mann geschlagen. Diesterweg ist umgefallen, aber als sie gingen, atmete er.«

»Also bleibt der Vorwurf der unterlassenen Hilfeleistung. Aber so besoffen, wie die waren, haben die nicht darüber nachgedacht«, sagte Gero. »Außerdem hatten die drei genug Zeit und Gelegenheit, sich miteinander abzusprechen.«

»Alles ist möglich. Aber irgendwie glaube ich dem Mann«, sagte Röder, »obwohl ich seine Handlungsweise natürlich kritisch sehe. Nicht einmal auf dem Rückweg hat der Jessen es für notwendig befunden, nach dem Mann zu sehen. Unglaublich.«

»Oder er hat ihn, tot oder lebendig, in die Kuhle geschafft«, überlegte Arndt. »Was haben sie zu dem Aufkleber gesagt?«

»Sie meinten beide, dass sie nicht gesehen hätten, dass Jessen dem Mann einen Aufkleber verpasst hätte. Das heißt also, jemand anders muss es gewesen sein, oder die haben es nur einfach nicht mitbekommen, oder – es gibt einige Möglichkeiten, die infrage kommen.«

»Wobei die, dass Jessen dafür verantwortlich ist, mir am möglichsten erscheint«, sagte Arndt. »Was ist eigentlich mit der Karre aus dem Gartenhaus? Hast du dich gekümmert, Michael?«

»Natürlich. Das, was ich aus dem Rad kratzen konnte, ist unterwegs. Halte ich aber für eine Spur, die ins Leere laufen wird. Aber man lässt schließlich nichts unversucht.«

»Das sehe ich auch so. Anika, was ist mit dir?«, fragte Arndt seine Kollegin.

»Ich war mit Wilko auf ein Eis unterwegs und habe vorsichtig versucht, ihm zu sagen, dass sein Vater im Krankenhaus ist. Mit dem Hinweis darauf, dass er erst einmal unter polizeilicher Kontrolle steht. Besser, er erfährt es von mir als von seinen Mitschülern. Er hat es erstaunlich ruhig aufgenommen und einige Fragen gestellt, die ich ihm möglichst wahrheitsgemäß beantwortet habe. Dann habe ich ihn nach Hause gebracht und ihn in die Obhut seiner Mutter übergeben.«

»Und – wie hat die Mutter reagiert?«, fragte Gero.

»Sie zeigte sich sehr fürsorglich. Wilko schien davon ein wenig überrascht zu sein. Als sie versuchte, ihn in den Arm zu nehmen, zuckte er ein wenig zurück, ließ es dann aber zu.«

»Na dann hoffen wir mal, dass alles gutgeht«, wünschte sich Arndt. »Aber was jetzt? Liegt bei euch noch etwas an?«

»Ich nehme Kontakt mit den Festlandskollegen auf. Ich hoffe, dass die ein paar neue Erkenntnisse für mich haben«, sagte Gero.

»Frag bitte auch nach, ob es Neues über die Telefondaten von Leevke gibt«, bat Pankok. »Ich spreche ein weiteres Mal mit der Oma, bevor sie abfährt. Ich habe zwar nicht viel Hoffnung, aber wenn ich schon hier bin, kümmere ich mich darum. Ach, und was war mit der Kette?«, wandte er sich an Röder.

Der Inselpolizist berichtete, dass von der Kette mit dem Segelschiff einige verkauft worden waren. Unter anderem an Tim Seebald, der sie seiner Freundin schenkte. »Die hat sie aber gar nicht haben wollen, da hat der Totengräber die Kette eben aus dem Fenster und vor die Füße seiner Nachbarin geworfen, als seine Freundin sich von ihm getrennt hat.«

»Dann läuft diese Spur wohl auch ins Leere«, war Pankok leicht resigniert.

»Sieht so aus«, erwiderte Arndt und wandte sich an Anika. »Was liegt bei dir an?«

»Ich schaue bei der Wache vorbei, ob sich da was angestaut hat. Es ist beinahe Abend, und wenn nichts Konkretes mehr anliegt, mache ich bald Feierabend. Der Tag hat es in sich gehabt«, sagte sie.

»Anika hat recht.« Röder stand auf. »Auch ich mache mich vom Acker. Sandra braucht kurz meine Hilfe. Ihr wisst, wo ihr mich findet, wenn ein Notfall eintrifft.«

Arndt schaute ihn leicht genervt an. »Wir sind schon groß. Wir wissen, was zu tun ist. Und wenn du in den Bioladen gehst, frag mal, was Wiebke so treibt. Ich würde gerne mit ihr zum Abendessen gehen.«

»Wird gemacht. Und hinterher ein Getränk?«

»Nein«, fuhr Arndt ihm entschieden ins Wort. »Keine Weinverkostung heute Abend!«

## 26

Anika atmete tief durch und hielt ihr Gesicht in die Sonne. Der Tag hatte ihr einiges abverlangt, und sie merkte, wie sich eine bleierne Müdigkeit in ihr breitmachte. Dabei war es nicht mal Abend, sondern nur später Nachmittag. Sie nahm ihr Rad und schob es auf die Straße. Sie war beinahe zu müde zu fahren. Aber es nützte nichts. An ein Leben ohne Auto hatte sie sich schnell gewöhnt, aber im Dienst das Rad zu schieben oder gar ohne Rad unterwegs zu sein, das ging nun wirklich zu weit. Sie stieg auf und fuhr an der Inselglocke vorbei. Röder hatte ihr erzählt, dass im Jahr zuvor im Rahmen eines Kriminalfalles die Glocke abmontiert worden war. Jetzt aber war sie da und die Pastorin – zumindest nahm Anika an, dass es die Pastorin war – fing an zu läuten. Sie lud wohl zur Abendandacht ein. Anika hatte gehört, dass die Kirche bei Heiratswilligen sehr begehrt war. Wie es sich wohl anfühlte, so im Mittelpunkt zu stehen, dachte Anika, das Hochzeitsbrimborium ist ja an mir bisher vorbeigegangen. Allerdings war sie sich bis jetzt nicht sicher, ob so eine Feier überhaupt ihr Fall war. Ein Lebensgefährte an ihrer Seite, das konnte sie sich gut vorstellen, aber auch der hatte sich in ihrem Leben bis jetzt nicht eingestellt. Automatisch gingen ihre Gedanken an Holger Balke. Ob es heute mit einem gemütlichen Abend klappte? Eigentlich, wenn sie es zugab, war sie viel zu müde, um zu warten, bis er mit der Arbeit fertig war. Aber ein Abend ohne den Mann, der diese unverschämt blauen Augen hatte, war auch keine Perspektive.

Auf der Wache war es ruhig. Nicht einmal Post lag auf dem Schreibtisch. Eigentlich konnte sonst nichts gewesen sein. Wer auch immer etwas hatte melden wollen, hatte keinen angetroffen. Und ein Notruf war nicht eingegangen.

Sie schloss ab, ging in ihre Wohnung auf Zeit und zog sich um. Es war nicht viel im Kühlschrank, was ihren Appetit hätte stillen können. So bereitete sie sich eine Schale Müsli zu und brach eine Tafel Schokolade an. Schokolade war gut für die Seele. Das brauchte sie. Sie hatte am Nachmittag einige Stunden mit Wilko verbracht und zwischendurch ihre Traurigkeit kaum in den Griff bekommen können. Traurigkeit darüber, was das Leben mit Wilko und seiner Familie anstellte – oder die Familie mit dem Leben –, und darüber, dass ihre Nichte nicht einmal mehr ausprobieren konnte, was das Leben mit ihr vorgehabt hätte. Anika legte sich aufs Sofa, wohl wissend, dass die Gedanken genau da wieder waren, wo sie eigentlich nicht hinsollten.

Sie saßen im Wohnzimmer, Gela und sie, und beendeten eine Partie »Mensch ärgere Dich nicht«. Gela jauchzte vor Freude, hatte sie doch gerade die gelbe und die blaue Spielfigur von Anika rausgeschmissen. Mit beiden Händen schob Anika die restlichen Hütchen und den Becher mit den Würfeln zusammen, klappte das Brett ein und packte es in die Kiste.

»Was machen wir nun?«, fragte Gela.

»Du bleibst hier. Ich ziehe mich um. Ich habe gleich Dienst. Aber erst kommt deine Mama und holt dich zum Reiten ab«, erwiderte Anika.

»Super. Ich gehe schon mal raus«, rief Gela und sprang auf.

»Nein, wir gehen zusammen. Warte einen Moment«, bat Anika ihre Nichte.

»Klar. Beeil dich!« Ihre Nichte sah sie auffordernd an.

Anika ging ins Bad und zog sich um. Als sie wieder ins Wohnzimmer kam, war Gela verschwunden. Das Kind antwortete auch nicht auf ihr Rufen. Das Einzige, was Anika hörte, waren quietschende Reifen und dann einen dumpfen Aufprall. Gleich darauf ertönte ein Schrei, der sie bis an ihr Lebensende verfolgen würde. Es war ihre Schwester, die auf der anderen Straßenseite mit ansehen musste, wie ihre Tochter von einem Auto erfasst und getötet wurde.

Sie hätte wissen müssen, dass Gela nicht auf sie, Anika, hören würde. Das Mädchen hatte kein Gespür für Gefahr. Sie lebte ihre Emotionen aus, ohne an Folgen zu denken. So bedurfte sie ständiger Aufsicht – und was hatte sie gemacht? Das Kind allein gelassen mit der Aussicht auf dessen Lieblingshobby.

Sie sprang auf. Ihr Kopf glühte und ihr Herz schlug wie verrückt. Wo waren ihre Tabletten? Sie rannte in den Flur, griff nach ihrer Tasche und suchte das Pillendöschen. Da war es! In der hintersten Ecke der Seitentasche. Zu Hause in Barsinghausen hatte sie die Dose immer griffbereit liegen gehabt, nie wissend, wann sie sie benötigen würde. Hier wollte sie nicht. Sie hatte gehofft, ohne die Hilfe zurechtzukommen. Aber jetzt ging es nicht anders. Sie schluckte zwei Tabletten, trank ein Glas Wasser, legte sich wieder auf das Sofa und merkte, wie langsam, ganz langsam Ruhe einkehrte.

Als ihr Telefon klingelte, hatte sie das Gefühl, gerade erst eingeschlafen zu sein, aber das Gerät zeigte ihr an, dass mindestens eine Stunde vergangen war.

»Ja. Hallo?«, meldete sie sich mit belegter Stimme, wurde jedoch gleich ein wenig wacher, als sie hörte, wer sich am Ende der Leitung befand.

»Anika? Wir wollten uns treffen. Kann ich mit dir noch rechnen?«, fragte Holger fröhlich.

Sie setzte sich auf und atmete tief durch. »Warte einen Moment. Ich bin eingeschlafen.«

Er lachte. »Dann war dein Tag wohl anstrengend. Habt ihr den Mörder gefasst?«

Das war nun das Letzte, worüber sie zu reden gedachte. Sie überlegte kurz, dann beschloss sie, zu Hause zu bleiben. Morgen würde es wieder ein langer Tag werden. Verliebtheit hin oder her. »Du, sei mir nicht böse, aber können wir das auf morgen verschieben?«, bat sie ihn.

»Natürlich. Wenn du Zeit hast, komm zum Elführtje. Dann brauch ich nicht so lange auf dich warten.«

Sie versprach es, schaltete das Handy aus und legte sich zurück. Mochte kommen, was da wollte. Sie brauchte ihre Ruhe. Kurz vor dem Einschlafen überlegte sie, was um alles in der Welt ein Elführtje war, aber Röder würde ihr es schon erklären.

# 27

»Sagt mal, kann ich am Samstag meinen Clubraum haben?« Henning Ahlers zeigte auf das große Elvis-Poster. »Den Doppelkopfclub habe ich im Frühstücksraum untergebracht. Aber da hat sich die Band aus dem Emsland gemeldet. Die möchte gerne ein Probenwochenende bei uns machen und dann vor Publikum spielen.«

»Was denken deine anderen Gäste darüber?«, fragte Arndt lachend. »Wenn die Leute, die einfach nur ihre Ruhe wollen, den ganzen Tag nur Rock'n'Roll hören, gefällt denen das sicher nicht. Aber natürlich räumen wir die Bude. Ich hoffe inständig, dass wir bis dahin ein großes Stück weitergekommen sind.«

»Die üben draußen im Gartenhaus. So bekommen es nicht nur unsere Gäste, sondern alle Inselbewohner mit«, erwiderte Henning. »Das ist übrigens auch kein Problem. Ich habe mir die Jungs bei YouTube angesehen und war schwer begeistert. Sonst hätte ich sie auch nicht eingeladen. Der Abschlussabend soll dann hier im Raum stattfinden. Allerdings könntet ihr Glück haben. Wenn die Nachfrage zu groß ist, werde ich versuchen, das Konzert ins ›Haus des Gastes‹ zu verlegen.«

»Wie heißen die denn?«, fragte Anika.

»The Emilys.«

»Die kenne ich«, rief Gero begeistert aus. »Im Emsland und drumherum sind die riesig erfolgreich. Echt coole Truppe. Versprochen – wir beeilen uns!«

»Wunderbar. Für mich und für die Inselsicherheit. Seid ihr mit den Ermittlungen schon weitergekommen?«, fragte Henning.

»Es hält sich in Grenzen«, sagte Arndt. »Du weißt, wie es ist, wir fragen hier und fragen dort und gleichen die Antworten miteinander ab. Unser tägliches Geschäft.«

»Höre ich aus deinen Worten heraus, dass dir der Job schon wieder auf den Sack geht?«, fragte Henning den Kommissar.

»Nein. Ich dachte nur heute Morgen darüber nach, wie schnell man in den alten Trott gerät«, sagte Arndt. »Danke der Nachfrage, mir geht es gut.«

»Dann will ich euch nicht länger aufhalten. Noch 'n Kaffee?«

Alle nickten. Als der Hotelchef die Tür hinter sich geschlossen hatte, meinte Arndt: »Was für ein Glück, dass wir hier jedes Jahr unsere Zelte aufschlagen dürfen. Packen wir es also an.«

»Ich habe gestern übrigens mit Frau Wübben gesprochen. Wir haben miteinander das Abendessen eingenommen«, begann Pankok, woraufhin der Rest der Truppe ihn verblüfft ob seiner neuerworbenen Menschlichkeit musterte. »Es gibt nichts Neues. Bis auf die vage Aussage der Frau, dass das, was sie am Telefon gehört zu haben meinte, nämlich ›habe angeheuert‹, auch ›habe angefeuert oder abgefeuert‹ heißen konnte. Das ist alles an Neuigkeiten. Ich werde den Fall natürlich nicht zu den Akten legen. Zumal ich noch eine Sache verfolge, die mir aufgefallen ist.«

»Und das wäre?«, war Röder neugierig.

Pankok winkte ab. »Ist noch zu dämmerig. Berichte ich, wenn sich da was rausstellt. Hat sich bei der Rückverfolgung der Telefondaten etwas ergeben, Gero?«

»Endgültig gar nichts«, erwiderte Gero Schonebeck. »Aber ich habe noch einmal über Leevkes Worte nachgedacht. Sie liebte das Wasser, wie die Oma erzählte, und wenn nun etwas auf einem Boot passiert ist? Angeheuert, Abgefeuert? Hat dort jemand Rot geschossen? Vielleicht sollten wir bei der DGzRS nachfragen. Michael, wer ist der Leiter der Station?«

»Tim Seebald, der Totengräber.«

Pankok war aufgestanden. »Dann dürfte einer erneuten Befragung nichts im Wege stehen, oder? Mir geht außerdem nicht aus dem Kopf, dass der Kauf der Kette nur ein Ablenkungsmanöver war. Er nimmt dem toten Mädchen die Kette ab und bewahrt sie auf. Warum auch immer. Dann kauft er eine neue und entsorgt sie aus dem Fenster, um die Spur zu verwischen. Falls ihn also jemand, wo und wie auch immer, mit der Kette der Toten gesehen hat, kann er jederzeit auf seinen Kauf im ›Nautilus‹ verweisen. Clever gemacht. Ebenso wie das Auffinden der Leiche. Seebald hatte die allerbesten Möglichkeiten, die Leiche auf dem Friedhof verschwinden zu lassen. Bernd Bohlen hat dummerweise den Knochen gefunden und Seebald nichts Besseres zu tun, als weiterzubuddeln und uns den Fund zu melden. Auch hier ein Ablenkungsmanöver par excellence. Tschüss dann!«

Herbert Pankok spürte, wie ihn eine Erregung erfasste, als er am Spielteich vorbei ins Ostdorf fuhr. Sollte er auf der richtigen Fährte sein? Wenn nicht, dann gingen ihm langsam die Ideen aus. Und diesen Zustand mochte er ganz und gar nicht.

Tim Seebald war zu Hause. Das war schon einmal gut. So brauchte er ihn nicht auf der ganzen Insel zu suchen. Er hatte ihn bewusst nicht angerufen, um ein Treffen zu vereinbaren. Eine plötzliche Konfrontation war meistens sehr hilfreich.

Tatsächlich bat Seebald ihn mehr genervt als erstaunt rein. »Was gibt es nun schon wieder?«

»Ein paar Fragen.« Sollte er mit der Kette anfangen oder mit Leevkes Aussage? Er entschied sich für Letzteres. »Herr Seebald, wie man mir sagte, sind Sie Schiffsführer der ›Elli Hofmann-Röser‹ auf Baltrum. Ist Ihnen eine Hilfsaktion vor gut fünf Jahren in Erinnerung? Hat da ein Insulaner Signalmittel abgeschossen?«

Tim Seebald schaute den Kommissar ungläubig an. »Wie kommen Sie denn auf die Idee, dass ich das jetzt wissen könnte? Da war mit Sicherheit kein großes Unglück zu verzeichnen, sonst wäre es mir im Gedächtnis. Und selbst wenn – ich gebe Ihnen darüber keine Auskunft.«

»Warum nicht?«, fragte Pankok erstaunt.

»Das ist wie mit dem Arztgeheimnis. Wir sind nicht befugt, über Einsätze zu reden. Natürlich können Sie sich mit unserer Zentrale in Bremen ins Benehmen setzen. Die können dann entscheiden, was sie preisgeben«, schlug Seebald vor.

»Das heißt – auch wenn Not am Mann ist, würden Sie mir nicht weiterhelfen?« Pankok wurde etwas lauter. »Genauer gesagt: Können Sie oder wollen Sie nicht?«

Seebald zögerte, dann sagte er: »Worum geht es denn genau?«

»Ich ermittele im Fall Leevke Meinders. In diesem Zusammenhang hat sich etwas ergeben, was zu dieser Nachfrage führte«, erwiderte Pankok. Mehr würde er dem Mann sicher nicht verraten. Immerhin stand der auf seiner Verdächtigenliste. »Also, was ist nun?«

»Ich sage nichts. Aber setzen Sie sich. Wenn Sie allgemeine Fragen zur DGzRS haben, beantworte ich sie gerne.« Seebald schob ihm einen Stuhl zurecht.

Was sollte er machen? Auf der einen Seite hatte er nicht die geringste Lust, die Historie der Baltrumer Station zu erfahren. Auf der anderen Seite wollte er den Mann reden lassen, in der Hoffnung, dass er ihn bei Ungereimtheiten erwischte.

»Fragen Sie!«, forderte der Vormann ihn auf.

»Haben Sie oft Einsätze?« Etwas Besseres fiel Pankok im Moment nicht ein.

»Was heißt oft? Oft ist relativ«, erwiderte Seebald. »Wir fahren häufiger mit Menschen, die ins Krankenhaus müssen, ans Festland. Immer dann, wenn die Fähre schon unterwegs und kein Hubschraubertransport nötig oder möglich ist. Tatsächliche Hilfseinsätze im Seegebiet kommen natürlich auch vor. Dann arbeiten wir oft mit den Kollegen von Norderney und Langeoog zusammen. Das Wattenmeer ist schon so einigen Bootsfahrern zum Verhängnis geworden. Fallendes Wasser und Sandbänke zwischen den Inseln werden gerne unterschätzt. Eine Station auf Baltrum wurde bereits 1862 von einem regionalen Verein zur Rettung Schiffbrüchiger gegründet. 1868 übernahm dann die Deutsche Gesellschaft. Das Ruderrettungsboot war im Ostdorf untergebracht, und weil es zu dieser Zeit nur ein Pferd auf der Insel gab, mussten die Frauen das Holzboot ins Wasser ziehen. Eine extrem mühsame Arbeit.«

»Das kann ich mir denken«, erwiderte Pankok.

Seebald deutete auf ein Foto, das über einer altertümlichen Kommode hing.

»Die ›Elli‹ ist 2004 auf der Lürssen-Werft in Bardenfleth gebaut worden. Wir haben vollstes Vertrauen in dieses Schiff. Auch das Boot, das vorher hier stationiert war, die ›Tamina‹, war ein Kraftprotz. Die Schiffe schaffen jede Welle. Fast jede Welle«, fügte Seebald mit Einschränkung hinzu. »Wie wäre es mit einer kleinen Rundfahrt?«

»Jetzt?«, fragte Pankok überrascht.

»Warum nicht? Die Toten können warten!«, sagte Seebald.

Pankok war sich nicht sicher, ob der Totengräber die Leichen auf seinem Arbeitsplatz meinte oder die, die er, Pankok, zu bearbeiten hatte.

»Geht das denn einfach so? Mit nur einem Mann Besatzung? Auf mich können Sie nicht zählen. Ich habe keine Ahnung von der christlichen Seefahrt, obwohl ich aus Bremen komme.«

»Nein. Wir fahren immer zu zweit raus. Ich werde Bernd Bohlen fragen. Wenn er Zeit hat, hilft er mir auf dem Friedhof, ansonsten ist auch er auf diesem Boot zu Hause.«

Pankok stand auf. »Nein, danke. Ich werde mich anderweitig beschäftigen. Ach, da habe ich zwei letzte Fragen: Haben Sie noch eine Idee, was das Eingraben der Leiche anbelangt?«

»Nein. Zum wiederholten Male: Da ich sie nicht unter die Erde gebracht habe, kann ich nichts dazu sagen.«

»Gut. Nächste Frage! Es geht um die Kette. Sie sind sicher, dass Sie die Kette im ›Nautilus‹ gekauft haben?«

»Ich bin sicher.« In Tim Seebalds Augen standen Tränen. »Glauben Sie wirklich, ich nehme einer Frau, die ich zuvor getötet habe, die Kette ab und schenke sie dann meiner Freundin? Sie haben nicht alle Tassen im Schrank.«

»Vorsicht mit Ihren Worten. Was denken Sie wohl, was ich schon alles erlebt habe«, sagte Pankok im Rausgehen. »Da ist so eine Tat nichts gegen.«

Auf dem Weg zum Fahrrad versuchte er, seine Gedanken zu ordnen. Was sollte er vom Fall halten? Der junge Mann hatte sich teilweise kooperativ verhalten. Es sprach nichts dagegen, dass Seebald mit dem Hinweis auf die Vorschriften auf die Zentrale in Bremen verwiesen hatte. Warum sollte er sich zu weit aus dem Fenster lehnen, wenn es Vorschriften gab?

Was die letzten beiden Fragen anbelangte – alles war möglich. Schuld und Unschuld. Lüge und Wahrheit.

Er nahm sein Rad und fuhr zurück zur Wache. Auf der D-Straße sah er schon von Weitem Anika auf ihn zukommen.

Beide bremsten. »Was gibt es Neues?«, kam ihm die Kollegin mit ihrer Frage zuvor.

Er berichtete kurz von seinem Gespräch mit Tim Seebald. »Beinah bereue ich es, dass ich sein Angebot für eine Kreuzfahrt auf dem Wattenmeer nicht angenommen habe«, gab er zu. »Man kann nie genug Erfahrung sammeln.«

»Im wahrsten Sinne des Wortes«, lachte Anika. »Auch ich lerne gleich Neues. Nämlich, was sich hinter einem Elführtje verbirgt. Warum es so heißt, weiß ich jedenfalls schon.« Sie schaute auf die Uhr. »Oh, in fünf Minuten ist es so weit. Ich muss los.« Schon war sie verschwunden.

Auch Pankok konnte sich unter einem Elführtje nicht so recht etwas vorstellen. Er war sich jedoch sicher, es hatte etwas mit der Uhrzeit zu tun und vermutlich nichts mit Ausübung des Dienstes.

Zurück im Clubraum sah er Gero noch immer vor dem Laptop sitzen.

»Neue Erkenntnisse?«, fragte er knapp.

»Bis jetzt nicht«, erwiderte Gero.

## 28

Antje Jessen konnte es kaum fassen. Innerhalb von zwei Tagen hatte sich ihre Welt grundlegend verändert. Ihr Mann lag weiterhin im Krankenhaus und wartete, sobald die Ärzte das Okay gaben, auf einen Termin beim Haftrichter.

Sie war morgens ganz früh aufgestanden und hatte den Kindern Frühstück gemacht. Eigentlich keine ungewöhnliche Tätigkeit für eine Mutter. Doch bei ihnen war der Ablauf bisher anders gewesen. Hans hatte sich darum gekümmert, dass die Kinder zur Schule kamen und war dann zur Arbeit gefahren. Danach war sie aufgestanden und hatte sich fertiggemacht. Sie gähnte. Was sollte sie mit dem langen Vormittag anfangen? Natürlich konnte sie sich um ihre Arbeit kümmern. Sie hatte einen Film in der Warteschleife, der darauf wartete, tontechnisch bearbeitet zu werden. Erst dann konnte sie ihn der Öffentlichkeit präsentieren. Einen Titel hatte sie bereits. Das war ihr wichtig. Er gab ihr Halt und zeigte den Weg vor. Selten hatte sie die inhaltliche Aussage während der Dreharbeiten so geändert, dass auch der Titel nicht mehr passte. Sie fuhr den Computer hoch und loggte sich ein.

Drei Stunden vergingen wie im Fluge. Erschreckt stand sie auf. Die Kinder würden nicht mehr lange auf sich warten lassen, aber sie hatte kein Mittagessen vorbereitet, geschweige denn, darüber nachgedacht oder kontrolliert, was sich im Kühlschrank verbarg. Kurz ging ihr durch den Sinn, dass ein paar Lehrstunden bei Diesterweg bestimmt nicht geschadet hätten. Sie öffnete den Gefrierschrank und atmete auf. Dort lagen drei Pizzen. Die Nahrungszufuhr war gesichert. Nun hieß es: Betten machen. Auch das gehörte wohl zur Morgenarbeit. In Metas Zimmer musste sie sich beinahe einen schmalen Pfad zum Bett erkämpfen. Elsa, die Eiskönigin, und ihre Getreuen, Bruno, Metas dicker Lieblingsbär, und jede Menge Klamotten lagen herum. Sie schüttelte die Decke auf und legte sie mehr oder weniger gut gefaltet auf das Bett. Dann warf sie alles, was auf dem Boden gelegen hatte, darauf. Das musste reichen. Bei Wilko sah es für einen Elfjährigen sehr aufgeräumt aus. Auf dem Schreibtisch lagen ein paar Schulbücher, das war es schon. Ob es im Schrank wohl ebenso ordentlich aussah? Oder hatte ihr Sohn dort seinen Sammelplatz? Sie öffnete beide Türen und stellte fest: Die Hosen hatten ihren eigenen Stapel, ebenso die Shirts und die Unterwäsche. So etwas wäre ihr als Kind nie eingefallen. Ihre Mutter hatte immer ihre liebe Müh und Not mit ihr gehabt. Ganz oben im Regal sah sie einen Kasten. Was Wilko dort wohl verbarg? Sie musste lächeln. »Verbarg« war bestimmt der verkehrte Ausdruck. Nur weil sie als Neunjährige mal einen toten Frosch in einem Karton im Schrank aufgebahrt hatte, musste es ihr Sohn nicht ebenso handhaben. Sie nahm die Holzkiste heraus und schnupperte. Doch sie roch nichts, was an toten Frosch erinnerte. Sie versuchte, die Kiste zu öffnen, nach zwei Versuchen schnappte das Schloss auf. In der Kiste sah sie Umschläge, nur Umschläge. Sie setzte die Kiste auf dem Tisch ab, nahm einen davon heraus und öffnete ihn. Ein Fünfzigeuroschein steckte darin. Auch im nächsten Umschlag und im nächsten. Sie zählte durch. Es waren genau zwölf Umschlage. Also bewahrte ihr Sohn hier 600 Euro auf. Ratlos ließ sie sich aufs Bett sinken. Woher kam das Geld? Hatte Hans es seinem Sohn zur Aufbewahrung gegeben?

Sie merkte nicht, dass Wilko in der Tür stand und sie mit bleichem Gesicht anstarrte.

»Was machst du da?«, flüsterte er. Und dann, lauter: »Das ist mein Geld. Damit hast du nichts zu tun!«

»Woher kommt das Geld? Wer hat es dir gegeben?«, fragte sie ruhig.

»Das geht dich nichts an. Das ist meine private Sache. Du darfst gar nicht hier rumschnüffeln.« Jetzt schrie Wilko unbeherrscht und schmiss seinen Ranzen in die Ecke. »Geh. Ich will dich nie wiedersehen!«

Sie war versucht, ihren Sohn in den Arm zu nehmen, aber der Junge war ein Stück Abwehrhaltung. Seine Augen blitzten wütend. So entschied sie sich, den Rückzug anzutreten. »Ich schiebe Pizza in den Ofen. Vielleicht können wir dann reden.«

Meta saß am Küchentisch und räumte ihre Sporttasche aus.

»Was soll das?«, fragte Antje ihre Tochter.

»Schuhe stinken«, erwiderte sie und holte eine Tüte mit dem Leberwurstbrot, das sie, Antje, heute Morgen den Kindern mitgegeben hatte, aus dem Beutel.

»Warum hast du das nicht gegessen?«, fragte Antje.

»Ich esse nie Leberwurst«, antwortete ihre Tochter.

»Isst du denn Pizza?« Sie öffnete den Gefrierschrank und nahm die Teigscheiben heraus.

»Natürlich. Ich habe auch ganz schön Hunger.« Metas Augen glänzten.

»Kein Wunder. Es ist Stunden her seit dem Frühstück.« Antje stellte den Herd an und schob die Pizzen in den Ofen. Allerdings hatte sie vorher feststellen müssen, dass jedes dieser Dinger eine andere Fertigungszeit und Hitze benötigte. Aber es nützte nichts. Es würde schon klappen. Sie nacheinander in den Backofen zu schieben, wäre auch keine Lösung.

»Wo ist Wilko?«, fragte Meta.

»In seinem Zimmer. Er wird wohl gleich kommen«, antwortete Antje Jessen.

»Bin da.« Wilko schob sich ohne ein weiteres Wort auf die Eckbank und sah zu, wie Antje Teller und Besteck auf dem Tisch verteilte.

Antje stellte ein paar Gläser dazu, dann setzte sie sich zu ihren Kindern. Sollte sie jetzt, in Metas Beisein, den Jungen ansprechen? Sie war sich nicht sicher. Vielleicht würde er in einem vertraulichen Gespräch nach dem Essen offener sein.

Noch ehe sie einen Entschluss gefasst hatte, sagte Wilko: »Ich spreche nur mit Anika. Nicht mit dir, mit keinem, nur mit Anika.«

# 29

Gleich würde sie wissen, was sich genau unter dem Begriff Elfführtje verbarg. Sie stellte ihr Rad an den Zaun des »Dreimasters« und ging um das Haus herum zum Kücheneingang. Die Tür stand offen, es roch äußerst angenehm. In einer Stunde würde das Restaurant seine Pforten öffnen und die Gäste verwöhnen.

»Anika, schön, dass du es geschafft hast«, empfing Holger Balke sie mit freundlichem Lächeln. »Komm rein. Der Tee wartet schon.«

Wunderbar. Ihre messerscharfe Kombinationsgabe hatte sie zu dem Schluss kommen lassen, dass der Name etwas mit der Uhrzeit zu tun hatte. Es war richtig gewesen. Jetzt war sie gespannt, was sich dahinter verbarg.

»Wir gehen in mein Büro. In der Küche wird gearbeitet«, bat Holger sie, und sie folgte ihm gerne. Auf einem kleinen Tisch sah sie ein Stövchen, darauf eine weiße Teekanne mit einer Rose darauf. Daneben standen kleine Tassen, ein Kännchen mit Milch und Kandiszucker.

»Tee mit Kluntje und Sahne. Setz dich. Ich hole nur ein paar Kekse«, sagte Holger und verschwand. Aha, also keine Milch, sondern Sahne. Und der Kandiszucker hieß Kluntje. Dann hatte sie es also mit einer original ostfriesischen Teezeremonie zu tun.

Als Holger wiederkam, hatte er ein Schälchen mit Butterkeksen in der Hand. »Wie lange hast du Zeit?«

»Für drei Tassen Tee langt es«, erwiderte sie. »Ich habe mal gelesen, dass drei Tassen Ostfriesenrecht sind. Stimmt das?«

»Stimmt. Und wenn du den Löffel in die Tasse stellst, heißt das, dass du keinen Tee mehr möchtest. Ansonsten schenkt der Ostfriese immer wieder nach.« Er legte Anika und sich jeder einen Kluntje in die Tasse und schenkte ein. Dann schob er die Sahne mit einem Löffel wie eine Wolke über den Tee. »Es wird nicht umgerührt. Du trinkst dich durch die Sahne bis hinunter zur Süße des Kluntjes. Das ist original.«

Es schmeckte köstlich. Es war überhaupt schön, hier mit dem Mann zu sitzen. Es tat einfach gut, auch wenn die eher nüchterne Umgebung des Büros nicht unbedingt zur Gemütlichkeit beitrug. Dennoch – das Summen der Lüftung aus der Küche, die kleinen Geschichten, die Holger über seinen Betrieb erzählte, und der warme Tee ließen beinahe ihre Augen zufallen.

»Müde?«, fragte er.

Sie zögerte. Sollte sie von ihrer verkorksten Nacht berichten? Nein, lieber nicht. Dafür war es zu früh. Sie musste den Mann nicht mit ihrer Geschichte nerven.

»Nein. Mir ist warm«, antwortete sie stattdessen.

»Ich wundere mich schon die ganze Zeit, warum du deine Jacke nicht ausziehst«, sagte Holger.

»Weil ich gleich wieder los muss. Eine weitere Tasse Tee und meine Pause ist vorbei«, bedauerte sie.

»Ihr seid noch mitten in euren Ermittlungen, oder?«

»Natürlich. Was denkst du? Wir haben zwei Fälle zu bearbeiten. Das ist ganz schön heftig.«

»Dann ist es besonders lobenswert, dass du dich hast loseisen können. Auch wenn es nur für eine halbe Stunde ist. So manch ein Elführtje beginnt jetzt erst richtig. Dann wird der Schnaps hervorgeholt.« Er lachte. »Aber damit kann ich dich nicht locken, oder?«

Auch Anika musste lachen. Ihre Kollegen würden ganz schön dumm gucken, wenn sie angeschickert ins Hotel zurückkam. »Nicht so direkt. Das müssen wir auf den Abend verschieben. Jetzt warten die anderen.«

»Kommst du mit denen gut klar?«

»Ja. Eigentlich schon. Bis auf Pankok. Der kann manchmal etwas herb sein. Aber ich denke, wenn der nicht so zielstrebig wäre, hätte der auch nicht so viel Erfolg mit seinen Cold Cases. Der gibt nicht so schnell auf und verfolgt unnachgiebig jede noch so kleine Spur.«

»Ist er denn mit seinen Ermittlungen weitergekommen?«, fragte Holger.

»Kann ich nicht so genau sagen. Er ist ziemlich schweigsam und rückt erst mit der Sprache raus, wenn er Ergebnisse hat. Aber vielleicht kannst du weiterhelfen. Erinnerst du dich daran, ob es vor fünf Jahren mal einen Bootsunfall gegeben hat? Ist Rot geschossen worden?«

»Warum fragst du?«

»Es hängt mit dem Fall Leevke zusammen. Mehr kann ich nicht sagen. Tim Seebald hat uns angeraten, mit der DGzRS in Bremen Kontakt aufzunehmen. Aber wenn wir über dich etwas erfahren können, ist es sicher genauso gut.«

Holger überlegte. Dann sagte er: »Das passiert immer wieder. Lass mich nachdenken. Einmal ist ein Gast, der mit seinem Boot im Baltrumer Hafen anlanden wollte, in Seenot geraten. Er ist auf eine Sandbank aufgelaufen und kam aus eigener Kraft nicht wieder runter. Wann das genau war, weiß ich nicht mehr, muss aber schon ziemlich lange her sein. Damals sind wir mit drei Booten raus und haben ihn abgeschleppt.«

»Was heißt wir? Hast du auch ein Boot?«

»Ja. Ein Motorboot. Ich fahre im Sommer ab und zu zum Makrelenangeln raus. Den Fisch gibt es dann fangfrisch bei mir im Lokal.«

»Würdest du dich über diese Ereignisse auch mit meinem Kollegen unterhalten?«, bat sie und stand auf. »Ich werde ihm davon berichten.«

Auch Holger erhob sich. »Schade, dass die Zeit um ist. Sehen wir uns heute Abend?«

»Ich denke schon. Wir sprechen am späten Nachmittag noch mal. Ist das in Ordnung?«, fragte Anika.

»So machen wir es. Dein Kommissar kann sich gerne bei mir melden.«

Anika flüchtete fast nach draußen. Ihr war so warm, dass sie das Gefühl hatte, platzen zu müssen. Aber sie hatte morgens nur ein dünnes Shirt unter ihrer Jacke angezogen, und die Schnitte in ihren Armen waren nicht verheilt. Wie sollten sie auch in den paar Tagen. Und wenn sie ehrlich war, waren am gestrigen Abend ein paar neue dazugekommen. Sie fuhr zur Wache und war überrascht, einen jungen Mann auf den Stufen sitzen zu sehen. Neben ihm lag eine kleine Reisetasche, an der Wand stand etwas sehr Großes in beigem Leder, in dem Anika so etwas wie einen Kontrabass vermutete. »Kann ich helfen?«, fragte sie.

»Keine Ahnung.«

»Dann kommen Sie erst einmal mit rein«, forderte sie den Mann auf. »Mein Name ist Anika Frederik. Wie heißen Sie?«

»Billy. Billy Blackwell.«

»Sie sind Engländer?«, fragte Anika.

»Nein. Das ist mein Künstlername. Wir sollen hier auftreten. Meine Leute kommen erst morgen, aber ich habe vergessen, wo wir wohnen.« Er nahm das Instrument, hängte sich die Tasche um die Schultern und folgte Anika in den kleinen Wachraum.

Sie musste schmunzeln. »Und da meinen Sie, dass die Polizei Ihnen weiterhelfen kann? Ich hätte da eine andere Idee – warum rufen Sie nicht einfach Ihre Leute an? Einer von denen wird schon wissen, wo Sie gebucht haben.«

»Stimmt schon. Das wäre eine Möglichkeit. Aber was meinen Sie, was ich mir in den nächsten sechs Wochen anhören muss, wenn die davon erfahren. Nee, keine Chance. Da fahre ich eher wieder rüber.«

»Nun warten Sie mal.« Sie setzte sich hinter den Schreibtisch und schaute den Mann wissend an. »Sie gehören zu den Emilys aus dem Emsland, haben ein paar Tage Probenzeit und dann ein Konzert vor sich und wohnen im Hotel ›Sonnenstrand‹.«

Sprachlos ließ sich Billy Blackwell auf den Besucherstuhl fallen. Beinahe wäre ihm der Kontrabass aus der Hand gerutscht. Dann schüttelte er den Kopf. »Woher … woher wissen Sie das?«

»Die Polizei weiß alles. Das Einzige, was ich nicht kenne, ist Ihr richtiger Name. Ansonsten sind Sie mit Rock'n'Roll unterwegs – und ich freue mich schon auf die Mucke.«

»Mein Name ist Max Liebermann.«

Jetzt war es an ihr, erstaunt zu gucken. »So wie der berühmte …«

»Ja. Was meinen Sie, warum ich mir einen Künstlernamen zugelegt habe? Jeder, aber auch wirklich jeder fragt: So wie der …? Meine Eltern geben sich gerne künstlerisch angehaucht. Und weil sie ihre Hochzeitsreise zum Wannsee gemacht und die Liebermann-Villa besucht haben, musste ihr erstgeborener Sohn Max heißen. Mein jüngerer Bruder hat es da besser. Er wurde Paul genannt. Bitte nennen Sie mich Billy. Bitte! Aber woher wissen Sie nun so genau, warum ich hier bin?«

Sie klärte ihn kurz über die Verbindung der Polizei zum Hotel »Sonnenstrand« auf. »Wenn Sie wollen, können Sie mit mir kommen. Ich bin auf dem Weg dorthin.«

»Gerne«, freute sich Billy. »Wenn nur das Instrument nicht so schwer wäre. Ich habe es mit Mühe hierhin geschleift.«

»Im Gartenhaus steht eine Wippe – ein Fahrradanhänger«, erklärte sie, als sie seinen ratlosen Blick bemerkte. »Da können Sie das Gerät draufpacken und schieben.«

»Und – wie ist Ihr Leben so, hier, auf einer autofreien Insel?«, fragte der junge Mann mit der schwarzen Haartolle.

»Tja, wenn es so einfach wäre«, erwiderte Anika, als sie an der »Schatzinsel« vorbeigingen. »Es gibt zwar keine Autos, aber Menschen. Das reicht schon als Gefahrenpotenzial. Wir haben gut zu tun, das können Sie glauben.«

»So richtig mit Mord und Totschlag?« Er zeigte nach oben zur Buchhandlung. »So, wie es in den Krimis beschrieben wird?«

Anika wunderte sich ein wenig. Ein Mann in seinem Alter sollte die Realität etwas ernster zu nehmen wissen. Aber vielleicht war für manche Menschen das wirkliche Leben einfach zu aufregend. Dann merkte sie, wie er lächelte. Er hatte seine Frage doch wohl nicht so ernst gemeint.

»Unsere Fälle unterscheiden sich meistens von denen in Büchern«, antwortete sie, dann fragte sie: »Was machen Sie beruflich?«

»Wenn ich nicht gerade mit meinen Jungs herumrocke, bin ich mit dem Studium beschäftigt. Meeresbiologie. In Rostock. Es ist unglaublich interessant. Das Leben in Nord- und Ostsee ist so vielfältig. Das gilt es unbedingt zu schützen.«

»Da haben Sie sich ja jede Menge vorgenommen.« Sie dachte an die Container, die vor einiger Zeit von der »MSC Zoe« gekippt waren. Noch immer fanden sich Teile der Ladung an den Stränden. Auf Baltrum waren Mengen von Kinderkleidung, Blumentöpfen, Gardinen, Plastikorchideen und vieles andere mehr an den Strand gespült worden. Das hatte Röder ihr erst gestern erzählt.

»Das haben wir«, sagte Billy. »Wir forschen gerade in der Ostsee, wie wir mit der ganzen Munition fertig werden, die die Alliierten nach dem Krieg im Wasser versenkt haben. Tonnenweise liegt von dem Zeug auf dem Grund des Wassers rum. Auch hier. Allmählich verrotten die Granaten und der Inhalt verteilt sich überall. Das ist eine riesige Gefahr für Tier und Mensch. Dazu kommen die unzähligen Wracks. Die Schiffe selbst stellen wohl keine große Gefahr da, aber der Inhalt der Tanks, die sich langsam auflösen, ist extrem belastend für die Umwelt.«

»Und – wie sehen Sie die Chancen?«

»Schwer abzusehen. Nur eines weiß ich sicher: Wenn nicht bald etwas passiert, sieht es düster aus. Ganz düster!« Jetzt hatte seine Stimme nichts mehr von einem jugendlichen Rock'n'Roller. Sie klang hart und bestimmend. »Dann kann die da …«, er zeigte auf die Inselglocke, »so viel bimmeln, wie sie will. Dann ist kein Mensch mehr hier, der sie hören kann.«

»Es fragt sich nur, wohin der Mensch dann ausweicht«, überlegte Anika. »In andere deutsche Gegenden? Was ist mit Atomkraftwerken, Braunkohle, Glyphosat auf den Feldern? Und in anderen Ländern ist es nicht besser.«

»Richtig. Außer in Bhutan und in Costa Rica. Da ist man auf dem richtigen Weg.«

»Das sind wir jetzt auch. Das heißt, wir sind angekommen.« Sie mochte nicht mehr über die Umweltverschmutzung nachdenken. Außerdem standen sie inzwischen tatsächlich auf der Terrasse des Hotels. »Ich rufe mal den Chef oder die Chefin. Warten Sie hier. Ich glaube, man will Sie ins Gartenhaus verbannen.«

Sie fand Birgit Ahlers in der kleinen Privatküche und berichtete ihr von dem Gast, den sie mitgebracht hatte.

»Na, dann wollen wir mal«, sagte Birgit Ahlers und ging voraus. Sie begrüßte den jungen Mann freundlich. »Kommen Sie. Ich zeige Ihnen das Zimmer. Wann treffen Ihre Freunde ein?«

»Morgen. Ich bin heute direkt aus Rostock gekommen. Die beiden anderen werden sich aus dem Emsland herbewegen.«

»Super. Dann kann es ja losgehen mit den Proben«, sagte Birgit. »Wenn Sie Hunger haben, melden Sie sich. Einen Kaffee gibt es jetzt schon. Abendessen ab 18 Uhr.«

Billy lachte. »Wenn ich das gewusst hätte, wäre ich schon ein paar Tage eher gekommen. Vollverpflegung wie bei Muttern. Super.«

»Bezahlt wird in Musik«, erwiderte Birgit.

Anika beschloss, dass sie nicht mehr gebraucht würde. Sie winkte den beiden zu und ging in den Clubraum. Es war ruhig. ihre Kollegen waren wohl unterwegs. Sie holte sich einen Kaffee und ergatterte ein Croissant, das vom Frühstücksbüfett übrig geblieben war und auf einem Tischchen neben der Tür zum Saal auf hungrige Mäuler wartete. Sie setzte sich in den Clubsessel und ließ sich bei genüsslichem Kauen von Elvis Presley beobachten.

Sie dachte an Holger. Er war nicht nur nett, sondern sah auch unglaublich gut aus. Wie würde sich ihre Beziehung entwickeln? Fast musste sie lachen. War »ein paar Mal getroffen« schon eine Beziehung? Nein, war es nicht. Da musste mehr passieren. Was wäre, wenn sie ihm vom Grund ihres Hierseins erzählte? Was wäre, wenn er die Schnitte bemerkte? Hätte der Mann Lust, sich mit ihren Problemen zu beschäftigen? Sie hatte keine Ahnung. Wie sollte sie auch? Aber sie fühlte, dass sie sich nichts mehr wünschte, als wenn er sie einfach in die Arme nähme. Als ihr Telefon vibrierte, schreckte sie auf. War sie eingeschlafen? Nein, nur in tiefsten Gedanken gewesen. Angenehmen Gedanken, in denen der Chef des Restaurants »Dreimaster« die Hauptrolle spielte.

Antje Jessen holte sie in die Wirklichkeit zurück und bat sie, sofort zu ihnen zu kommen. Sie versprach es und machte sich sofort auf den Weg.

Wie schlecht die Frau aussieht, war Anikas erster Gedanke, als Wilkos Mutter die Tür öffnete.

»Bitte«, murmelte die Frau nur und ließ sie herein.

»Was kann ich für Sie tun?«, fragte die Kommissarin.

»Wilko möchte Ihnen etwas sagen. Er weigert sich, mir die

Geschichte anzuvertrauen.« Sie brach in Tränen aus. »Was habe ich nur getan, dass meine Kinder nichts mit mir zu tun haben wollen?«

»Setzen Sie sich erst einmal.« Anika führte die schluchzende Frau ins Wohnzimmer. »Wo ist Ihr Sohn?«

»In seinem Zimmer. Schularbeiten …« Der Rest des Satzes ging im Weinen unter.

»Gut.« Sie drückte die Frau auf die Couch. Genau dorthin, wo gestern noch ihr Mann gesessen hatte. »Ich rede mit ihm. Sie warten hier, bis ich wieder bei Ihnen bin.« Sie bekam keine Antwort, sah keine Reaktion, hoffte jedoch, dass die Worte zu der Frau durchgedrungen waren, die ihr Gesicht in den Händen vergraben hatte.

Anika klopfte an Wilkos Tür. Gleich darauf stand Wilko vor ihr. Auch er sah blass und verweint aus. »Hallo, Anika«, sagte er nur und ließ sie herein.

Sie setzte sich ungefragt auf das Bett. »Was ist los? Warum möchtest du mich sprechen?«

Er nahm eine Holzkiste vom Schreibtisch, stellte sie neben sie auf das Bett und hob den Deckel an. Dann nahm er einen Umschlag heraus. »Da. Die sind von Elmar. Er hat sie mir geschenkt. Jeden Monat einen Umschlag. Er hat gesagt, wenn ich groß bin, kann ich damit irgendwas machen. Führerschein oder so.«

»Einfach so hat er dir Geld geschenkt?«

»Nein, nicht einfach so«, erwiderte der Junge.

»Warum denn?«

»Weil er mich mochte. Weil er nie einen Sohn hatte. Und weil er gesagt hat, er hätte etwas gutzumachen. Aber was, hat er nicht verraten.« Wilko setzte sich neben sie, ihm standen die Tränen in den Augen. »Ich vermisse ihn so. Wir haben so toll zusammen gekocht. Und er hat mir immer zugehört. Aber ich vermisse auch Papa. Obwohl der mir manchmal eine rübergezogen hat.« Er schaute Anika erschreckt an. »Aber nie doll. Das hat nie richtig wehgetan«, beteuerte er.

»Warum hast du über die Herkunft des Geldes nichts deiner Mama erzählen wollen?«

Er drehte sich zu ihr. »Weil es sie nichts angeht. Sie interessiert sich nicht für Meta und für mich. Sie ist immer weg. Sie weiß nicht mal, wie man Frühstück macht, und plötzlich lässt sie die Mutter raushängen. Meta und ich kommen ohne sie klar. Ging bis jetzt auch.«

»Aber da war euer Papa für euch da«, erwiderte Anika. »Meinst du nicht, du könntest deiner Mutter eine Chance geben?«

Wilko überlegte. »Aber nur, wenn sie endlich anfängt, sich wie eine Mutter zu benehmen.«

»Soll ich mit ihr reden?«

Wilko zuckte mit den Schultern. »Keine Ahnung. Kannst du nicht meine Mutter sein?«

Anika dachte kurz darüber nach, ob sich der Junge mit diesem Wunsch einen Gefallen tat. Das letzte Kind, das sie in ihrer Obhut gehabt hatte, hatte es nicht überlebt. »Nein«, sagte sie schließlich. »Aber du kannst jederzeit zu mir kommen, wenn du Probleme hast. Das weißt du.«

»Weil du Polizistin bist?«

»Ja«, bestätigte sie. »Aber auch, weil ich dich gerne mag.«

»Können wir morgen noch mal Eis essen gehen?«, fragte Wilko.

»Mal schauen. Aber wenn es meine Arbeit hergibt, machen wir das. Versprochen. Aber du kannst dir vielleicht denken, dass bei meinem Job immer etwas dazwischenkommen kann.«

»Du bist wenigstens ehrlich«, sagte Wilko. »Redest du mit Mama?«

Anika stand auf. »Ich gehe zu ihr.«

Antje Jessen saß auf dem Sofa im Wohnzimmer, so, wie

sie sie verlassen hatte. »Frau Jessen. Können wir miteinander sprechen?«

Antje Jessen nickte, schwieg jedoch.

Anika setzte sich in den Sessel und atmete kurz durch: »Frau Jessen, es geht um Ihre Kinder.«

Antje Jessen schaute hoch. »Ja. Es geht seit Jahren um die Kinder. Tatsächlich, seit ich sie auf die Welt gebracht habe.«

»Was wollen Sie mir damit sagen?«, fragte die Kommissarin verblüfft.

»Ich sage es, wie es ist. Bevor die Kinder kamen, waren wir ein glückliches Paar. Hans und ich. Er war mit seiner Arbeit beschäftigt und ich konnte mich auf die Kunst konzentrieren. Als dann Wilko geboren wurde, rückte das Wohl des Kindes in den Vordergrund. Was ja richtig ist. Es lenkte mich jedoch sehr von meiner Arbeit ab. Es ging nicht vorwärts. Also hat Hans das Aufwachsen der Kinder begleitet. Dann wurde Meta geboren und der Aufwand verdoppelte sich. Aber ich musste mich um meine Filme kümmern. So gab es ständig Streit.«

Das Aufwachsen begleitet. Was für eine nette Umschreibung für Kochen, Waschen und Windeln wechseln, überlegte Anika. Einerseits konnte sie die Argumente der Frau nachvollziehen, andererseits: Warum hatten die überhaupt Kinder in die Welt gesetzt? Aber so etwas passierte auch heutzutage noch ungewollt. »Was ist jetzt? Wie werden Sie mit der neuen Sachlage umgehen? Wer weiß, wann Ihr Mann wieder bei Ihnen sein wird.«

»Ich habe keine Ahnung. Ich liebe meine Kinder. Auch wenn ich ihnen das zugegebenermaßen nie groß gezeigt habe. Ich könnte jetzt sagen, dass ich immer dachte, das wüssten sie. Das wäre selbstverständlich. Ist aber nicht so. Ich habe nicht darüber nachgedacht. Sie waren einfach da. Aber ich liebe auch meine Arbeit. In zwei Monaten habe ich eine große Veranstaltung am Festland. Bis dahin habe ich viel zu tun. Es muss alles vorbereitet werden, das könnte mein ganz großer Durchbruch werden. Fachpublikum wird dort sein, verstehen Sie?«

Anika verstand. Trotzdem waren sie der Lösung keinen Schritt nähergekommen. Dass Hans Jessen zu diesem Zeitpunkt hier sein würde, hing von seinem Gesundheitszustand, den weiteren Ermittlungen und dem Beschluss des Haftrichters ab. »Aber in den nächsten Tagen geht es darum, dass die Kinder mit Frühstück versehen in die Schule kommen, dass sie nach dem Unterricht von Ihnen empfangen werden, dass die Sporttasche gepackt ist und vieles mehr. Fühlen Sie sich dazu in der Lage?«

»Das werde ich wohl müssen.« Antje Jessen setzte sich mit einem Ruck auf.

»Und da gibt es noch etwas«, fuhr Anika fort. »Wilko ist sehr angegriffen. Er braucht nicht nur Butterbrote, sondern auch seelischen Beistand. Er hat seinen besten Freund verloren. Ich wiederhole: seinen besten Freund. Ich möchte nicht, dass Sie sich abfällig über Diesterweg äußern. Es gibt nichts, was dem Mann vorzuwerfen wäre. Gar nichts, haben Sie verstanden? Im Gegenteil: Der Mann hat Ihrem Sohn das gegeben, was er von Ihnen nicht bekommen hat. Liebe im besten Sinne und Geborgenheit. Er hat ihn ernst genommen. Das Geld, das Wilko in der Kiste gesammelt hat, ist von Diesterweg. Ihr Sohn solle sich davon den Führerschein leisten oder andere Dinge unternehmen.«

»Es war deutlich genug.« Antje Jessen stand auf. »Bitte gehen Sie jetzt. Ich muss mich um meine Kinder kümmern.«

Anika war sich nicht sicher. Klang da eben Ironie mit, oder hatte sie tatsächlich bei der Frau auf den richtigen Knopf gedrückt? Wahrscheinlich würden noch mehrere Gespräche folgen, aber darum sollten sich andere Fachleute kümmern. Auch sie stand auf und ging hinaus.

Sie hörte ein bedrücktes »Danke«, als Frau Jessen hinter ihr die Tür schloss. Als sie auf ihr Fahrrad stieg, ging ihr der Gedanke durch den Kopf, was Diesterweg mit dem Geldgeschenk wohl gutzumachen hatte.

Im Clubraum traf sie auf Gero Schonebeck. Sie berichtete ihm, was sie bei Jessens erlebt hatte.

»Schau mal«, bat er sie an den PC. »Das habe ich soeben übermittelt bekommen. Diesterweg hat jeden Monat 350 Euro bar auf sein Konto bei der Volksbank eingezahlt. Immer zwischen Anfang und Mitte des Monats. Woher hatte er das Geld?«

»Von seinen Kochkursen?«, überlegte Anika. »Die Leute, die bei ihm Unterricht hatten, haben sicher bar bezahlt. Er hat es gesammelt und einmal im Monat eingezahlt.«

»Wäre möglich«, bestätigte Gero. »Aber wenn man die 50 Euro dazuzählt, die er Wilko gegeben hat, sind es 400 Euro. Das ist seltsam. Wenn es sein Erlös aus den Kursen wäre, würde der Betrag doch unter Umständen unterschiedlich ausfallen.«

»Oder er war so ein Genauer, dass er den Rest immer in der Schublade aufbewahrt und im nächsten Monat einen fehlenden Betrag damit aufgefüllt hat. Allerdings wurde in seiner Wohnung kein Bargeld gefunden.«

Gero Schonebeck stand auf und schaute aus dem Fenster. »Was ist denn mit Frau Jessen? Könnte die für den Mord verantwortlich sein? Bis jetzt hatten wir die gar nicht auf der Liste. Aber mir scheint, nachdem, was du mir erzählt hast, dass ihre Gleichgültigkeit gegenüber ihren Kindern ein wenig aufgesetzt ist. So, als ob sie uns nur Glauben machen wollte, dass sie nicht wüsste, was um sie herum passiert ist.«

»Das kann ich schlecht einschätzen«, gab Anika zu. »So, wie ich sie erlebt habe, geht sie tatsächlich in ihrer Künstlerinnenrolle voll auf und betrachtet ihre Wohnung als einen Ort zum

Schlafen und Unterkunft bei Regen. Was ihre Familie anbelangt, ist sie völlig außen vor. Wirklich! Ich glaube, die hätte nicht einmal bemerkt, wenn ihr Mann und die zwei Kinder ausgezogen wären. Ich denke eigentlich nicht, dass das gespielt war, und wenn sie nichts aus ihrem nächsten Umfeld mitbekommen hat, hat sie keinen Grund, Diesterweg umzubringen.«

»Trotzdem – wir sollten sie im Auge behalten.«

»Klar. Wie jeden anderen Insulaner. Machen wir also weiter mit unseren Ermittlungen.«

Gero lachte. »Also. Auf geht's.«

# 30

Michael Röder war unterwegs ins Ostdorf, als sich sein Telefon meldete. Die Chefin des »Nautilus« bat um seinen Besuch. Er versprach, zeitnah vorbeizukommen. Doch zuerst machte er bei Ilona Klinker Halt. Auch sie hatte sich bei ihm gemeldet, war aber nicht mit der Sprache rausgerückt, worum es ging. Normalerweise hätte er die Frau auf die Wache gebeten, aber so konnte er schneller in Erfahrung bringen, warum sie ihn sprechen wollte.

Sie begrüßte ihn vor der Tür, zog ihre Gartenhandschuhe aus und bat ihn herein. Es war ruhig im Haus. Aus Diesterwegs Wohnung hatte er keine Geräusche erwartet. Auch bei Jessens schien alles ruhig.

In der Wohnung angekommen, drehte sich Ilona Klinker zu ihm um. »Gibt es Neuigkeiten um Diesterwegs Tod?«, fragte sie.

Röder war erstaunt. Was sollte das die Frau interessieren? Sie war doch froh, dass er nicht mehr da war. »Nichts, was für die Öffentlichkeit relevant sein könnte«, erwiderte er nur. Dann fragte er knapp: »Worum geht es?«

»Tja, also erstens: Haben Sie schon Neuigkeiten wegen Jeremy?«

»Nein, Frau Klinker. Und wenn Sie mich deswegen aus meinen Ermittlungen …« Röder mochte es nicht glauben.

»Nein, da ist noch etwas. Ich bin sicher, da war gestern jemand drin. In Diesterwegs Wohnung, meine ich.«

Abrupt blieb er stehen. Was war das nun wieder? Er ging zurück in den Flur und begutachtete das Siegel, das ihm beim Vorbeigehen nicht beschädigt erschienen war. Allerdings hatte er auch nicht ganz genau darauf geachtet, wie er zugeben musste, sondern als selbstverständlich hingenommen, dass sich dort niemand Zutritt verschaffen würde. Ilona Klinker war ihm gefolgt.

»Wann haben Sie ein Geräusch gehört?«

»Es war spätabends. Die Sonne war bereits untergegangen. Erst habe ich mir nichts dabei gedacht. Man hört immer etwas. Aber da war dieses Klappern. Es ist so: Wenn Diesterweg nach Hause kam und seine Wohnungstür für meinen Geschmack etwas zu energisch schloss, klapperte meine Wohnungstür ebenfalls. Und genau das Geräusch habe ich gehört. Das ist mir allerdings erst eine Weile später klargeworden.«

»Und Sie haben es nicht für nötig gehalten, uns Bescheid zu geben?«, fragte er.

»Mitten in der Nacht? Nur weil es bei mir einmal geklappert hat?«, erwiderte Klinker erbost.

»Genau deswegen!«

»Wie man es macht, ist es verkehrt«, schimpfte sie weiter. »Immerhin habe ich mich gemeldet, nicht wahr? Ich habe dazu nämlich auch eine Bitte: Falls es ein Verwandter war, der in Diesterwegs Wohnung war, hat der sich vielleicht bei Ihnen gemeldet. Dann hätte ich gerne die Kontaktdaten.«

»Warum?«, fragte Röder.

»Wegen einer Trauerkarte, Sie verstehen?«

»Trauerkarte – verulken kann ich mich allein. Nein. Bitte verlassen Sie den Hausflur und gehen zurück in Ihre Wohnung!«, sagte der Inselpolizist bestimmt.

»Also gut, wie ich Ihnen, glaube ich, erzählt habe, würde ich gerne die Wohnung kaufen. Daher möchte ich wissen, ob sich schon ein Erbe gemeldet hat.«

Das konnte nicht wahr sein! Egoismus, dein Name sei Klinker! »Sonst haben Sie aber keine Probleme«, spottete er.

Aber noch gab die Frau nicht auf. »Nein, aber es wäre nett …«

»Gehen Sie!« Natürlich glaubte er nicht daran, in der Wohnung einen Einbrecher vorzufinden, konnte aber die Frau nicht mehr ertragen. Was für ein kaltes Geschöpf! Außerdem würde es bestimmt einen blöden Spruch geben, wenn sie ihn dabei beobachtete, wie er die Wohnungstür öffnete. Das Klebeband sah aus, als hätte jemand daran herumgeknibbelt, aber die Tür war verschlossen. Es waren leichte Bruchspuren zu erkennen. Sie konnten allerdings von einem früheren Versuch Diesterwegs sein, seine Wohnung ohne den Gebrauch eines Schlüssels zu öffnen. Gewissheit würden Fotos bringen, die seine Auricher Kollegen bei ihrer Spurensicherung geschossen hatten. Er hatte natürlich keinen Schlüssel dabei, aber seine eigene Methode. Er griff in die Uniformtasche und suchte einen Bund mit diversen weiteren Anhängen heraus. Damit hatte er noch jede Tür aufbekommen. Doch im gleichen Moment wurde ihm klar, dass das Blödsinn war. Er nahm sein Telefon und rief Arndt an. Das Spurensicherungsköfferchen und seine Kollegen mussten her. Diesmal mit dem richtigen Schlüssel, den sie bei Diesterwegs Leiche sichergestellt hatten. Sollte sich ein Einbrecher in der Wohnung aufhalten, musste der sich eben ein wenig gedulden, bis er festgenommen wurde. Oder aus dem Fenster springen. Durch das Treppenhaus entkam er jedenfalls nicht. Das hatte er im Auge. Er ging hinaus, die Treppe hinunter zu Jessens und klingelte.

Antje Jessen öffnete. »Was ist?«

»Haben Sie in der letzten Nacht Geräusche gehört, von denen Sie uns nichts erzählt haben?«, fragte er.

»Bitte reden Sie vernünftig mit mir!«, forderte sie scharf. »Wann soll ich was gehört haben?«

»Jemand hat sich in Diesterwegs Wohnung zu schaffen gemacht. So gegen halb elf. Ist Ihnen da etwas aufgefallen?«

»Nein. Da war ich nicht da. Ich war unterwegs. Nachtaufnahmen.«

»Dann haben Sie einfach Ihre Kinder allein zu Hause gelassen? Und das, wo die beiden so viel mitmachen mussten? Ich verstehe Sie nicht.« Es fehlte nicht viel und Röder hätte ihr eine gescheuert. Er konnte sich gerade noch zurückhalten.

»Es war Vollmond und klare Sicht. Und genau diese Situation fehlte mir als i-Tüpfelchen.«

Er drehte sich und ging raus. Das war nicht zu ertragen. Er hoffte, dass seine Kollegen bald da sein würden. Natürlich war der Hinweis von Ilona Klinker auf die klappernde Tür recht vage.

»Hallo, Michael. Gibt's wieder Ärger?«

Ole Zander sprang von seinem Rad und schob es auf Röder zu.

»Nein. Ich mache nur Mittagspause.« Dem Inselpolizisten war nicht nach Reden. Nicht nach dem kurzen, aber aufwühlenden Gespräch mit der Jessen.

»Entschuldige«, sagte der Wattführer zerknirscht. »Es ist

alles nicht einfach. Ich mache mir große Vorwürfe, dass ich die Sache ins Rollen gebracht habe, indem ich Jessen von dem Treffen auf dem Heller erzählt habe.«

»Du konntest nicht ahnen, was für Ausmaße das annimmt.«

»Nein, aber anstatt dem Vater davon zu erzählen, hätte ich lieber gleich Kontakt mit euch aufnehmen sollen. Aber für so relevant habe ich die Sache mit der Gans nicht erachtet. Der Mörder allerdings schon, wie es aussieht.«

»Das wissen wir nicht. Die Ermittlungen laufen. Mach dir nicht zuviel Gedanken«, bat Röder.

»Warum habt ihr Hans Jessen denn dann verhaftet, wenn ihr im Trüben stochert?«, fragte Zander erstaunt.

»Darüber möchte ich nicht reden. Das sind Interna«, erwiderte der Inselpolizist und sah mit Erleichterung Arndt und Gero näherkommen.

»Ich gehe dann mal«, rief Zander.

Röder nickte ihm zu und wandte sich an seine Kollegen. »Gut, dass ihr da seid. Ich muss weiter zum ›Nautilus‹. Die Chefin hat mich angerufen.«

»Gib das weiter an Herbert«, entschied Arndt. »Das ist sein Revier. Du kommst mit rein und hältst die Augen offen.«

»Auch gut.« Er nahm Kontakt mit Pankok auf, und der versprach, ins Ostdorf zu fahren.

Röder unterrichtete Arndt und Gero von den Geräuschen, die Ilona Klinker gehört haben wollte. »Eigentlich wollte ich mir Zutritt verschaffen«, lächelte er. »Ich habe aber beschlossen, mich wie ein vernünftiger Polizist zu benehmen und das Spurensicherungsköfferchen um Hilfe zu bitten. Gut, dass ihr es mitgebracht habt.« Er deutete auf die metallene Kiste, die Gero nach oben trug.

»Lassen wir uns überraschen«, sagte Arndt, als sie vor der Wohnungstür angekommen waren.

Nach genauer Inaugenscheinnahme öffneten sie die Tür

und lauschten. Kein Ton drang aus der Wohnung. Arndt nickte Michael zu. Sie machten sich bemerkbar und gingen vorsichtig, Schritt für Schritt, durch den Flur in das Wohnzimmer. Sie schauten in die Küche, dann ins Schlafzimmer und zum Schluss auf die Toilette. Aber auch sie lag verlassen da.

»Das war wohl ein Fehlalarm, oder?«, vermutete Gero.

»Ich weiß nicht. Da ist irgendwas anders«, stellte Röder fest.

»Und was genau?«, fragte Arndt.

»Keine Ahnung.« Was war es nur, das ihm deutlich machte, dass tatsächlich jemand auf der Suche nach etwas gewesen war? Es war nicht so, dass Papiere auf dem Boden verstreut lagen oder Porzellan zerschlagen war. Nein, es war etwas anderes, etwas, das er nicht genau definieren konnte. Noch nicht. Aber es geisterte in seinem Kopf herum. Nur leider nicht so intensiv, dass es sich vordergründig in seinem Gehirn hätte festsetzen können. Vielleicht waren seine Kollegen fitter.

Natürlich hatten die Ermittler der Polizei bei der Beweismittelsicherung das eine oder andere nicht wieder in die Schublade geräumt, aber im Normalfall hinterließen die Kollegen eine Wohnung so, wie sie sie vorgefunden hatten. In Diesterwegs Wohnung hatten die Ermittler nichts entdeckt, was zur Aufklärung hätte beitragen können. Zumindest war ihnen nichts bewusst. Schließlich hatten sie kaum Privatpapiere finden können. Und was sie für wichtig gehalten hatten, hatten sie mitgenommen. Was also war es, was ihn sicher sein ließ, dass jemand hier gewesen war? Es wollte ihm nicht einfallen.

»Lasst uns gehen.« Die drei Kommissare sicherten die Wohnung und fuhren zurück zum Hotel »Sonnenstrand«. Es war ruhig im Haus. Das Hotel war zu dieser Jahreszeit nicht voll belegt, die Klänge aus dem Gartenhaus würden sie erst ab morgen begleiten. Röder freute sich schon. Von aller Musik war Rock'n'Roll seine Lieblingsmucke.

Anika saß im Cocktailsessel und blätterte in einem Buch, das sie wohl aus einem Glasschränkchen gezogen hatte, das noch viele andere Titel beherbergte. »Ein Baltrumkochbuch«, sagte sie und hielt es hoch. »Wusstest du, dass es so etwas gibt? Hat Diesterweg da mitgemacht?«

In Röders Kopf rotierte es. Auch Sandra hatte so ein Exemplar. Und wenn er sich recht erinnerte, auch ein paar andere, die alle mit einer Bindeheftung versehen waren. Dann fiel es ihm ein. »Diese Bücher hat vor Jahren die Werbegemeinschaft Baltrum für die Feriengäste rausgebracht. Es gab auch ein Malbuch. Die waren ganz fleißig damals. Sie waren auf Messen, haben den Rosengarten aktiviert und vieles mehr. Aber sie haben sich schon vor einigen Jahren aufgelöst.«

»Schade. Es ist nie schlecht, wenn sich Menschen ehrenamtlich engagieren. Alles kann die politische Gemeinde auch nicht schaffen. Selbst auf so einem kleinen Flecken wie Baltrum«, war sich Arndt sicher.

»Es war übrigens weit vor Diesterwegs Zeit, dass es die Werbegemeinschaft gab.« Röder zögerte. »Bücher. Kochbücher. Habt ihr da nichts bemerkt?« Er schaute seine Kollegen erwartungsvoll an.

Gero und Arndt schüttelten ratlos den Kopf.

»Sein Schrank im Wohnzimmer ist voller Kochbücher. Und das Besondere daran ist – war –, dass die nach Alphabet sortiert waren. Und genau das waren sie nicht mehr, als wir eben in der Wohnung waren.«

»Wieso ist dir das aufgefallen?«, fragte Arndt verblüfft.

»Ich habe mit Martin Brinkmann gesprochen, nachdem die in Diesterwegs Wohnung durch waren. Und der hat erwähnt, dass er selten so penibel aufgeräumte Zimmer gesehen hätte. Sogar die Bücher seien nach Alphabet geordnet. Er hat noch gelacht und gemeint, dass er höchstens auf die Idee kommen würde, seine Bücher nach Farbe und Größe zu sortieren. Oder alle Bücher des gleichen Autors zusammenzustellen. Aber von A bis Z, das würde ihm nicht im Traum einfallen. Mir übrigens auch nicht.« Röder dachte kurz darüber nach, dass es bei Sandra und ihm auch gar nicht so viel zu sortieren gäbe.

Arndt schüttelte den Kopf. »Dem kann ich mich nur anschließen.«

»Und du erinnerst dich, dass die Bücher nicht mehr so standen, wie Diesterweg sie einsortiert hatte?«, fragte Gero.

»Zumindest nicht die Kochbücher. Zunächst hat mich gewundert, dass er sie nicht in der Küche, also vor Ort, aufbewahrte. Aber bei solch einer Menge war das wohl nicht möglich. Dann habe ich mit Erstaunen festgestellt, wie viel verschiedene Ausgaben es gibt. Ich glaube, der hatte Rezepte aus jedem Land der Welt. Und sie waren mit Sicherheit nicht geordnet. Im Gegenteil. An einer Stelle war sogar eine Lücke und die anderen Bände standen nicht in einer Reihe, sondern einige waren nach hinten geschoben. Es machte einen ziemlich unordentlichen Eindruck im Gegensatz zu den anderen Büchern im Wohnzimmerschrank. Aber das ist mir erst jetzt richtig klargeworden.«

»Könnte also jemand etwas gesucht haben?«, fragte Gero.

»Es sah beinahe so aus. Nur was?«

»Die Antwort auf die Frage würde uns wesentlich weiterhelfen«, sagte Arndt. »Aber leider haben wir keine.«

»Wilko?«, warf Anika in den Raum.

»Wir haben ihm den Schlüssel, den er von Diesterweg hatte, abgenommen«, erläuterte Arndt. »Ich kann mir gut vorstellen, dass er ein besonderes Rezept als Erinnerung an seinen Freund an sich nehmen wollte. Aber ich kann mir beim besten Willen nicht vorstellen, dass der Junge nachts dort einbricht, sich ein Buch rauszieht und verschwindet, ohne große Spuren an der Tür zu hinterlassen. Nein, das war jemand anderes. In das Haus hineinzukommen, ist kein Problem. Die Haustür ist nicht abgeschlossen.«

»Ihr glaubt also wirklich, dass sich dort jemand zu schaffen gemacht hat?«, fragte Anika. »Ihr habt ein paar Spuren an der Wohnungstür gefunden und die Anordnung der Kochbücher hat sich verändert. Der Tatbestand gibt an sich nicht so viel her, wenn nicht eines wäre …«

Die drei Männer schauten sie gespannt an.

»Wenn nicht diese seltsame rituelle Einzahlung auf sein Konto gewesen wäre. Hat jemand in der Wohnung nach Beweismitteln gesucht, die dringend verschwinden mussten? Vielleicht gibt es eine Verbindung zu einem Rezept oder einem der Bücher?«, überlegte sie.

»Ist durchaus möglich. Nur wissen wir leider nicht, ob ein Buch fehlt und welches es sein könnte«, stellte Röder fest.

»Wo machen wir in der Hoffnung, dass wir irgendwann die Lage richtig einordnen können, weiter?«

»Lasst uns auf Herbert warten. Mal schauen, was der im ›Nautilus‹ erfahren hat«, schlug Gero vor. »Und bis dahin …«

»Gute Idee.« Röder ging zielstrebig in die Küche des Hotels und hatte Glück. Henning Ahlers entschuppte gerade ein paar Fische, war aber sofort bereit, sich um eine Kanne Kaffee zu kümmern. »Ich säubere nur eben die Fische zu Ende, dann bin ich bereit.«

# 31

Herbert Pankok war gespannt, was die Chefin des Muschelladens von ihnen wollte. Er fuhr am Spielteich und am Friedhof vorbei ins Ostdorf. Er sah einige neue Häuser auf der linken Seite, dahinter ein geducktes Insulanerhaus. Das musste es sein, wenn er Röders Wegbeschreibung richtig in Erinnerung hatte. Er bog links ab. Genau, da war es. Zwei Frauen standen lachend vor der Eingangstür und hielten sich gegenseitig ihre ausgestreckten Finger unter die Nase. »Mein Ring ist aber schöner«, hörte der Kommissar die eine Frau sagen, dann schob er sich an ihnen vorbei in den Laden. Verblüfft schaute er sich um. Solch eine Menge wunderbarster Muscheln hatte er noch nie gesehen. Allerdings gab er zu, dass sich bei seinen Urlauben in den Bergen eher selten die Möglichkeit zur Muschelbeschau ergab.

»Sie schauen sich um?«, sagte eine freundliche Stimme.

»Gehört Ihnen der Laden?«, fragte er zurück.

Die Frau mit dem Dutt und der auffallenden Brille nickte. »Worum geht es?«

Pankok zog seinen Ausweis aus der Brusttasche und stellte sich vor. »Sie wollten uns sprechen?«

»Ja. Michael hat gefragt, ob Tim Seebald hier eine Kette mit einem Schiffsanhänger gekauft hat. Ich habe das bestätigt. Aber nun bin ich mir gar nicht mehr so sicher. Er hat sich nämlich auch diese angeschaut.« Sie zog eine Schublade auf und nahm eine Kette mit einem silbernen Schneckengehäuse heraus. »Ich möchte nicht mehr meine Hand dafür ins Feuer legen, welche Kette er mitgenommen hat. Es waren einige andere Kunden im Laden, und ich habe meine Aufmerksamkeit an verschiedenen Stellen gehabt. Also das war es, was ich sagen wollte.«

»Danke, dass Sie so offen sind«, sagte Pankok. »Wenn Ihnen dazu noch etwas einfällt, melden Sie sich bitte. Es kann oft sein, dass man sich völlig überraschend an irgendwelche Dinge erinnert, die Licht in die Sachlage bringen.« Er verabschiedete sich und ging nach draußen, nicht ohne einen weiteren bewundernden Blick auf die verschiedenartigsten Muscheln und Schneckenhäuser zu werfen. Gleichzeitig dachte er: Was für ein Mist. Er hatte auf einen entscheidenden Hinweis gehofft, aber was ihm die Frau mitgeteilt hatte, brachte nur mehr Durcheinander in die ohnehin verzwickte Lage. Oder reichte es tatsächlich zu einem neuen Ermittlungsansatz? Sollte er sich den Seebald erneut vornehmen? Die Zweifel der Frau einfach nur zur Kenntnis zu nehmen, war nicht seine Art. Er stieg auf sein Rad und fuhr zum Totengräber. Der Mann empfing ihn erstaunlich freundlich und bot ihm sogar eine Tasse Kaffee an. Doch als Pankok mit seinem Anliegen herausrückte, war die gute Stimmung bereits wieder auf Eis.

Tim Seebald ließ sich in den Sessel fallen und atmete tief durch. Dann sprang er plötzlich auf, rannte in den Flur und kam gleich darauf zurück. Mit einem leichten Klicken landete etwas auf dem schmalen Tisch. »Da. Nicht, dass Sie mich wegen Diebstahls verhaften.«

»Was ist das?«, fragte Pankok verwundert.

»Eine Haarspange. Ich habe sie bei Leevkes Grab aufgehoben und ohne nachzudenken eingesteckt. Erst vorhin habe ich sie in meiner Jackentasche wiedergefunden. Ich habe keine Ahnung, ob sie zu der Frau gehörte, aber Sie sollen sie haben.«

»Danke.« Der Kommissar zog einen Sicherungsbeutel heraus und tütete die Spange ein. Er konnte gut nachvollziehen, dass so etwas passierte. Er selbst hatte auch schon mal einen abgerissenen Knopf ein gutes halbes Jahr mit sich herumgetragen, bis er die Jacke hatte waschen wollen und ihm der Knopf bei der üblichen Taschenkontrolle entgegenrollte. »Was ist mit der Kette?«

»Ich habe die Kette mit dem Schiff gekauft. Genau die, die ich meiner Freundin geschenkt habe.«

Pankok stand auf. Das Ende der Fragerunde war erreicht. Er hatte keine Möglichkeit, dem Mann das Gegenteil zu beweisen. Und selbst wenn, war der Weg, den die Ketten genommen hatten, nicht nachvollziehbar. Er hatte nur noch eine Chance. »Haben Sie die Telefonnummer Ihrer Ex-Freundin?«

Tim Seebald schaute den Kommissar irritiert an. »Sie wollen meine Ex mit reinziehen? Das glaube ich nicht.«

»Bitte!«

»Tut mir leid. Ich habe sie nicht. Die Frau ist ans Festland gefahren und seitdem aus meinem Dunstkreis verschwunden. Sie hat keine Nachricht hinterlassen. Sie ist bei Facebook nicht mehr aufzufinden, und ihr Handy hat offensichtlich eine neue Nummer.« Resigniert strich sich Tim Seebald die Haare aus der Stirn. »Wenn ich nur wüsste, warum sie gegangen ist. Es kann verdammt noch mal nicht daran liegen, dass ich ihr den falschen Schmuck geschenkt habe.«

»Da kann ich Ihnen leider nicht helfen«, sagte Pankok. Sicher war die Kette nur der letzte Auslöser. Was zuvor in dieser Beziehung abgelaufen war, wusste er natürlich nicht.

»Ich mir auch nicht.« Tim Seebald schaute Pankok traurig an. »Bin ich denn so ein schlechter Mensch?«

Langsam wurde es dem Kommissar zu rührselig. Was sollte er darauf antworten? Vielleicht lag jedoch genau hier die Antwort auf Seebalds Frage. Hatte er auch gegenüber seiner Ex-Freundin den bemitleidenswerten Trauerkloß raushängen lassen? Das konnte keine Frau auf Dauer ab. Die verlangten zupackende Energie von ihren Partnern. Zumindest konnte er sich das vorstellen. So richtig bestätigen hatte er bisher diese Ansicht mangels Frau nicht können.

Natürlich gab es eine andere Möglichkeit. Hatte die Frau den Totengräber gar nicht verlassen? Wie Seebald eben bestätigte, war die Frau verschwunden. Genau wie damals Leevke. Lag sie ebenfalls auf dem Friedhof und man hatte sie nur nicht entdeckt?

»Geben Sie mir den Namen und das Geburtsdatum der Frau!«, forderte er Seebald auf.

»Wenn es sein muss – Caroline Hartlieb. Genannt Line. Sie hat am 1. April Geburtstag und ist jetzt 34. Aber versprechen Sie sich nicht zu viel davon. Sie ist untergetaucht. Sie wollte übrigens immer mal nach Australien. Vielleicht ist sie dort.«

Pankok notierte sich die Daten. Wenn der Typ, der dem Anschein nach ziemlich verzweifelt schien, tatsächlich die Wahrheit gesagt hatte und ihn nicht mit einem falschen Namen in die Irre führen wollte. »Danke erst einmal. Wir melden uns.«

Ohne eine Antwort abzuwarten, ging er hinaus und setzte sich aufs Rad. Er war sich nicht sicher, wie er das Gespräch mit dem Totengräber beurteilen sollte. Sagte der Mann die Wahrheit? Seine Verzweiflung schien nicht gespielt zu sein. Aber er konnte es nicht einschätzen. Lebte Caroline Hartlieb, und wenn ja, wo? Das zu erfahren, würde enorm helfen. Aber um in dieser Sache weiterzukommen, sollte er zurück in den Clubraum fahren und schauen, was seine Kollegen am Festland mit den Daten anfangen konnten.

Oder sollte er vorher mit diesem Balke Kontakt aufnehmen, von dem Anika ihm berichtet hatte? Wäre vielleicht nicht schlecht. So hatte er danach unter Umständen mehr zu berichten. Er fuhr zum Restaurant »Dreimaster« und sah sich um. Einige Plätze auf der Terrasse waren belegt. Die meisten

Gäste löffelten genussvoll den Inhalt aus ihren großen Eisbechern. Wäre jetzt auch eine Möglichkeit, sinnierte Pankok. Doch leider stand gerade nicht Freizeit auf dem Programm. Ein junger Mann mit einem Tablett voller Biere kam auf ihn zu. »Wenn ich mal durchdürfte?«

Pankok drehte sich um. Tatsächlich, genau hinter ihm saß eine Gruppe Männer und schaute erwartungsfroh dem Tablett entgegen. Er machte einen Schritt zur Seite. Sollten die Männer doch nicht zu lange auf das kühle Nass warten. Der Ober stellte die Getränke ab, gleich darauf scholl ein fröhliches »Prost« über den Platz. Als der Ober zurückkam, fragte er ihn nach Balke.

»Gehen Sie rein. Er steht hinter dem Tresen«, erwiderte der Ober und verschwand.

Der Kommissar betrat das Restaurant und war sofort begeistert. Gemütlich, nordisch, aber nicht überladen mit Krimskrams. Genau, wie er es mochte.

»Herr Balke? Kommissar Pankok. Frau Frederik hat mir gesagt, dass ich Sie zu einem Unfall auf See befragen kann.«

Der Mann nickte. »Warten Sie zwei Minuten. Dann kommt meine Ablösung und ich habe Zeit. Setzen Sie sich nach draußen. Ich bringe Ihnen einen Kaffee.«

Pankok folgte der Aufforderung ohne Gegenwehr. Er hatte seit dem Morgen nichts mehr zwischen den Kiemen gehabt, was ihm hier, bei dem leichten Essensduft, der über die Terrasse wehte, schmerzlich bewusst wurde.

Wie aus dem Nichts stand Balke neben ihm und stellte den Kaffee ab. »Bis gleich.«

Er sollte sich man ruhig Zeit lassen. Die Sonne schien, das Wasser spiegelte sich auf dem Wattenmeer, auf dem Heller grasten zwei Pferde. Ein schöneres Bild kann es kaum geben, dachte Pankok. Natürlich abgesehen von dem Rundumblick, wenn man einen Berg bestiegen hatte. Der war durch nichts zu überbieten. Er bemerkte kaum, dass der Chef des Restaurants sich zu ihm gesetzt hatte. Fast schrak er auf, als der Mann »Hier bin ich«, sagte. »Was gibt es also?«

»Wie Sie wissen, bearbeite ich den Fall Leevke Meinders, deren Überreste auf dem Friedhof gefunden wurden. Wir versuchen die letzten Tage der jungen Frau nachzuvollziehen und folgen jedem Hinweis. Im Moment ist es der Hinweis auf ein Telefonat, in dem Leevke gesagt haben soll: ›Ich habe angeheuert.‹ Das veranlasste uns zu der Frage, ob sich vor fünf Jahren im Wattenmeer ein Bootsunfall ereignet haben könnte. Bisher gibt es keinen Hinweis darauf, aber meine Kollegin verwies mich an Sie. Natürlich ist mir klar, dass der Zeitpunkt sehr weit zurückliegt, aber vielleicht haben Sie etwas in Erinnerung.«

Balke überlegte. »Ich bin viel mit dem Boot draußen und vor längerer Zeit war da mal was. Ich bin an Bord über Funk zu erreichen und jemand meldete Mayday. Ich habe natürlich sofort reagiert und die genauen Daten abgefragt. Dann kam aber nichts mehr, weshalb ich gedacht habe, die Sache hätte sich erledigt. Genaueres kann ich Ihnen jedoch nicht mehr sagen.«

»Dennoch. Wissen Sie, wo Sie sich damals befunden haben?«, fragte Pankok.

»Vor der Insel. Allerdings ist das nicht relevant. Der Funkspruch könnte von überall hergekommen sein.« Balke schaute auf die Uhr. »Aber wenn Sie Zeit haben, können wir rausfahren. Mein Mitarbeiter übernimmt. Dann können Sie sich ein plastisches Bild von der Situation machen.«

Pankok zögerte nicht lange. Das Wetter war gut, die See lag ruhig da, zumindest aus der Ferne gesehen, so musste das Gespräch mit den Kollegen eben warten. »Gut. Ich bin dabei. Jetzt sofort?« Er zog sein Portemonnaie aus der Tasche, doch Balke winkte ab. »Der Kaffee geht aufs Haus.«

Pankok legte drei Euro neben die Tasse. »Passt schon.«

»Haben sich sonst Hinweise ergeben?«, fragte Balke auf der Fahrt zum Bootshafen.

»Der eine oder andere«, antwortete der Kommissar. »Wir gehen davon aus, dass sie bereits vor fünf Jahren ermordet und erst woanders verscharrt wurde. Das ergibt sich aus den verschiedenen Sorten Erde, die an den Knochen hafteten. Die Kollegen an Land können die Zusammensetzung ziemlich genau ermitteln.«

»Ist nicht viel«, sagte Balke.

»Steter Tropfen höhlt den Stein. Es gibt eine Geschichte, die ich allerdings verifizieren muss. Dann sehe ich weiter. Ich bin guter Dinge.« Pankok dachte kurz an seine bisherigen Erfolge, auf denen er sich natürlich nie ausruhte. Jeder Fall war eine neue Herausforderung. Um die Ecke denken, das war es, was ihm oft weitergeholfen hatte. Allerdings musste er sich eingestehen, dass es nie so eine geringere Hinweislage gegeben hatte wie hier auf der Insel. Aber das musste er dem Mann, der ihn zu einer Bootstour eingeladen hatte, nicht unbedingt auf die Nase binden. Es wäre nicht gut, wenn diese Einschätzung fachlich unkommentiert in die Öffentlichkeit geriet. Es hatte sich bisher bei allen Fällen als erheblich sinnvoller erwiesen, wenn er mit beweiskräftigen Erfolgsaussagen den Täter aus der Reserve hatte locken können. ›Wir sind kurz davor …‹ Das machte Täter nervös und sie machten Fehler!

»Hier ist die Rettungsstation.« Holger Balke zeigte nach links. Das kleine Häuschen, das die DGzRS-Station beherbergte, lag zwischen der Reederei Baltrum-Linie und dem Haus des Baltrumer Bootsclubs hochwassergeschützt auf einer Düne. Von hier aus hatte man einen guten Überblick über den Hafen und das Wattenmeer bis zum Festland.

»Waren die Seenotretter auch im Einsatz, als Sie den Notruf gehört haben?«, fragte Pankok.

Balke überlegte. »Es ist schon so lange her. Wenn die den

Notruf aufgefangen haben, waren die bestimmt unterwegs. Aber ich kann mich kaum erinnern. Es kommt öfter vor, dass die Seenotretter zu einem Einsatz unterwegs sind. Wie gesagt: Ich hörte nur diesen kurzen Notruf und dann nichts mehr.«

Sie stellten ihre Räder am Zaun des Bootsclubs ab und Pankok folgte Balke den Steg hinab zu einem Motorboot, das zwischen vielen anderen festgemacht war. Pankok gefiel das Boot. Es hatte einen hölzernen Rumpf, der einen massiven Eindruck machte. Darüber wölbte sich eine Kajüte, in der man sicher aufrecht stehen konnte. Es war ruhig im Bootshafen. Nur auf einem anderen Motorsegler sah er einen Mann mit Schiffermütze und Bart. Wie es sich gehört, dachte Pankok. So muss ein richtiger Seemann aussehen.

»Hinein ins Boot mit Ihnen«, forderte Balke ihn auf. »Sie lösen die Taue und holen die Fender ein, wenn ich es Ihnen sage. Dann passt das.«

Pankok war froh, dass er wenigstens wusste, was Fender waren. So musste er sich nicht unnötig blamieren. Mit einem mutigen Schritt hob er sein rechtes Bein über die Reling, dann das linke. Das Boot schaukelte leicht, beinahe wäre er hintenübergefallen. Er konnte gerade noch das Gleichgewicht halten.

Er beobachtete, wie der Schiffsführer die Bugleine löste und ebenfalls das Schiff bestieg.

Balke öffnete die Tür zur Kajüte, zog seine Jacke aus und warf sie hinein. »Lösen Sie hinten die Festmacherleine und schießen Sie sie auf. Dann setzen Sie sich auf die Heckbank. Da haben Sie den besten Überblick.«

Pankok kam der Aufforderung des Schiffsführers gerne nach. Es klappte sogar einigermaßen mit dem Aufschießen, oder wie der Mann das genannt hatte. Dann nahm er die Fender, die zum Schutz links und rechts an der Reling hingen, und legte sie ins Boot. Der Motor sprang an, Balke drehte das Schiff aus dem Hafen und beschleunigte. Rasch nahmen sie Fahrt auf und brausten zwischen Norderney und Baltrum durch die Wichter Ee auf das offene Meer zu. Pankok wurde leicht mulmig. Wie gut, dass er saß. Immer wieder schlug das Schiff auf den Wellen auf. Sein Magen begann sich zu drehen. Konnte der Mann nicht etwas langsamer fahren?

»Herr Balke«, rief er dem Mann zu, der mit unveränderter Geschwindigkeit durch die Wellen rauschte. Aber der hörte ihn offensichtlich nicht.

»Herr Balke«, versuchte er es erneut. Diesmal noch lauter, aber wieder kam keine Reaktion. Wo wollte der Mann hin? Zu allem Unglück meldete sich sein Handy. Sollte er rangehen? Natürlich. Alles konnte wichtig sein. Er versuchte, das Gerät aus der Hosentasche zu fummeln, musste jedoch feststellen: Im Sitzen bekam er es nicht herausgezogen. Warum hatte er es nur so dämlich eingesteckt? Normalerweise trug er es wie alle Menschen in der Jackentasche. Ja. Natürlich. Er hatte Angst gehabt, dass es ihm unterwegs auf dem Wasser herausfallen könnte, und es deshalb sicher verstaut. Sehr sicher. Ganz langsam schob er sich auf seine nicht sehr standfesten Beine und fummelte mit der einen Hand in der Hosentasche, während er sich mit der anderen an der Reling festhielt. Was für ein Abenteuer! Er hatte in den Bergen schon viel Natur erlebt, aber das hier war das Schärfste, was er in seinem Leben mitgemacht hatte. Das würde er nie wieder machen. Dann lieber allein auf einem schmalen Gipfelpfad.

»Herr Balke!« Das Telefon hatte aufgehört zu läuten, aber er wollte wissen, wer ihn hatte erreichen wollen. Da. Endlich hatte er es. Aber noch hatte er das Problem, dass seine linke Hand fest mit der Reling verbunden war. »Verdammt, nun fahren Sie langsamer«, schrie er mit aller Kraft.

Diesmal reagierte Holger Balke. Er nahm den Schub aus dem Schiff, und es hätte nicht viel gefehlt, dann wäre der

Kommissar über Bord gegangen. Er konnte das Abtauchen nur verhindern, indem er sich mit beiden Händen an der Reling festklammerte. Sein Handy allerdings überlebte das Manöver nicht. Es schoss im hohen Bogen über Bord und gesellte sich zu den anderen, die bereits als Opfer übermütiger Seemanöver auf dem Meeresboden herumlagen.

Pankok ließ sich auf die Bank fallen. »Das haben Sie ja prächtig hingekriegt«, ächzte er. »Mir ist zum Kotzen. Mein Telefon ist weg und ich habe keine Ahnung, wo wir sind.«

»Das müssen Sie auch nicht mehr wissen«, sagte Holger Balke ruhig und kam mit festen Schritten auf ihn zu.

# 32

»Wann wird das Grab der Kramers freigegeben?«, fragte Röder. »Klaus Kramer hat vorhin bei mir angerufen und wollte das wissen. Ich habe zwar keine Ahnung, warum das jetzt so schnell gehen soll, wo er sich sonst nie um das Grab gekümmert hat, aber so ist es eben.«

»Ich spreche gleich mit Müller«, versprach Gero. »Ich denke, wir können das veranlassen. Ich wüsste vorher nur zu gern, wo Herbert steckt. Er sollte uns Bericht erstatten, auch wenn wir nicht zwingend in seine Ermittlungen eingebunden sind. Ruf ihn doch mal an, Michael.«

Röder versuchte es, dann meinte er verblüfft: »Sein Handy ist aus. Hat der vergessen, dass wir in Ermittlungen stecken?«

»Der wird sich bestimmt melden. Vielleicht ist er gerade im Ostdorf und schaut sich ein paar Ketten im ›Nautilus‹ an«, vermutete Arndt.

»Oder er sitzt mit Frau Wübben zum Nachmittagskaffee«, schlug Gero als Lösung vor, als es klopfte und genau die Frau den Kopf durch die Tür steckte, von der Gero gerade gesprochen hatte.

»Darf ich reinkommen?«, fragte sie. »Ich bin auf dem Weg zum Hafen. Mein Schiff geht in einer Stunde, und ich wollte gerne etwas loswerden.«

»Bitte kommen Sie herein«, forderte Röder sie auf und schob der alten Dame einen der Cocktailsessel zurecht. »Was können wir für Sie tun?«

»Ich denke eher, ich für Sie«, antwortete Olga Wübben und ließ sich in den Sessel fallen. »Ich habe da nämlich eine Vermutung. Ich bin auf meinem Inselspaziergang an einem Restaurant vorbeigekommen. Das heißt ›Dreimaster‹. Wenn meine Enkeltochter nun da angeheuert hat? Als Küchenmädchen, Spülfrau oder so? Wäre das möglich?«

»Das wäre sicher möglich, und wir werden dem Gedanken nachgehen«, sagte Arndt nach einem kurzen Moment der Stille. »Hat Ihre Enkeltochter sich denn auch für Gastronomie interessiert?«

Olga Wübben überlegte einen Moment. »Eigentlich nicht, nein. Wissen Sie, das ganze Erlebnis rund um Strand und Wasser hätte sie nicht gehabt, wenn sie ihre Zeit in der Küche hätte verbringen müssen. Ich dachte nur, weil da dieses Telefonat war. Da hat sie gesagt, sie habe angeheuert. Und das Lokal heißt ›Dreimaster‹. Nein, es stimmt, es war wohl ein dummer Gedanke von mir, aber man klammert sich an jeden Strohhalm. Haben Sie denn schon eine andere Spur?« Sie schaute den Kommissar aufmerksam an.

»Wir ermitteln noch, wie es so schön heißt. Aber ich verspreche Ihnen, dass Sie es erfahren, wenn es Neuigkeiten gibt«, beruhigte Arndt sie.

»Danke.« Olga Wübben schob sich mühsam aus dem Sessel. »Ich hätte doch besser einen Stuhl genommen«, schnaufte sie. »Aber es bot sich so an. Die alten Zeiten, wissen Sie? Ich wünsche Ihnen und uns viel Erfolg. Ich rechne mit Ihrem Anruf.«

Röder versprach es und brachte die Frau nach draußen.

»Was haltet ihr von dem Vorschlag?«, fragte Gero in die Runde.

»Er ist genau so wertvoll wie eine Verbindung zu jedem anderen seemännischen Begriff auf dieser Insel – und davon gibt es eine ganze Menge«, wusste Anika.

»Zumal an dem Anruf, der Frau Wübben erreicht haben will, nichts sicher ist. Weder, wer gesprochen hat, noch, was gesagt wurde. Ja, es ist nicht einmal sicher, ob er überhaupt stattgefunden hat«, überlegte Arndt.

»Aber immerhin haben wir ihn so ernst genommen, dass wir ermittelt haben, ob er etwas mit Jessen und der Reederei zu tun gehabt haben könnte«, wandte Röder ein. Er nahm sein Telefon und versuchte erneut, seinen Kollegen zu erreichen. »Wieder Fehlanzeige«, sagte er nach kurzem Warten.

»Ist er abgereist?«, fragte Gero. »Er machte doch die Andeutung eines letzten Versuches? Sitzt er womöglich auf der Fähre und lässt sich die Sonne auf die Nase scheinen?«

»Ich frage bei den Ahlers nach. Die werden wissen, ob das Zimmer frei ist.« Anika sprang auf und ging hinaus. Im Frühstücksraum traf sie auf Birgit Ahlers. »Wir können Herrn Pankok nicht erreichen. Er geht nicht an sein Telefon. Da kam bei uns der Verdacht auf, dass er vielleicht abgereist sein könnte.«

»Wir sehen nach«, sagte die Frau freundlich und stellte ein Tablett mit bunten Sträußen ab. »Kommen Sie.« Sie gingen zur Rezeption und holten den Zweitschlüssel. Dann folgte Anika Birgit Ahlers in den zweiten Stock. Dort klopfte die Frau einige Male energisch an die Tür, dann schloss sie auf. »Seine Sachen sind da. Sollte mich wundern, wenn er ohne sie abgereist wäre«, sagte sie.

Tatsächlich lag eine Jacke auf dem Bett, eine Reisetasche stand offen daneben.

»Aber egal, wo er gerade ist, ob hier oder am Festland – warum ist der Telefonkontakt nicht da?«, wunderte sich die Hotelchefin.

»Keine Ahnung«, erwiderte Anika. »Das ist ungewöhnlich, aber wahrscheinlich gibt es, wie so oft, eine ganz einfache Erklärung.« Klar, die gab es immer. Wenn sie an die Zeit dachte, die sie mit Holger verbracht hatte – auch da hätte es gut sein können, dass sie ihr Handy schlichtweg ignoriert hätte. Holger – sie spürte ein leichtes Ziehen in der Magengegend. Sie hatte Sehnsucht. Ob der Mann heute Abend Zeit für sie hatte? Sie würde später versuchen, ihn zu erreichen. Und dann, da war sie sich sicher, würde der Abend nicht wieder so ein spontanes Ende haben. Sie ertappte sich bei der Gewissheit, dass sie kein Problem mehr damit hätte, ihm ihre Schnitte an den Armen zu erklären. Er wird es verstehen, dachte sie und konnte kaum erwarten, dass der Nachmittag vorüberging.

Sie bedankte sich, ging zurück in den Clubraum und berichtete ihren Kollegen, dass Pankok offensichtlich nicht abgereist war.

»Wo steckt der Kerl denn nur?«, wunderte sich Röder. »Das geht doch nicht, dass der hier sein Ding macht, ohne uns zu unterrichten. Auch wenn er allein mit den Ermittlungen wegen Leevke betraut ist – wir arbeiten schließlich zusammen!«

»Da gibt es allerdings eine weitere Möglichkeit«, warf Arndt zögernd ein. »Was ist, wenn er sich nicht melden kann?«

Gero, Anika und ihr Inselkollege schauten Arndt zurückhaltend an.

»Da sagst du was«, bestätigte Gero. »Auch das sollten wir im Auge behalten.«

»Abwarten oder nicht?«, fragte Arndt in die Runde.

»Beides. Lass uns eben nachvollziehen, wo er sich aufhalten könnte. Ich frage beim ›Nautilus‹ und bei Tim, ob er sich hat blicken lassen«, schlug Röder vor, nahm, ohne eine Antwort abzuwarten, sein Handy aus der Tasche. Nach ein paar Minuten schüttelte er den Kopf. »Er war da, ist aber jeweils nach kurzer Zeit verschwunden. Die Chefin vom ›Nautilus‹ berichtete, dass sie nicht mehr ganz sicher gewesen sei, ob Tim wirklich die Kette mit dem Segelschiffanhänger gekauft habe. Das habe sie uns sagen wollen. Tim hat abgestritten, eine andere Kette gekauft zu haben. Auch das hat er mir gerade ziemlich ungehalten mitgeteilt. Er hat erwähnt, dass Pankok nach dem Namen der Freundin gefragt habe. Auch den Namen habe er genannt. Und eine Haarspange, die er auf dem Friedhof bei der Leiche gefunden habe, hat er ihm gegeben. Dann sei der Kommissar gefahren.«

Einen Moment herrschte Schweigen im Clubraum, dann sagte Gero: »Eigentlich hört sich das so an, als wäre der nächste Schritt gewesen, mit ebendieser Freundin von hier aus Kontakt aufzunehmen. Was ist dazwischengekommen?«

»Vielleicht, dass Tims Geschichte bis auf eine winzige Kleinigkeit stimmt«, überlegte Röder laut.

»Und das wäre?«, fragte Gero.

»Dass Herbert eben nicht gefahren ist, sondern dass es womöglich zu einer Auseinandersetzung gekommen ist oder er bei Tim belastendes Material gefunden und Tim die Reißleine gezogen hat. Wie bei Leevke.«

»Wir fahren hin und sprechen mit ihm.« Arndt Kleemann stand auf. »Michael, du kommst mit.«

»Und ich?«, fragte Anika.

»Bürokram in der Wache. Ich habe da so eine Idee – der Wilko weiß vielleicht, welches der Kochbücher fehlt. Ob er uns weiterhelfen kann?«

»Möglich ist es«, überlegte Anika. »Ich will nur nicht hoffen, dass es den Jungen zu sehr belastet, Diesterwegs Wohnung zu betreten.«

»Ich habe zwar keine Ahnung, ob dieses Wissen uns weiterhilft, aber einen Versuch ist es wert. Würdest du das übernehmen? Denk an den Schlüssel.«

»Mache ich.« Sie hatte einen guten Draht zu Wilko und hoffte nur, dass die Mutter dem Jungen die Erlaubnis gab. Aber wahrscheinlich war es der völlig egal.

»Gero, siehst du ein weiteres Mal die Unterlagen der Spurensicherung durch?«, bat Arndt und war gleich darauf mit Michael verschwunden.

Bürokram, dachte Anika, wenn er meint. Auch sie fuhr los und ließ Gero allein zurück. Eigentlich konnte sich auf der Wache nicht allzu viel angesammelt haben, aber es war bestimmt nicht schlecht, ab und zu dort Gesicht zu zeigen. Zwar wusste wohl inzwischen jeder Insulaner, dass sie ihr Camp wieder einmal im »Sonnenstrand« aufgeschlagen hatten, aber die Gäste suchten bei einem Notfall sicher die offizielle Wache auf. So wie Billy Blackwell mit seinem Kontrabass. Diesmal saß keiner wartend auf den Stufen. Nicht einmal Amir meldete sich aus der Dienstwohnung. Sicher hatte Sandra den Hund mit in den Bioladen genommen. Sie zog ihre Jacke aus. Zwar schien die Sonne nicht durch das Fenster, trotzdem war es warm in dem kleinen Raum, der von einem mächtigen Schreibtisch gefüllt war. Sie wählte Pankoks Nummer, doch es meldete sich nur eine freundliche Stimme mit der Nachricht, dass der Teilnehmer nicht zu erreichen sei.

Dann eben jetzt nicht, sondern später. Sie schaute in die Post, was allerdings nur eine Minute in Anspruch nahm. Zwei Briefe, mehr waren es nicht, und die waren unwichtig. Die Mails gaben auch nicht mehr an Infos her, so stieg sie wieder auf ihr Rad und fuhr ins Ostdorf. Als sie an Holgers Restaurant vorbeikam, überlegte sie kurz anzuhalten, beschloss jedoch, den Besuch auf den Rückweg zu verlegen, dann war mehr Zeit. Ob Pankok auch mit Holger Kontakt aufgenommen hatte? Sie würde es erfahren. Aber jetzt war erst einmal Wilko dran.

Wilko war zu Hause und zu Anikas Erstaunen seine Mutter sofort bereit, den Jungen helfen zu lassen. »Ich komme aber mit«, war sie entschlossen.

Wilko selber wartete nicht einmal die Einwilligung seiner Mutter ab, sondern lief gleich nach oben. Anika und Antje Jessen folgten ihm, Anika schloss die Tür auf und Wilko ging zielstrebig ins Wohnzimmer. Er kniete sich vor den Bücherschrank und verharrte so eine ganze Weile. Dann schüttelte er den Kopf. »Ich weiß es nicht«, sagte er traurig. »Die Bücher stehen da nicht so wie früher. Elmar hat die immer ganz gut wieder weggestellt, nachdem wir uns ein Rezept ausgesucht haben.«

»Macht nichts. Komm. War nur ein Versuch«, versuchte Anika den Jungen zu beruhigen, der sie mit blassem Gesicht anschaute. »Kannst du dich erinnern, ob Herr Diesterweg sich mal Dinge aufgeschrieben hat, wenn ein Gericht besonders gut geworden ist, zum Beispiel?«

»Der hat sich immer alles notiert«, erwiderte Wilko. »Wo er was mit wem gekocht und auch wie es den Leuten geschmeckt hat.« Jetzt kicherte Wilko sogar. »Er hat mir mal gezeigt, was er aufgeschrieben hat, als er einen Kochkurs gegeben hat. Da hat er etwas geschrieben wie: ›Die müssen alle noch viel lernen. Sonst wird das nichts.‹ Ich weiß aber nicht mehr, wo das war. Ich glaube aber, hier auf der Insel. Und dann hat er manchmal was gesagt wie: ›Das musst du dir merken: Notiere dir, was wichtig ist. Damit du später immer drauf zurückfassen kannst.‹ Habe ich aber nicht gemacht.«

»Greifen. Zurückgreifen«, verbesserte Antje Jessen ihren Sohn.

Der schaute sie nur gleichgültig an, dann sagte er an die Polizistin gewandt: »Es war ein dickes Buch mit leeren Seiten, es war grün mit zwei Möhren drauf und jetzt ist es nicht mehr da. Also es waren nur zur Hälfte leere Seiten, die anderen hatte er vollgeschrieben.« Wilko zeigte ins obere Fach. Tatsächlich war dort eine Lücke.

»Aber wer könnte daran Interesse haben?«, fragte Antje Jessen.

»Glauben Sie mir, wenn wir das wüssten, wären wir ein gutes Stück weiter.« Anika zuckte zusammen. Dieser Satz kam in jedem zweiten Krimi vor, den sie in letzter Zeit gelesen hatte.

»Dann können wir wieder gehen?« Antje Jessen wollte den Arm um ihren Sohn legen, doch Wilko machte einen Schritt zur Seite. Sie griff ins Leere.

»Ja. Danke für die Mithilfe.« Anika begleitete die beiden zur Tür, dann ging sie zurück ins Wohnzimmer. Noch einmal ließ sie ihren Blick kreisen, ging dann hinüber in die Küche. Sie öffnete den Kühlschrank. Was sollte mit den Lebensmitteln geschehen, die darin auf die Verarbeitung warteten? Ewig lange würden die trotz der Kälte nicht frisch bleiben. In der Ecke neben dem Besenschrank sah sie eine große Plastiktasche. Kurz entschlossen füllte sie die Tasche bis zum Rand mit Eiern, Milch, Salat und vielen anderen Dingen, dann stellte sie den Kühlschrank aus. Den Gefrierschrank ließ sie an. Sie würde mit ihren Kollegen besprechen, was mit dem Inhalt geschehen sollte. Mehl, Zucker und andere Lebensmittel aus dem Küchenschrank mussten schließlich ebenfalls entsorgt werden. Es war durchaus drin, dass sich zeitnah ein potenzieller Erbe meldete, der sich um die Aufräumarbeiten kümmerte. Aber wenn nicht, musste eine andere Möglichkeit gefunden werden.

Sie verließ die Wohnung und überlegte, wo sie die Lebensmittel lassen konnte. Für den eigenen Gebrauch war die Menge zu groß und Michael und Sandra ernährten sich rein biologisch. Zumindest ging sie davon aus. Dann hatte sie eine Idee. Wie wäre es mit Holger? Der konnte in seiner Küche sicher andere Mengen verwerten als sie in ihrem Einpersonenhaushalt. Außerdem wollte sie sowieso gleich bei ihm anhalten.

Schon von Weitem sah sie Jassir auf der Terrasse des Lokals stehen. Er begrüßte sie freundlich, doch als sie nach Holger fragte, schüttelte er bedauernd den Kopf. »Er ist mit Ihrem Kollegen rausgefahren. Er wollte ihm etwas zeigen. Allerdings ist er schon eine halbe Stunde über die Zeit. Gut, dass nicht so viel los ist. Aber ich bin sicher, dass er bald kommt.«

Anika nahm die Tasche vom Gepäckträger. »Können Sie ein paar Lebensmittel gebrauchen?«

»Warum nicht? Wir gehen in die Küche.«

Sie folgte dem Oberkellner und breitete den Inhalt auf der Arbeitsplatte aus.

»Ich nehme nur die Dinge, die nicht angebrochen sind. Hier, die Milch, ist offen. Die können Sie wieder mitnehmen«, erklärte Jassir. Dann hob er ein kleines Glas hoch, das halb voll mit Senf war. Er drehte es hin und her. »Sind die Sachen von dem toten Herrn Diesterweg?«

»Ja. Ich habe den Kühlschrank ausgestellt und dachte mir, dass es zu schade sei, die Lebensmittel in die Tonne zu geben. Aber woher wissen Sie …«

»Dieser Senf. Man kann ihn in Deutschland gar nicht kaufen. Herr Diesterweg hat ihn von einer Senfmühle aus Südfrankreich direkt geliefert bekommen. Er war ganz stolz darauf, diese Verbindung zu haben. Und dieser Senf ist der Leckerste, den ich je probiert habe. Ich habe immer gesagt, man kann ihn pur mit dem Löffel genießen.«

»Sie kennen Herrn Diesterweg also näher?«, fragte Anika.

»Was heißt näher«, antwortete Jassir, »es ist ein paar Jahre her, ich hatte ein paar Tage vorher erst angefangen, da hat Herr Diesterweg hier im Lokal einen Kochkurs gegeben und diesen Senf mitgebracht. ›Nur zum Vergleich. Damit ihr spürt, was Qualität ausmacht‹, hat er gesagt. Und es ist echt ein Unterschied, ob sie den konventionellen aus der Tube oder eben diesen schmecken. Möchten Sie mal?«

Anika winkte ab. »Nein, danke.« Sie packte alles, was Jassir nicht behalten wollte, zurück in die Tasche. Es war nicht mehr viel.

»Diesterweg ist hinterher regelmäßig wiedergekommen, hat hier gegessen und unserem Chef Tipps gegeben. Wahrscheinlich wollte er kontrollieren, ob die Gerichte weiter seinen hohen Erwartungen entsprechen.« Jassir lachte. »Manchmal hat das den Chef, glaube ich, richtig genervt. Der Diesterweg hat nämlich mal vor den Ohren der Gäste seine Kritik geäußert. Danach hat der Chef den Mann immer gleich mit in sein Büro genommen. War wohl besser so. Und wenn die beiden wieder rauskamen, hat mein Chef total verkniffen geguckt. Aber seit einiger Zeit hat sich Diesterweg nicht mehr blicken lassen. Wahrscheinlich ist ihm nichts mehr eingefallen.«

»Manche Leute können mit ihren Tipps ganz schön nerven«, bemerkte Anika.

»Das ist richtig«, bestätigte Jassir. »Aber glauben Sie nicht, dass ich froh bin, dass der Mann tot ist. So habe ich das nicht sagen wollen. Mir hat er nie etwas gesagt. Immer nur dem Chef.«

Anika schaute auf die Uhr. Hatte es Zweck zu warten? Jassir hatte offensichtlich keine Ahnung, wann Holger auftauchte. Und wenn er sie sehen wollte, konnte er sich auch melden. »Ich muss los«, sagte sie.

»Soll ich dem Chef sagen, dass Sie da waren?«

»Natürlich. Immerhin wird er wissen wollen, woher die Lebensmittel stammen. Falls er Fragen hat, kann er mich anrufen. Bis dann.« Anika sah nicht mehr, wie Jassir hinter ihr her grinste, als sie die Küche verließ. Auf dem Weg zum Hotel bremste sie unbewusst. Was hatte Jassir zu Anfang gesagt? Holger war mit einem meiner Kollegen rausgefahren? Es konnte sich nur um Herbert handeln. Sie wurde schneller. Mit dieser Erkenntnis musste sie sofort zu ihren Kollegen. Wahrscheinlich klärte sich damit alles auf. Es war gut möglich, dass Herbert auf dem Wasser gar keinen Empfang hatte.

Michael und Arndt kamen fast gleichzeitig im Hotel an.

Gero erwartete die drei bereits. »Erzählt, was ihr ermittelt habt«, bat er die Kollegen. »Ich habe auch Neues für euch.«

»Bei Tim haben wir nichts Neues erfahren«, begann Arndt. »Er war ziemlich genervt, aber blieb gewissenhaft bei seiner Aussage. Wir können ihm nicht nachweisen, dass die Geschichte so abgelaufen ist, wie wir sie gerne hätten.«

Anika berichtete, dass laut Wilkos Aussage so etwas wie ein Tagebuch verschwunden war. »Grün mit zwei Möhren drauf und jede Menge Infos drin.«

»Das war's?«, fragte Gero.

»Nein, dann habe ich den Kühlschrank geleert. Es war einfach zu schade, die Sachen dort vergammeln zu lassen.«

»Und das ist es, was du entnommen hast?« Arndt zeigte auf die Plastiktüte, die sie an die Wand gelehnt hatte. »War nicht viel, oder?«

»Ich habe einen Großteil im Restaurant ›Dreimaster‹ abgegeben. Die konnten die Lebensmittel gut gebrauchen.«

»Wie kommst du denn darauf? Kennst du den Besitzer?«, fragte Röder erstaunt.

Anika merkte, wie sie rot wurde. Ihr Kopf glühte plötzlich und drohte zu platzen. »Ich habe ihn mal getroffen und mich mit ihm unterhalten.«

»Aha, was macht eine Polizistin in der Freizeit? Kommunikation mit Insulanern«, sagte Röder lächelnd.

»Und – was hat er zu dem Segen gesagt?«, wollte Gero wissen.

»Nichts. Er war nicht da. Er ist mit Pankok – so sagte es zumindest der Oberkellner – rausgefahren, weil er ihm etwas zeigen wollte.«

»Aha, da steckt der Kollege. Aber warum geht er nicht ans Telefon?«, fragte Röder.

»Wahrscheinlich hat er es nicht mit, weil er Angst hat, dass es nass wird«, gluckste Gero. »Ach, ich habe übrigens auch etwas. Da kommt gleich ein Brief. Ein Rechtsanwalt aus Norden hat angerufen. Diesterweg hat dieses Schreiben bei dem Mann hinterlegt mit dem Hinweis, dass das Dokument bei seinem Ableben der Polizei zu übergeben sei. Der Rechtsanwalt ist gestern aus dem Urlaub gekommen und hat vom Tod des Mannes erfahren. Ich habe ihn gebeten, den Brief zu öffnen, einzuscannen uns zu schicken. Das ist der schnellste Weg. Ich denke mal, das ist sein Testament. Vielleicht finden wir da ja Hinweise auf eventuelle Erben.«

»Aber was hat die Polizei damit zu tun?«, fragte Röder.

»Keine Ahnung, warten wir es ab«, erwiderte Gero. »In der Zwischenzeit könnte Anika ja ihren neuen Freund anrufen und feststellen, ob er zu Hause ist.«

»Er ist nicht mein Freund!«, sagte Anika wütend und wünschte sich in diesem Moment nichts mehr, als dass Gero mit seiner Aussage ins Schwarze getroffen hätte. Aber leider war es lange nicht so weit. Während sie Holgers Nummer wählte, ging sie nach draußen. Sie hatte keinen Bock auf das Grinsen in den Gesichtern ihrer Kollegen. Es dauerte nur ein paar Klingelsekunden, dann meldete er sich. Anika atmete tief durch, als sie seine dunkle Stimme hörte.

»Du bist also wieder da?«, fragte sie. »Oder treibst du dich auf dem Wasser herum?«

»Bin wieder da«, war seine kurze Antwort.

»Und Herbert Pankok? Den hast du doch auf eine Kreuzfahrt eingeladen. So sagte es mir zumindest dein Oberkellner.«

»Der ist auch zurück.«

Anika stutzte. Was war mit Holger los? Er schien nicht in bester Stimmung zu sein. »Hast du eine Ahnung, wo er sein könnte? Hat er was gesagt?«

»Nein. Ich glaube, er wollte im Hafen bleiben. Ich bin los. Die Arbeit wartet«, gab Holger zur Antwort. »Ist sonst noch was? Ich muss in die Küche.«

»Danke, das war es erst mal.« Sie beendete das Gespräch ohne die Frage, die ihr die ganze Zeit auf der Zunge gelegen hatte und die im Moment für sie weitaus wichtiger war als der Aufenthaltsort ihres Kollegen. Aber so kurz angebunden, wie Holger sich zeigte, hatte er bestimmt keine Lust, den Abend mit ihr zu verbringen.

Als sie in den Clubraum kam, starrten sie drei Augenpaare gespannt an. »Ist Balke wieder da? Und Pankok?«, fragte Arndt angespannt.

»Holger – also Balke – ja, Herbert nein.«

Gero reichte ihr ein Schreiben. »Da, schau es dir an.«

Es waren nur einige Zeilen, doch der Inhalt ließ sie nach Halt suchen. Wie blind griff sie nach dem Schreibtisch und klammerte sich daran fest. Sie wollte fragen, wissen, ob der Inhalt so stimmte, doch ihre Stimme versagte. Selbst das

Atmen schien nicht mehr möglich. Wie im Nebel spürte sie, wie sich ein Arm um ihre Schultern legte und jemand sie zu einem der Clubsessel führte. Ihre Beine gaben nach und sie ließ sich fallen. Das Papier segelte unschuldig langsam auf den Boden.

»Anika, brauchst du Hilfe? Soll ich die Ärztin rufen?« Michael Röder kniete sich neben sie und versuchte, Blickkontakt aufzunehmen.

Sie ließ es geschehen. Sie sah sein schmales Gesicht, den Haaransatz, die Barthaare, die sich vereinzelt vorgewagt hatten, und den Pickel am rechten Nasenloch. Mehr nicht.

»Anika. Nimm Kontakt auf, bitte!« Er ruckelte leicht an ihrem Arm.

Aus der Ferne hörte sie Arndt. »Michael, Gero und ich fahren los. Kommst du nach?«

»Sobald ich hier wegkann«, sagte Röder.

»Klar. Beeil dich.«

Anika schrie auf. Nicht diese Worte. Nicht diese Worte!

»Anika, was ist? Bitte sage mir, was los ist! Wie kann ich helfen?«

»Das waren … das waren die letzten Worte …« Wieder versagte ihre Stimme.

»Bleib sitzen. Ich hole Birgit und bitte die Ärztin her, verstanden?« Michael stand auf, nahm sein Telefon und bat Ellen Neubert um Hilfe. Sie versprach, sofort zu kommen. Dann ging er in den Flur und rief nach der Hotelchefin. Auch sie war sofort da. Mit knappen Worten schilderte er die Lage.

»Ich bleibe bei ihr«, versicherte Birgit Ahlers und setzte sich zu Anika. »Kann ich etwas für Sie tun?«

Anika schüttelte kaum merklich den Kopf, aber selbst das fiel ihr schwer.

Der Inselpolizist hob den Zettel auf und steckte ihn ein. »Ich muss los. Es nützt nichts. Ellen wird gleich da sein.«

Michael ging fort. Birgit Ahlers strich leicht über Anikas Arm. »Alles gut, alles gut.«

Nein, es war nicht alles gut. Sie hasste diese belanglosen zwei Worte, die allzu oft dazu dienten, Dinge, die richtig scheiße waren, zu überdecken. Es ging ihr so dreckig wie noch nie. Sie war fertig. Einfach nur fertig. Hoffentlich hatte die Ärztin etwas in ihrer Spritze, dass sie lange schlafen ließ. Am besten etwas, was sie nie wieder aufwachen ließ.

## 33

»Wo ist mein Kollege verdammt? Wo ist er?« Arndt Kleemann hatte den Chef des Restaurants in die Ecke neben die Arbeitsplatte gedrängt. Er merkte nicht, wie Gero energisch versuchte, ihn davon abzubringen, Holger Balke eine kräftige Ohrfeige zu verpassen. Aber es ging einfach nicht, dass er alles vergaß, was sein Leben als Kommissar ausmachte.

»Herr Balke, noch einmal, wo ist Herr Pankok?«

»Keine Ahnung.« Der Mann drängte sich an Arndt Kleemann vorbei und ließ sich auf einen Stuhl fallen. »Lassen Sie mich doch alle in Ruhe. Ich sage nichts mehr.«

»Haben Sie ihm etwas angetan? Ihn über Bord geworfen?«

Holger Balke schwieg.

Gero Schonebeck beugte sich zu ihm herunter und mahnte eindringlich: »Herr Balke, wenn Sie uns jetzt sagen, was passiert ist und wir unserem Kollegen zu Hilfe kommen können, wird sich das sehr positiv für Sie auswirken. Bitte helfen Sie uns.«

»Es war vor der Insel. Er sagte, er sei schon ziemlich weit in den Ermittlungen. Da ist es mit mir durchgegangen.«

»Wann war das genau? Sagen Sie mir eine Uhrzeit! Wie lange sind Sie schon wieder da?«

»Mag sein eine Stunde oder länger. Ich musste handeln!« Er sah Schonebeck durchdringend an. »Ich lasse mir das alles hier nicht kaputtmachen. Von keinem.«

»Auch nicht von Elmar Diesterweg, nicht wahr?« Michael Röder stand in der Tür und hielt Balke den Zettel entgegen. »Da, lesen Sie!«

Balke winkte ab. »Ich kann mir denken, was der geschrieben hat. Hat er auch erwähnt, dass er mich erpresst hat? Jahre um Jahre? Dass ich ihm erst die Wohnung kaufen und ihm dann jeden Monat 400 Euro in den Briefkasten stecken musste? Hat er das auch geschrieben?« Balkes Stimme war lauter geworden.

»Darum kümmern wir uns später. Michael, Gero, ihr bringt den Mann in die Zelle. Ich kümmere mich um die Suche nach Herbert«, legte Arndt knapp fest.

»Ruf Tim Seebald an. Der ist der Vormann von der DGzRS. Vielleicht fahren ein paar andere Boote mit raus. Es wird ein wenig dauern, bis die Wasserschutzpolizei von Norddeich aus hier ist. Da sind wir von Baltrum aus schneller«, wusste Röder. »Ich melde mich trotzdem bei denen.«

»Herr Balke, wir nehmen Sie fest wegen des Verdachts des Mordes an Leevke Meinders, Elmar Diesterweg und Herbert Pankok. Stehen Sie auf.« Gero nahm Handschellen aus der Tasche. »Wir werden Sie mit dem Jeep der Feuerwehr zur Wache bringen.«

Holger Balke schaute sie entgeistert an. »Sie können mich jetzt nicht abziehen. Die ganze Terrasse sitzt voller Gäste. Das Abendgeschäft beginnt gleich.«

»Ich könnte sagen«, begann Röder, »das hätten Sie sich vorher überlegen sollen. Tue ich aber nicht, weil Sie das selbst wissen.« Er nahm sein Telefon heraus und bat Axel Meinders, den Gemeindebrandmeister, zum Restaurant »Dreimaster«.

»Kann ich euch allein lassen?«, fragte Arndt seine Kollegen. »Ich rufe Seebald an.«

»Kannst du«, antwortete Röder. »Ich habe da eine Idee. Nimm Kontakt mit dem Flugplatz auf. Vielleicht können wir Unterstützung aus der Luft bekommen.«

»Mache ich. Ich schaue dort auf dem Weg zum Hafen vorbei.« Während er zum Hafen fuhr, sprach er mit Tim Seebald. Der versprach, sofort zu kommen und Hilfe mitzubringen. Auf dem Weg zum Flugplatz stoppte ihn ein blinkendes Licht. Er sprang vom Rad. Eine einmotorige Maschine landete. Gleich darauf erstarb das Blinken und er schob sein Rad zu dem hölzernen weißen Tower. Eine junge Frau fragte freundlich nach seinen Wünschen und als er ihr erklärte, worum es ging, zeigte sie nach draußen. »Sie haben Glück. Unser Inselpilot ist gerade von einem Rundflug eingetroffen. Fragen Sie ihn, ob er Zeit hat.«

»Danke.« Es dauerte einen Moment, bis der Mann aus dem Flugzeug stieg. Arndt Kleemann ging auf ihn zu und erklärte ein zweites Mal, warum er Hilfe benötigte.

»Kein Problem«, sagte der Pilot. »Bin schon unterwegs.«

Arndt Kleemann hatte das kurze Stück zum Hafen noch nicht zurückgelegt, als ihm das Brummen in der Luft anzeigte, dass die Cessna aufgestiegen war.

»Herr Kleemann«, hörte er eine Stimme hinter sich. Er drehte sich um. Tim Seebald und Bernd Bohlen holten schnell auf. »Was genau liegt an?«

»Was ich am Telefon schon sagte. Mein Kollege Herbert Pankok ist mit Herrn Balke rausgefahren, und dann ist offensichtlich etwas passiert. Balke sagt, Pankok sei vor der Insel über Bord gegangen. Den genauen Ablauf ermitteln wir gerade. Balke ist festgenommen.«

»Vor der Insel? Um welche Uhrzeit? Ich frage wegen der Tide. Wir haben jetzt ablaufend Wasser. Damit wir einen ungefähren Anhaltspunkt haben, wo wir suchen müssen.«

»Es wird so vor ein bis zwei Stunden gewesen sein. Wir haben Balke zu Hause angetroffen, als er gerade ankam. Kurz davor muss es passiert sein. So zumindest lautet Balkes Aussage.«

Die drei stellten ihre Räder beim DGzRS-Haus ab. »Wir haben unsere Leitstelle in Bremen verständigt.« Tim Seebald deutete auf die »Elli Hoffmann-Röser«. »Wir warten auf einen dritten Kollegen. Sollen wir die Ärztin mitnehmen? Wir sind zwar für den Fall der Fälle medizinisch an Bord bestens ausgerüstet, aber es kann nicht schaden, eine Fachfrau dabei zu haben.«

»Gute Idee. Ich frage, ob sie abkömmlich ist«, sagte Arndt. »Ein Flieger ist auch schon in der Luft. Vielleicht ist der ja erfolgreich.« Arndt Kleemann schaute sich um und sah am Steg ein Fahrrad stehen. Wenn das man nicht zur Polizeiflotte gehört, dachte er. Und richtig. Als er näherkam, erkannte er das Rad an dem blau-gelb gestreiften Lenker. Damit war Pankok unterwegs gewesen. Es war also wohl tatsächlich so, dass der Mann nicht zurück auf die Insel gekommen war. Zumindest konnte Arndt sich nicht vorstellen, dass Pankok sein Rad dort stehen ließ und zu Fuß über die Insel streifte. Dafür gab es schlichtweg keinen Grund. Außerdem hatten sie die Aussage von Balke.

Tim Seebald kam auf ihn zu. »Was ist mit der Wasserschutzpolizei?«

»Mit denen in Norddeich spricht mein Kollege. Soll ich auch mitkommen?«

Tim Seebald schüttelte den Kopf. »Womöglich brauchen wir den Platz im Boot. Vier Personen sind genug. Ich schlage vor, Sie stellen sich mit dem Fernglas auf die Strandmauer und suchen das Wasser ab. Das kann sehr hilfreich sein. Wir werden die Boote von Langeoog und Norderney alarmieren.«

Die Ärztin versprach, sofort zu kommen, und es dauerte kaum fünf Minuten, bis sie und die dritte Besatzung den Hafen erreicht hatten.

## 34

Tim Seebald nahm mit der »Elli Hoffmann-Röser« ein wenig mehr Fahrt auf, sobald sie den Baltrumer Hafen verlassen hatten. Doch es dauerte nur einen kurzen Moment, dann fuhr er wieder langsamer. Nur nichts übersehen, lautete die Devise. »Gehst du nach oben?«, bat er Bernd Bohlen. »Nimm das Fernglas mit.«

Er lenkte das Rettungsboot nah an den Norderneyer Strand. Ein leichter Ostwind und ablaufend Wasser, da lag es nahe, dass der Gesuchte dort angespült worden war. Über Funk hörte er, dass auch die Retter aus Langeoog mit »Secretarius« unterwegs waren. Gleich darauf hatte auch »Eugen« den Norderneyer Hafen verlassen. Man konnte natürlich nie sicher sein, die vermisste Person tatsächlich zu finden, aber sie würden alles Menschenmögliche tun, erfolgreich zu sein. Dafür waren sie schließlich da. Wieder einmal musste Tim Seebald über die Kuriosität seines Lebens nachdenken. Hauptberuflich war er unter anderem für den Friedhof zuständig und damit für jede

Leiche dankbar, die seinen Lebensunterhalt sicherte, und als Vormann freute er sich um jeden, den er lebendig aus dem Wasser holen konnte.

Über ihnen kreiste die Cessna. Vorsichtig, die Untiefen zwischen den Inseln auf dem Echolot genau im Blick, fuhr er Meter für Meter am Norderneyer Strand entlang. Es war ruhig dort, kein Inselurlauber hatte es an diesem schönen Maitag bis hierher geschafft. Vom Ort bis zu dieser Stelle waren es einige Stunden Fußweg, und der Badestrand mit den Strandkörben lag ganz in der Nähe des bewohnten Gebietes.

»Ich glaube, wir haben ihn!« Bernd Bohlen kletterte vom Dach der Kajüte und deutete auf den Strand backbord vor ihnen. Gleichzeitig kam eine Nachricht des Piloten. Auch er hatte eine leblos wirkende Person ausgemacht.

Tim Seebald versuchte, so nah wie möglich an die Stelle zu gelangen, an der Herbert Pankok lag. Es ging wunderbar. Genau an dieser Stelle wies der Strand eine Mulde auf, die sie problemlos nutzen konnten. Er lenkte die »Elli« hinein und ließ Anker werfen.

»Denkt an die Trage«, rief er hinter Bernd und den anderen her, was ihm einen genervten Blick seines Kollegen einbrachte. Sie halfen Ellen Neubert über Bord, und gleich darauf erreichten sie den Mann, dessen Haare feucht auf der Kopfhaut klebten. Aus seiner Anzughose lief Wasser und versickerte im Sand. Die Schuhe fehlten, auch eine Socke war nicht mehr da. Der rechte Arm war ausgestreckt, der linke seltsam abgeknickt. Aber nicht dort, wo man das Ellenbogengelenk vermutete, sondern genau zwischen Gelenk und Schulter. Sein Gesicht wies Schnitte auf und war dunkelblau angeschwollen.

Ellen Neubert kniete sich neben ihn und versuchte den Puls zu ertasten. Nach einem kurzen Moment blickte sie hoch. Tim Seebald sah sie nicken. »Er lebt. Aber er ist bewusstlos. Er scheint mindestens einen Bruch zu haben. Bestell Christoph 26. Ich möchte nicht, dass der Mann unnötige Transportwege auf sich nehmen muss. So, und jetzt wollen wir ihn in die Realität zurückholen. Bernd, hilfst du mir?«

Sie legten den Mann in die stabile Seitenlage. Die Ärztin schaute, ob sich in seinem Mund Dinge befanden, die das Atmen erschwerten.

Tim orderte den Hubschrauber. Sie hatten wieder einmal Glück. Er würde in kürzester Zeit eintreffen. Es lag für die Besatzung im Moment kein anderer Einsatz vor.

»Herr Pankok! Hallo, Herr Pankok!« Ellen Neubert rüttelte am linken Bein des Mannes. »Wachen Sie auf!« Doch Pankok rührte sich nicht. »Ich brauche Decken, damit uns der Mann nicht auskühlt.«

Tim Seebald ging zurück zur »Elli« und kam gleich darauf mit drei Decken zurück. »Brauchst du noch andere Dinge? Sauerstoffversorgung nötig?«

»Nein, erst einmal habe ich alles da. Breite die Decken aus.«

Mit Bernds Hilfe nahm er die Decken auseinander, doch bevor er sie über den Patienten legte, kniff er kräftig in den großen Zeh des Mannes. Mit Erfolg. Herbert Pankok stöhnte, dann schrie er auf, bei dem reflexartigen Versuch, seinen Arm anzuheben. Ellen Neubert reagierte schnell und fixierte den Arm mit beiden Händen. »Nicht so schnell, Herr Pankok«, sagte sie beruhigend.

Herbert Pankok öffnete für einen kurzen Moment die Augen und wollte wieder in Tiefschlaf versinken, doch das ließ die Ärztin nicht zu. Wieder ruckelte sie an seinem Bein und redete eindringlich auf ihn ein.

»Es tut so verdammt weh«, waren die ersten Worte, zu denen der Kommissar fähig war.

»Wenn es wehtut, leben Sie wenigstens.« Mehr fiel Tim dazu nicht ein, so erleichtert war er, dass der Mann im Sand nicht tot war.

»Bewegen Sie sich nicht«, befahl die Ärztin. »Ich gehe davon aus, dass Ihr Arm gebrochen ist. Und in Ihr Gesicht hat sich auch so einiges eingegraben.«

»Das Arschloch«, stöhnte Pankok kaum verständlich. »Er hat versucht, mich zu töten.«

»Herr Pankok, ich weiß, dass Herr Kleemann und seine Leute Holger Balke festgenommen haben. Vielleicht hilft Ihnen die Gewissheit.«

»Bestimmt.« Der Kopf des Mannes fiel wieder zurück, die Augen schlossen sich.

Der Seenotretter hörte ein Brummen, das immer lauter wurde. »Herr Pankok, bleiben Sie wach. Hilfe kommt«, sagte er.

Dann ging alles ganz schnell. Die Besatzung des gelben Rettungshubschraubers Christoph 26 landete so nah wie möglich auf dem Strand. Tim wunderte sich, dass so ein schweres Teil nicht trotz der Kufen in dem Sand einsackte. Aber es funktionierte. Sie hatten vor zwei Jahren schon einmal einen Einsatz gefahren. Da musste ein verunfallter Kiter von der Sandbank geholt werden. Auch damals lief alles ohne Probleme. Die Hilfe der Besatzung war sehr wichtig für die Inselversorgung. Tim hatte gelesen, dass die Einsatzkräfte im Jahr locker anderthalbtausend Mal abhoben.

Die Ärztin verabreichte Herbert Pankok ein Schmerzmittel, dann legten sie ihn mit vereinten Kräften auf die Vakuummatratze und trugen ihn zum Hubschrauber.

# 35

*An die Polizei! Im Falle meines Todes erkläre ich Folgendes:*

*Ich beobachtete, wie Holger Balke den toten Körper einer jungen Frau in seinem Garten vergrub. Er sagte damals, sie habe nicht in sein Lebensmodell gepasst.*

*Ich habe nicht die Polizei verständigt, sondern selbst dafür gesorgt, dass Holger Balke sich stets an seine Tat erinnert und sie bereut.*

*Sollte ich eines unnatürlichen Todes sterben, wird er dafür verantwortlich sein.*

*In meinem Lebensbuch – unter L bei meinen Kochbüchern – steht die ganze Geschichte.*

*Elmar Diesterweg*

Immer wieder las Röder die paar Zeilen. Er konnte es nicht fassen. Da hat dieser Mann fünf Jahre mit dem Wissen gelebt, ohne es publik zu machen. Was war der Grund? War es die Gier nach Geld? Oder die Ausübung der Macht? Wie auch immer: Ihm musste klar gewesen sein, dass das Wissen um die Tat eine äußerst gefährliche Sache war. Was sich nun erwiesen hatte. Noch hatten sie das – wie er es nannte – Lebensbuch nicht gefunden. Die Spurensicherung war auf dem Weg zur Insel, um Balkes Wohnung, nein, das gesamte Haus und den Garten zu durchforsten. Er hoffte, dass die Männer alles finden würden, was die Wahrheit um den Tod des jungen Mädchens bekräftigte.

Als Arndt und Gero eintrafen, atmete er tief durch. »Sollen wir?«

»Einen Moment«, winkte Arndt ab. »Erst ein kurzer Überblick. Herbert ist in Sanderbusch im Krankenhaus. Es geht ihm besser als gedacht, und ich werde morgen rüberfahren und schauen, ob ihm noch mehr eingefallen ist. Was ist mit Anika?«

»Sie liegt auf dem Sofa in der Dienstwohnung. Sandra schaut immer wieder nach ihr, wenn sie Zeit hat, aus dem Laden rauszukommen. Ist netterweise im Moment nicht so viel los. Die Ärztin konnte mit dieser Situation leben. Anika hat gemeint, wenn es ihr besser ginge, wollte sie wieder zu uns stoßen. Das habe ich allerdings bis auf Weiteres untersagt.«

»Was war denn der Grund für ihren Zusammenbruch?«

»Soweit ich es verstanden habe, leidet sie unter dem Tod ihrer Nichte, die bei ihr war und gedankenlos auf die Straße gelaufen ist«, erläuterte Röder. »Dort wurde das Mädchen von einem Auto erfasst und getötet. Anika wirft sich vor, dass sie nicht genügend aufgepasst hat. Ihr Chef hat dann durchgesetzt, dass sie ihre Auszeit auf Baltrum verbringt. Nichts ahnend, dass das Leben hier so manches Mal auch kein Zuckerschlecken ist.«

»Und was hat das mit Balkes Aussage zu tun?«, fragte Gero.

»Nichts. Bis darauf, dass sie den Mann ein wenig näher kennengelernt hat.«

»Wie nahe?«, hakte er nach.

»Keine Ahnung. Sie hat sich in den Mann verliebt und hoffte wohl auf eine enge Verbindung«, sagte Röder.

»Oh Mann, kein Wunder, dass es sie hingehauen hat«, bedauerte Arndt. »Sonst noch was? Wenn nicht, holen wir unseren Mann mal aus der Zelle. In Kürze kommt der Polizeihubschrauber. Bis dahin hätte ich gerne eine Aussage von Balke.«

Es war wie immer eng auf der Wache, wenn sich mehr als zwei Personen dort aufhielten, aber sie hatten mit Axel Meinders verabredet, dass der Festgenommene von dort aus mit dem Jeep zum Flugplatz gebracht werden sollte.

Röder nahm den Schlüssel aus der Tasche und ging zu dem kleinen Raum, in dem der Gastronom nun seit einer halben

Stunde auf seine Befragung wartete und schloss auf. »Herr Balke, wenn Sie mir bitte folgen würden?«

Tatsächlich erhob sich Balke schwerfällig von der Pritsche und folgte dem Inselpolizisten.

»Setzen Sie sich!« Arndt hatte die Papiere auf dem Schreibtisch zur Seite geschoben und sich darauf gesetzt. Gero Schonebeck stand gleich links von ihm an die Wand gelehnt und beobachtete Balke aufmerksam.

»Möchten Sie eine Aussage machen?«, fragte Arndt den Mann, der zusammengesunken, den Kopf in die Hände gestützt, vor ihnen saß.

»Ist doch sowieso alles vorbei. Das mit Leevke war ein Unfall. Sie hängte sich an mich. Im wahrsten Sinne des Wortes. Was sollte ich machen?«

»Herr Balke, bitte versuchen Sie, die Sache von Beginn an zu erzählen. Wie kam Leevke Meinders zu Ihnen?«, fragte Röder.

»Es war Frühjahr. Wir haben uns auf dem Schiff kennengelernt. Ich kam zurück von einer Tagesfahrt, und sie setzte sich zu mir. Wir haben uns unterhalten, und als ich ihr sagte, dass ich der Chef vom ›Dreimaster‹ bin, ließ sie nicht mehr los. Wenn sie schon nicht auf einem Schiff anheuern könnte, dann wollte sie wenigstens bei mir arbeiten. Weil mein Lokal, das ich kurz vorher übernommen hatte, doch ›Dreimaster‹ hieß. ›Dann heuere ich bei dir an‹, hat sie gesagt. Und ›ich bleibe dann für immer‹.«

»Aber das wollten Sie nicht?«, fragte Gero.

»Na ja, zu Anfang dachte ich, dass ich sie als Mitarbeiterin vielleicht gebrauchen konnte. Es ist nie ganz einfach, gutes Personal zu bekommen. Aber wie die sich aufgespielt hat, das ging gar nicht. Stellen Sie sich vor: Sie hat bereits am zweiten Tag meine Küche umgeräumt. Ohne mich zu fragen. Meine Küche! Als ob sie bereits die Chefin im Lokal wäre!

Ein paar Tage später erwartete ich die neuen Mitarbeiter. Mit denen wollte ich etwas aufbauen. Aber sie – sie konnte richtig zickig sein. Ich habe ihr ganz klar gesagt, dass sie verschwinden sollte. Tat sie aber nicht. Im Gegenteil. Sie machte einen auf schmachtende Ehefrau, obwohl ich nicht mit ihr im Bett war. Ein Vertreter kam. Ich war gerade nicht im Haus. Bei dem hat sie alles Mögliche bestellt. Als ich davon hörte, bin ich ausgetickt. Ich habe sie durch die Küche gestoßen. Sie ist rückwärts gestolpert und mit dem Kopf auf die Kante des Arbeitstisches geschlagen. Sie war sofort tot.«

»Und das wissen Sie ganz genau? Sie hätten keine Hilfe mehr holen können?«, hakte Gero nach.

Holger Balke blickte den Kommissar an. »Mit diesem Loch im Kopf kann keiner überleben.«

»Und dann?«, fragte Röder.

»Dann habe ich bis abends gewartet, sie herausgetragen und im Gemüsebeet vergraben. Ausgerechnet da kam Diesterweg um die Ecke und wollte absprechen, wie es mit unserem Kochseminar stand, das wir geplant hatten. So passierte es. Er hat mich erpresst. Er stand zwischendurch immer auf der Matte, damit ich bloß nicht vergesse, dass es ihn gibt. Jeden Monat habe ich ihm Geld zugesteckt. Ich musste es nachts in seinen Briefkasten werfen. Und was meinen Sie, wie schwer mir das Geld für die Wohnung abgegangen ist. Ich musste einen Riesenkredit bei der Bank aufnehmen. An der Abzahlung arbeite ich bis heute.«

»Dann haben Sie ihn umgebracht.«

»Ja. Ich hatte die Schnauze voll. Außerdem hatte ich gesehen, wie er ins Hotel ›Sonnenstrand‹ gegangen war. Ich war sicher, dass es nicht mehr lange dauern würde, bis er bei Ihnen auspackte. Als ich ihn da am Straßenrand liegen sah, aus reinem Zufall, war die Stunde gekommen. Ein Wink des Schicksals. Die Lösung all meiner Probleme. Keiner war unterwegs.

Ich brauchte nur ein wenig zuschlagen und ihn in die Kuhle werfen, dann war es geschafft. Und Sie können mir glauben – es tut mir nicht leid!«

»Haben Sie auch den Aufkleber zu dem Toten gelegt und womöglich den Stein bei Diesterweg durch das Fenster geworfen?«, fragte Röder.

»Den Aufkleber – ja! Ich hatte den von einer Laterne abgemacht. Wollte ihn als ewige Erinnerung behalten. Die Erinnerung daran, dass die Gerechtigkeit doch manchmal siegt. Dann traf ich auf Diesterweg und habe überlegt, dass es gut ist, wenn der Aufkleber bei dem Mann bleibt, den es betrifft. Aber einen Stein habe ich nicht geworfen«, sagte Balke.

»Und was ist mit dem Einbruch? Sind Sie bei ihm rein und haben etwas mitgehen lassen? Und wenn ja, was?«, fragte Arndt.

»Nein. Sie werden bei mir nichts finden!«

»Das wird die Spurensicherung letztendlich feststellen«, erwiderte Arndt.

»Die werden doch nicht bei mir alles auf den Kopf stellen?«, war Balke geschockt.

»Darauf können Sie sich definitiv verlassen«, versprach Gero. »Jedes Stück Papier aus jedem Winkel werden die begutachten. Den Garten umgraben bis auf einen Meter Tiefe.«

Balke zuckte mit den Schultern. »Ist doch eh egal. Das macht den Kohl jetzt nicht mehr fett. Ja, ich habe das Buch bei Diesterweg rausgeholt. Damit hat er immer rumgeprahlt. Aber Sie werden es nicht finden. Niemals!«

»Wenn Sie uns bitte erzählen würden, warum Sie die junge Frau bei sich ausgegraben und auf dem Friedhof vergraben haben.« Röder wünschte sich, er würde rauchen. Einfach rauszugehen, eine anzustecken und für einen Moment nicht in das Gesicht dieses Mannes blicken zu müssen.

»Es wurde mir zu gefährlich. Jassir hatte Petersilie geschnitten und mir verärgert erzählt, dass die Kaninchen die Möhren angefressen und Löcher ins Gemüsebeet gegraben hatten. Außerdem – die Frau hat genervt, aber trotzdem ein Grab auf dem Friedhof verdient. Es machte mich ruhiger, wissen Sie?«

Röder wurde es fast schlecht und sah in den Mienen der Kollegen ebenfalls die Fassungslosigkeit über die Kaltschnäuzigkeit des Mannes.

»Da bot sich die Beerdigung bei Kramers an. Das Grab war mit Erde aufgehäuft und mit Kränzen und Blumensträußen bedeckt. Es dauerte nur eine Stunde, da hatte ich alles abgetragen, Leevke abgelegt und alles wieder so arrangiert, dass es nicht auffiel. Eigentlich die perfekte Lösung. Wenn es nicht so – ich sage mal – unangenehm gewesen wäre. Leevke war kein schöner Anblick, nachdem sie die ganze Zeit bereits unter der Erde gelegen hatte. Und wer konnte denn ahnen, dass man nach zwei Jahren Teile von ihr finden würde?«

Röders Handy meldete sich. Es war Melanie vom Flugplatz. Sie teilte ihm mit, dass der Polizeihubschrauber im Landeanflug sei.

»Ich würde Sie gerne fragen, warum Sie meinen Kollegen haben umbringen wollen, aber die Antwort darauf kann ich mir selbst zusammenreimen«, wandte sich Arndt an den Mann, der sich bis jetzt kaum gerührt hatte. »Außerdem – er lebt und wird mir alles erzählen.«

»Dann ist es gut. Ich sage jetzt sowieso nichts mehr.«

»Das müssen Sie auch nicht. Der Hubschrauber wartet. Kommen Sie«, forderte Röder den Mann auf.

In diesem Moment öffnete sich die Tür der Wache, und Anika stand mit bleichem Gesicht vor Ihnen. Sie öffnete den Mund, zeigte mit dem Finger auf Balke, dann drehte sie sich um, ging mit wackeligen Schritten die Treppe hinunter und ließ sich auf die letzte Stufe fallen.

# 36

»Es hätte schlimmer kommen können«, krächzte Herbert Pankok auf Arndts Frage nach seinem Befinden.

Alles wäre vermutlich drin gewesen. Sogar als Wasserleiche hätte der Mann, der mit verquollenem Gesicht im Bett lag, enden können. Sein rechter Arm ruhte bewegungslos, weil eingegipst, auf der Bettdecke. »Hätte es«, bestätigte Arndt Kleemann. »Aber nun hast du überlebt und kannst mir berichten, was passiert ist.« Der Kommissar hatte den inhaftierten Holger Balke im Hubschrauber nach Oldenburg in die Untersuchungshaft begleitet. Am nächsten Tag war er nach Sanderbusch gefahren, in der Hoffnung, ein Wort mit Pankok wechseln zu können. Die Ärzte waren zwar nicht begeistert gewesen. »Gerade erst hat er einen funkelnagelneuen Gips bekommen«, hatten sie gesagt. »Der Mann ist fix und alle. Aber wenn es sein muss – zehn Minuten sind okay.«

»Ich hatte Balke nicht auf der Liste. Sonst wäre ich nie mit dem rausgefahren. Wollte nur mal sehen, wie das so ist auf dem Wasser zwischen den Inseln«, versuchte Pankok eine Erklärung.

»Aha, netter kleiner Ausflug während der Dienstzeit«, warf Arndt ein.

Pankoks geschundenes Gesicht verzog sich tatsächlich zu einem Lächeln. »Alles im Rahmen der Ermittlungen. Er sagte nämlich, dass durchaus Unfälle passieren und Menschen danach vermisst werden. Unterwegs erkundigte er sich nach meinen Ermittlungserfolgen. Ich habe mich natürlich nicht aus dem Fenster gelehnt, aber was er hörte, reichte ihm wohl, mich mit den Worten, dass dies meine letzte Amtshandlung sei, mit einem Faustschlag über Bord zu schicken. Ich ging erst unter, kam dann wieder hoch und sah im letzten Moment, dass Balke mit dem Boot auf mich zuhielt. Ich konnte wegtauchen, so hat es mich nur gestreift.«

»Und das reichte, um dir den Arm zu brechen. Was mich umtreibt, ist der Gedanke, wie du damit an den Strand schwimmen konntest?«, wunderte sich Arndt Kleemann.

Herbert Pankok schüttelte den Kopf. »Die Frage stelle ich mir auch. Ich denke, wenn du überleben willst, schaltet der Körper alle Schmerzen aus. Dazu kommt, dass ich schon immer ein guter Schwimmer war. Auch wenn ich das in den letzten Jahren nicht mehr trainiert habe. Bin Wanderurlauber, du verstehst? Dazu kam die passende Strömung, wie Tim Seebald mir noch sagte. Aber als ich dann den rettenden Sand unter mir spürte, war es erst einmal vorbei. Da verließen mich die Sinne.«

»Dann kannst du froh sein, dass ablaufend Wasser war und die Suche sofort eingesetzt hat.«

»Das bin ich. Glaube mir. Und eine Fahrt auf so einem kleinen Boot werde ich in Zukunft nicht mehr machen. Viel zu gefährlich.«

»Es gibt aber auch Schipper, die dir nicht an den Kragen wollen«, lachte Arndt. »Wir haben, wie du weißt, Holger Balke festgesetzt. Er hat alles gestanden.«

»Und Tim Seebald und seine Ex-Freundin sind damit aus dem Schneider. Somit brauchen wir die Ex auch nicht mehr befragen.«

»Ich kümmere mich darum«, versprach Arndt.

»Und Frau Wübben? Die Großeltern sollten es erfahren, bevor sie es aus den Medien hören.«

»Mein Chef hat gestern bereits mit ihnen Kontakt aufgenommen. Müller hörte wohl den Stein fallen, der so lange auf Frau Wübbens Seele gelegen hatte.«

»Und …«

»Jetzt ist es gut. Du ruhst dich aus, und alles Weitere besprechen wir, wenn du wieder fit bist. Sonst kriege ich gleich eine Abreibung von deinem Arzt hier«, winkte Arndt ab. »Ich mache mich auf den Weg in die Krummhörn auf unseren Hof und schaue, was die Einlegegurken machen. Es reicht. Der Tag war lang genug.«

»Du hast frei? Keine Aufarbeitung?«

»Pankok, Ruhe jetzt! Ich fange morgen Mittag wieder an. Mein Chef hat auch mir eine Auszeit verordnet. Er hat wohl Sorge, dass ich den Dienst wieder quittiere und mich nur um den Hof kümmere. Ich gebe zu, dass mich dieser Gedanke kurz überfiel, aber ich werde erst einmal als Kommissar mein Leben weiterführen.«

»Die Welt wird es dir danken.« Pankoks Stimme war leiser geworden, immer leiser, dann schlief er tief und fest. Vorsichtig stand Arndt auf und schlich sich aus dem Krankenzimmer. Sollte sich sein Kollege gesund schlafen.

Er war redlich geschafft und wieder einmal im Zweifel, ob die Welt ihm seinen Einsatz wirklich dankte. Aber im letzten Jahr, bei der Arbeit auf dem Hof, war ihm klar geworden, dass das eigentlich auch nicht wichtig war. Wichtig war, dass er damit klarkam, Menschen wie Balke in sein Leben zu lassen. Er ging zu seinem Fahrzeug, startete den Motor und beschloss, über Land nach Hause zu fahren. Auf der Autobahn würden ihn doch nur Baustellen und Staus erwarten. Er schaltete NDR 1 ein, ließ Sande hinter sich und seine Gedanken zu dem Gemüsebeet wandern, in dem die Keimlinge ein gutes Stück gewachsen sein mussten.

# 37

Anika Frederik sah den Sonnenschein, der über den Dächern der Häuser lag. Drei Wochen waren vergangen – sie hatte die Hälfte ihrer Zeit als Polizistin auf der Insel hinter sich. Drei Wochen, die ihre ganze Kraft gebraucht hatten. Ihr Chef hatte ihr angeboten, dass sie die Insel umgehend verlassen und ihre alte Stelle antreten konnte, doch sie hatte abgelehnt. Eine Belastung, wie sie sie in der ersten Woche erlebt hatte, war außergewöhnlich. Das hatte ihr Michael Röder bestätigt. »Man kann natürlich nie wissen, aber einmal im Jahr, das ist Schnitt. Und wenn man der Statistik glauben darf, bist du jetzt damit durch.« Dann hatte er gelacht.

Aber bis jetzt hatte er recht behalten. Natürlich landeten kleinere Delikte wie Diebstahl, ungebührliche Lautstärke und Überschreitung der Ausschankzeiten auf ihrem Schreibtisch, aber das war pillepalle. Nichts, was an die Seele ging. Ihre Seele. Wann immer es ihre Zeit und das Wetter erlaubten, hatte sie Strandspaziergänge gemacht, sich in die Dünen gesetzt und auf das Wasser geschaut. Zwei Mal war sie bei einer Psychologin gewesen, die auf der Insel ihre Hilfe anbot. Alles zusammen hatte sie ruhiger werden lassen. Holger war das erste Thema gewesen, das sie hatte streichen können. Sie hatte festgestellt, dass ihre Verliebtheit nur daraus erwachsen war, dass sie jemanden zum Anlehnen brauchte. Und dass er der Verkehrte war – nun das war spätestens dann klar gewesen, als er selbst eingestanden hatte, dass er die junge Frau, die sich ebenfalls hatte bei ihm anlehnen wollen, einfach so im Gemüsebeet vergraben hatte. Sie dachte zurück an den Abend, als er ihr das Beet im Garten mit dem Wissen um das tote Mädchen gezeigt hatte. War das bereits ein Versuch, Informationen aus ihr herauszubekommen? Natürlich war ihr erst im Nachhinein klar geworden, was seine Fragerei nach dem Stand der Ermittlungen zu bedeuten gehabt hatte. Sie hatte es für ganz normale Anteilnahme gehalten. Hätte er auch sie umgebracht? Zum Beispiel mit dem Spaten, den er an diesem Abend erst zur Seite gestellt hatte, als Jassir aufgetaucht war? Die Antwort darauf würde im Dunklen bleiben. Sie wollte sie nicht wissen. Nein, er hatte ihr die Trennung nicht schwer gemacht. Der Tod ihrer Nichte saß viel tiefer. Aber auch da erlaubte sie sich hin und wieder die Frage, ob es wirklich ihre Schuld gewesen war, dass das Kind auf die Straße gelaufen war. Zumindest konnte sie das Wort Schuld inzwischen durch Unglück ersetzen, ohne dass das schlechte Gewissen sie atemlos machte. Ihr war klar, dass viel Zeit vergehen würde, bis sie den Tod ihrer Nichte verarbeitet hätte. Vielleicht gelang es nie.

Die Tür klappte und Michael Röder kam herein. »Das ›Dreimaster‹ hat für immer geschlossen. Zunächst hatte Jassir ja geplant, den Laden zu übernehmen, aber die Idee, den Laden eines Mörders weiterzuführen, kam bei den Kunden nicht so gut an«, sagte er. »Ich mache meinen Job jetzt so viele Jahre, aber es will mir echt nicht in den Kopf, dass diese beiden Charaktere – auf der einen Seite der nette freundlich Restaurantbetreiber und auf der anderen Seite der kaltblütige Mörder – zusammen in ein Gehirn passen. Allein täglich mit dem Wissen aufzuwachen, dass ihn jemand verraten könnte, muss den doch verrückt gemacht haben.«

»Was letztendlich zu Diesterwegs Tod geführt hat«, erwiderte Anika. »Aber was die kulinarische Nähe zu einem Mörder anbelangt: In der heutigen Zeit ist es für viele doch gerade ein besonderer Nervenkitzel, dort Pommes mit möglichst viel rotem, dicken Ketchup zu verzehren, wo ein Mord passiert ist.«

»Es ist sicher besser so, wie es ist. Was hast du heute vor?«, wollte Röder wissen.

»Ich fahre gleich zu Jessens. Wilkos Vater ist ja aus der Untersuchungshaft entlassen worden und wieder auf der Insel. Ich will kurz mit ihm reden. Dann bat Enna mich vorbeizuschauen. Und du?«

»Ich fahre zu Kramers und teile ihnen mit, dass das Grab endgültig freigegeben ist. Später warten Eva und Sandra im Bioladen auf mich. Denen ist ein Regal von der Wand gefallen. Ich gebe lieber nicht zu, dass ich es war, der es angebracht hat.«

Sie schnappte sich ihr Rad. Die Gästeanzahl auf den Baltrumer Straßen schien größer geworden zu sein. Morgen, am Donnerstag, war Himmelfahrt. Das nutzten viele für einen Kurzurlaub an der Nordseeküste. Sie bemerkte, dass einige Gäste sie aufmerksam anschauten. Menschen in Polizeiuniform schienen auf einer kleinen Insel etwas Besonderes zu sein. Obwohl sie sicher war, dass alle, die hier waren, von den Ereignissen etwas mitbekommen hatten. Auch überregionale Medien hatten sich für die Geschichte interessiert.

Wieder einmal stellte sie ihr Rad vor dem Unglückshaus ab. Diesterwegs Wohnung war weiterhin versiegelt. Verwandtschaft hatte sich bis jetzt nicht gemeldet. Auch der Rechtsanwalt aus Norden hatte kein Testament des Mannes. Wenn sich kein Erbe meldete, würde die Wohnung wohl dem Staat oder der Gemeinde zugesprochen werden. Dann konnte Ilona Klinker ihre Wünsche äußern und die Wohnung übernehmen. Aber das sollte nicht ihre Sorge sein. Sie klingelte bei Jessens. Hans Jessen öffnete und schien um Jahre gealtert.

»Darf ich reinkommen?«

Wortlos machte er einen Schritt zurück, dann führte er sie ins Wohnzimmer. »Was gibt's?«, fragte er.

»Ich wollte nur mitteilen, dass Ihre Akte bei der Staatsanwaltschaft liegt. Die Anklage gegen Sie und Ihre Kollegen wird in absehbarer Zeit erfolgen.«

»Das weiß ich alles«, entgegnete er unwirsch. »Das haben die mir bei meiner Entlassung unmissverständlich erklärt.«

»Das denke ich mir«, fuhr Anika fort. »Es geht nur darum, dass Sie wissen, dass wir ein Auge auf Sie haben. Sie verlassen die Insel nicht. Und wenn, dann geben Sie uns Bescheid. Ansonsten werden Sie umgehend zur Fahndung ausgeschrieben.«

»War es das?«

»Nein. Wie geht es Ihrer Familie?«

Hans Jessen lachte auf. »Wie immer. Meine Frau macht einen auf Kunst und ist nicht da. Sie bereitet die Veranstaltung am Festland vor, die in fünf Wochen stattfinden soll. Jetzt kann sie ja. Ich bin wieder da und kümmere mich um die Kinder. Nur, dass ich auf Dauer meinem Arbeitgeber krankheitsbedingt nicht zur Verfügung stehe, das ist anders. Aber ich glaube, damit hat die Reederei kein Problem. Und so kann ich mich besser um die Kinder kümmern. Jetzt – wo Wilko seinen Freund verloren hat!«

Dieser Kerl war unerträglich. Hoffentlich wurde er möglichst schnell vor Gericht gestellt und langfristig weggesperrt. Das konnte man seinem Umfeld nur wünschen. »Eine Frage habe ich vorerst noch: Ist Ihnen eingefallen, wer den Stein geworfen hat?«

»Machen Sie, dass Sie wegkommen.« Hans Jessen ballte die Fäuste und kam näher. Immer näher.

»Sie halten Abstand. Rühren Sie sich nicht vom Fleck!« Sie griff nach ihrem Holster, doch ihre Worte schienen zu wirken. Er blieb tatsächlich stehen. »Noch einmal so ein Angriff und Sie werden auf der Stelle wieder eingezogen«, sagte sie bestimmt. »Widerstand gegen …«

»Mann, da war doch nichts.« Hans Jessen setzte sich in einen der Sessel und atmete tief durch.

»Ich werde Ihre Familie auffordern, sich sofort bei uns zu melden, sollten Sie auch nur ein einziges Mal aggressiv werden. Egal, ob mit Worten oder Fäusten. Ist das klar?« Sie sah, wie er nickte. Die Worte schienen bei ihm angekommen zu sein. Sie ließ es dabei bewenden und ging hinaus. Hoffentlich begegnete ihr nun nicht auch noch Ilona Klinker. Diese Frau konnte sie nicht mehr ertragen. Sie hatte kein Glück.

Die Frau stand vor ihr, kaum, dass Anika den ersten Schritt in den Flur gemacht hatte. Offensichtlich hatte die Klinker auf sie gewartet. »Ich muss Ihnen etwas mitteilen«, sagte sie statt einer Begrüßung.

»Und was?«

»Es war mein Mann. Er hat es mir gestanden!«

»Was war Ihr Mann?«, fragte Anika.

»Er hat Jeremy getötet. Er war an diesem Morgen schon mit dem Schiff gekommen. Ich hatte ihn gebeten, einen Spülkasten im Bad auszuwechseln. Er kam also an und hörte Jeremy im Garten jaulen. Er konnte den Hund noch nie ab. Er ging in den Garten und wollte den Hund mit in die Wohnung nehmen. Jeremy muss das verkehrt verstanden haben und hat meinen Mann gebissen. Er sah das Messer in der Nachbarparzelle liegen und hat zugestochen. Und weil ich am Tag zuvor mit ihm telefoniert und ihm von Diesterweg und die Sache mit der Nonnengans erzählt habe, hat er gedacht, er legt den Hund in Diesterwegs Gartenstück. Da der sowieso schon verdächtig war, würde man ihm die Schuld für Jeremys Tod in die Schuhe schieben. So hat er es mir erzählt. Dann ist er einfach abgehauen und mit der nächsten Fähre ans Festland gefahren.«

»Aber warum, wenn doch alles so toll geklappt hat, hat er erst jetzt davon berichtet?«, fragte Anika. »Sie haben sich nicht gewundert, dass Ihr Mann gar nicht aufgetaucht ist?«

»Er wollte sein schlechtes Gewissen erleichtern. Den Toten reinwaschen sozusagen. Ich habe mich auch gewundert. Allerdings nicht darüber, dass er nicht erschienen ist. Er war schon immer ein wenig unzuverlässig. Stellen Sie sich vor: Es liegt ungefähr ein halbes Jahr zurück, da hat er …«

Anika winkte ab. »Na, dann hat sich das auch geklärt.«

»Ja. Bis auf den Spülkasten. Der ist immer noch kaputt.«

»Ich bin sicher, dass Sie dafür auch eine Lösung finden. Wollen Sie Anzeige gegen Ihren Mann erstatten? Wegen des Hundes, nicht wegen des Spülkastens«, konnte Anika sich nicht verkneifen.

»Nein. Ich lasse mich scheiden. Das wird ihm Lehre genug sein«, sagte Ilona Klinker.

Da hat sie bestimmt recht, dachte Anika und verabschiedete sich. Sie fuhr zurück ins Westdorf, an der katholischen Kirche und an der Schule vorbei. Es war gerade Pause. Wilko stand mit zwei anderen Jungs am Zaun. Sollte sie anhalten? Nein, es war besser, mit ihm allein zu reden. So winkte sie ihm nur zu und fuhr weiter.

Sie hatte morgens beim Bäcker Enna Klar getroffen und ihr versprochen, im Nationalparkhaus vorbeizuschauen.

Dort herrschte reges Treiben. Enna Klar stand hinten an der Wand und erklärte einem kleinen Mädchen anhand der ausgestellten Vögel, was alles im Wattenmeer zu finden war. »Komm mal morgen mit. Da bieten wir eine Wattwanderung an. Natürlich müssen Mama oder Papa auch dabei sein.«

Eine der Frauen lachte. »Gut, dass Sie es erwähnen. Meine Tochter bringt es sonst glatt fertig, morgen aus dem Haus zu schleichen, ohne uns Bescheid zu geben.«

»Keine Sorge. Wir passen auf«, sicherte Enna zu. Als sie zu ihr kam, hob sie beide Hände bedauernd nach oben. »Habe leider kaum Zeit, aber ich wollte dir sagen, dass dieser Julian Flegel immer ekeliger wird. Er spricht sogar die Gäste an, wenn sie unser Haus betreten, und wirft denen vor, auf der falschen Seite zu stehen, wenn sie sich für die Tierwelt begeistern. ›Wir Vermieter sind es, die sich um Sie kümmern‹, hat er gerufen. Ich habe ihm Hausverbot erteilt und er hat gemeint, er wolle sich bei der Polizei beschweren.«

»Gut, dass du mich vorgewarnt hast«, sagte Anika. Sie waren inzwischen beim Du angelangt, waren sogar zwei Mal zusammen auf ein Getränk auf der Strandmauer gewesen. Auch den Abend mit den Emilys hatten sie nicht ausgelassen. Selten hatte sie so viel Spaß gehabt und musste Stunden später feststellen, dass sie nicht ein einziges Mal an den Tod ihrer Nichte hatte denken müssen. Sie hatten abgerockt bis spät in die Nacht. »Dann lasse ich dich mal allein mit dem Volk«, flüsterte sie ihr zu.

»Warte. In drei Wochen findet unser ›Wattenschmaus‹ statt. In Erinnerung an Herrn Diesterweg. Obwohl der ziemlich viel Dreck am Stecken hatte«, sagte Enna. »Henning Ahlers hat sich nun doch bereit erklärt zu kochen, nachdem Balke auch ausgefallen ist. Super, oder? Das geht natürlich nur, wenn ihr Henning oder seinen Koch bis dahin nicht ebenfalls verhaftet habt.«

Anika lachte. »Dazu haben wir gar keinen Grund.«

»Wunderbar. Wenn du da bist, wäre es schön, wenn du am Essen teilnehmen könntest.«

»Mein Dienst endet ziemlich genau in drei Wochen. Dann allerdings habe ich ein paar Tage Urlaub. Mal sehen. Vielleicht verbringe ich die ja auf einer netten kleinen Nordseeinsel und beobachte meine Kollegen beim Arbeiten.«

»Gehst du zu Diesterwegs Beerdigung?«, fragte Enna. »Dann bin ich gerne dabei.«

Anika überlegte. Darüber hatte sie bisher nicht nachgedacht. Es konnte bestimmt nicht schaden, ein Auge auf die Reaktionen der Leute zu werfen, die an der Trauerfeier teilnahmen. Noch immer war nicht geklärt, wer den Stein bei dem Koch durch das Fenster geworfen hatte. Aber auf der Beerdigung würde sie darauf auch keine Antwort erhalten. Da war sie sicher. Nein, es war ihr kein Bedürfnis, sich bei den Trauernden einzureihen. Wenn es denn überhaupt Menschen gab, die der Urne bis zum Friedhof folgten. Der Mann war ein Erpresser und was er mit dem Satz »Ich habe etwas gutzumachen« Wilko gegenüber gemeint hatte, war ihr bis heute schleierhaft. Wenn der Mann der Meinung gewesen wäre, dass sein Wissen besser bei der Polizei aufgehoben wäre, um weitere Straftaten seitens Balkes zu verhindern, hätte es nur einer Fahrt ins Westdorf zur Wache bedurft. Dann allerdings wäre sein Geldhahn versiegt und das schlechte Gewissen nicht mehr vorhanden. »Ich sage dir Bescheid.« Sie winkte Enna zum Abschied und fuhr zurück zur Wache.

Michael Röder saß hinter dem Schreibtisch und schaute sie erwartungsvoll an. »Was gibt es Neues?«

»Jede Menge. Ich weiß jetzt, wer den Hund getötet hat.« Sie berichtete, was Ilona Klinker ihr mitgeteilt hatte und erzählte von Jessen und Ennas Hinweis in Bezug auf Flegel. Dann fragte sie: »Gehst du auf Diesterwegs Beerdigung?«

»Nein. Verwandte haben sich bis jetzt nicht gemeldet. Die Gemeinde sorgt für seine Bestattung und die wird in aller Stille stattfinden, ohne Trauerfeier in der Kirche. Es wird nur eine kurze Ansprache auf dem Friedhof und danach eine Urnenbestattung geben. Darum müssen wir uns also nicht kümmern. Aber Frau Wübben hat angerufen. Leevke wird in einer Woche in Bremen bestattet. Diesmal endgültig. Sie hat angefragt, ob wir dabei sein wollen. Ich habe geklärt, dass Arndt hinfährt. Pankok hat abgesagt. Er ist noch zu kaputt. Wenn du jedoch auch dorthin möchtest ...«

»Nein. Ich bleibe hier. Das wird mir einfach zu viel«, winkte Anika ab.

»Das verstehe ich«, sagte Röder. »Ich habe der Frau übrigens von der Kette erzählt. Sie bekommt sie zurück, wenn sie nicht mehr als Beweismaterial gebraucht wird. Ich hoffe, die Verhandlung wird zeitnah angesetzt.«

Anika nickte. Sie hatte es kaum glauben können, als die Männer der Spurensicherung sich Balkes Gemüsebeet vorgenommen hatten und tatsächlich Leevkes Silberkette mit dem Schiffsanhänger aus der Erde aufgetaucht war. Diesterwegs Tagebuch wurde, wie Balke es vorhergesagt hatte, trotz intensiver Suche nicht gefunden. Aber sie hatten Balkes Geständnis. »Das ist gut. Was hast du jetzt vor?«

Michael Röder zeigte auf den Kalender. »Du weißt, was wir morgen vorhaben?«

Natürlich. Die Schule! »Fahrradparty?«

»So ist es. Die haben großes Programm aufgefahren. Im wahrsten Sinne des Wortes. Wir sollen schon um acht Uhr da sein«, sagte Michael.

»Kein Problem. Für eine fröhliche Party stehe ich gerne früh auf«, erwiderte Anika. »Und heute?«

»Wo wir gerade von Rädern sprechen, ich muss mich um ein Fahrrad kümmern, das angeblich gestohlen wurde. Bei Sandra und Eva im Laden war ich schon. Die sind am Schummeln. Da bin ich schnell wieder weg.«

Anika schaute ihren Kollegen ungläubig an. »Die schummeln? Wen beschummeln die denn? Ihre Kunden? Ist es etwas, was ich wissen müsste?«

Der Inselpolizist lachte laut auf. »Keine Sorge. Schummeln ist das plattdeutsche Wort für ganz gründliches Putzen der Wohnungen. Das macht der Insulaner oder ehrlich gesagt die Insulanerin im Frühjahr, bevor die Gäste kommen. Mit Gardinen waschen und allem Drum und Dran. Sandra und Eva wollen einen weiteren Raum mit Waren bestücken, und der muss eben auch …«

»… geschummelt werden!« Jetzt lachte auch Anika. Sie nahm ihr Notizbuch heraus. »Das Wort muss ich unbedingt aufschreiben, damit ich meinen Kollegen in Barsinghausen etwas zu erzählen habe.«

ENDE

*Weitere Titel finden Sie auf den folgenden Seiten und im Internet:*

**WWW.GMEINER-VERLAG.DE**

# Tod im Leuchtturm

© Дмитрий Финкель / stock.adobe.com, manne68 / Pixabay

Susanne Ziegert
**Tod im Leuchtturm**
Kriminalroman
316 Seiten
12 x 20 cm
Paperback
ISBN 978-3-8392-2596-7
**€ 12.00 [D] / € 12.40 [A]**

Seit ihrer Kindheit war Maria nicht mehr auf der Nordseeinsel Neuwerk. Nach fast drei Jahrzehnten kehrt sie zurück, um über den Winter den Leuchtturm zu hüten. Als sie kurz darauf tot in der Badewanne gefunden wird, kann sich Margo Valeska nicht mit dem festgestellten Suizid ihrer Freundin abfinden. Die Hamburger Kommissarin Friederike von Menkendorf nimmt Ermittlungen auf und stößt auf ein ungelöstes Verbrechen, bei dem die Tote einst Zeugin war. Hatte jemand ein Interesse daran, sie zum Schweigen zu bringen?

GMEINER SPANNUNG

**WWW.GMEINER-VERLAG.DE**
*Wir machen's spannend*

DIE NEUEN Lieblings-plätze

ISBN 978-3-8392-2628-5

ISBN 978-3-8392-2615-5

ISBN 978-3-8392-2620-9

ISBN 978-3-8392-2635-3

ISBN 978-3-8392-2618-6

ISBN 978-3-8392-2623-0

ISBN 978-3-8392-2630-8

ISBN 978-3-8392-2631-5

ISBN 978-3-8392-2632-2

ISBN 978-3-8392-2405-2

ISBN 978-3-8392-2622-3

ISBN 978-3-8392-2545-5

ISBN 978-3-8392-2629-2

ISBN 978-3-8392-2634-6

GMEINER KULTUR

WWW.GMEINER-VERLAG.D

*Mensch, Kultur, Regio*